1,50

**"DÉCIDEZ SI VO...
MA FEMME OU...**

Jim était hors de l...
sa déception. Il n'...
comprendre.

"Comment pouvez-vous proférer de telles
injustices ? "

"C'est ainsi," déclara-t-il avec lassitude.

Elle posa la main sur son bras. La communion
qu'ils avaient toujours ressentie allait-elle se
rompre ?

"Jim vous êtes mon unique soutien. Je vous l'ai
dit. Je ne peux pas vivre sans vous. "

Il scella son aveu d'un long baiser. Puis il
l'étreignit passionnément.

"Restez avec moi; ce soir. Vous ferez comprendre à
votre famille que vous pouvez vivre votre vie
avec moi. "

Comme il était tentant de s'abandonner à lui et
d'oublier le reste ! ...

UN ETE POUR NOUS

HARLEQUIN SEDUCTION !

Chères lectrices,

Depuis que nos deux premiers romans HARLEQUIN SEDUCTION ont paru, vous avez été nombreuses à nous féliciter de notre nouvelle collection et nous en sommes heureux!

HARLEQUIN SEDUCTION vous a plu . . . vous avez été séduites par ses magnifiques couvertures, ses intrigues captivantes et plus longues, ses personnages attachants, ses histoires d'amour tumultueuses et sensuelles dans des pays merveilleux . . .

HARLEQUIN SEDUCTION vous emmène dans un autre univers où le rêve, l'aventure, l'amour n'ont pas de limites . . . un univers que vous ne voudrez pas quitter!

HARLEQUIN SEDUCTION vous offre tout ce que vous attendez d'une grande histoire d'amour!

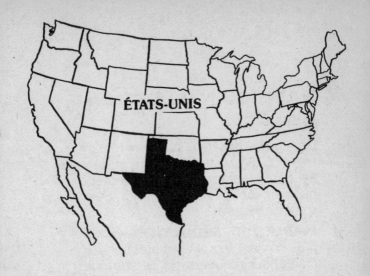

Barbara Kaye

UN ÉTÉ
POUR NOUS

HARLEQUIN SEDUCTION

PARIS•MONTREAL•NEW YORK•TORONTO

Publié en novembre 1983

© 1982 Harlequin S.A. Traduit de A Heart Divided,
© 1982 Barbara Kaye. Tous droits réservés. Sauf pour
des citations dans une critique, il est interdit de
reproduire ou d'utiliser cet ouvrage sous quelque forme
que ce soit, par des moyens mécaniques, électroniques
ou autres, connus présentement ou qui seraient inventés
à l'avenir, y compris la xérographie, la photocopie et
l'enregistrement, de même que les systèmes d'informatique,
sans la permission écrite de l'éditeur, Editions Harlequin,
225 Duncan Mill Road, Don Mills, Ontario, Canada M3B 3K9.

ISBN 0-373-45029-X

Dépôt légal 4ᵉ trimestre 1983
Bibliothèque nationale du Québec et Bibliothèque nationale
du Canada.

Imprimé au Québec, Canada — Printed in Canada

1

MONA LOWERY observa Jim Garrett tout en levant son verre de vin. Le jeune homme se penchait vers sa sœur, Claire Lowery. Il venait de plus en plus assidûment fréquenter la maison familiale. Jim, le dernier de la longue liste des soupirants de la belle Claire...

Les dîners à Highland Park témoignaient toujours d'une merveilleuse réussite. Kitty Lowery, sa mère, recevait ses hôtes avec élégance et distinction. Elle présidait aux conversations et au déroulement du repas avec une égale maîtrise. La sûreté de son goût s'exprimait jusque dans le choix de l'argenterie du service et des chandeliers.

Tandis que circulaient le plateau de fromages et la corbeille de fruits, Mona reprit le cours de ses pensées. Ce soir-là, elles convergeaient toutes vers Jim. De sa silhouette haute et puissante se dégageait une séduction virile. Il n'avait rien de commun avec les habituelles conquêtes masculines de Claire. Subirait-il le même sort ? Claire jouerait-elle avec lui jusqu'au moment où, lassée, elle chercherait à séduire un autre homme ? En général, elle n'attendait pas longtemps...

Une fois de plus, Mona cherchait à résoudre l'énigme que représentait sa sœur. Quelle mystérieuse qualité rendait tous ces hommes, si différents, amoureux d'elle ? Elle était ravissante, bien sûr, mais ce ne pouvait être l'unique raison. Ses attitudes à la grâce calculée ? Sa voix de petite fille ? Le mystère demeurait.

Mona tourna à nouveau son regard vers Jim. Un homme aussi intelligent et séduisant, à qui tout devait réussir, aurait dû percer à jour le jeu de Claire et dédaigner ses artifices. Pourtant, il semblait aussi follement épris que les autres.

Mona poussa un long soupir en détaillant son reflet dans le haut miroir qui lui faisait face. On la comparait souvent à Claire. Certes, chez l'une et l'autre se retrouvaient quelques traits de famille : une chevelure sombre, de grands yeux noirs et un teint délicat, mais la ressemblance s'arrêtait là.

Si le regard de Mona exprimait franchise et candeur, celui de Claire traduisait une certaine dissimulation, malgré la séduction qu'il exerçait. Plus élancée que sa sœur, Mona laissait cascader ses cheveux bruns lisses et souples sur ses épaules. Claire, au contraire, essayait les coupes les plus sophistiquées et changeait de coiffure selon son humeur. Sa dernière coupe était particulièrement seyante. Mais la jeune fille dut reconnaître que le charme de sa sœur agissait toujours, même au cours de tentatives moins heureuses.

Mona possédait un visage aux traits inoubliables. Mais la fragilité de Claire éveillait chez les autres un instinct de protection. Préoccupée d'elle-même et de son entourage immédiat, elle ne parlait dans sa conversation que de ses activités ou de celles d'un petit cercle d'élus. Elle lisait peu, en dehors de quelques magazines de mode.

Mona, au contraire, se sentait pleine de curiosité pour le monde, avide de connaître. Sa culture et sa maturité faisaient souvent penser qu'elle était l'aînée alors que Claire avait quatre ans de plus qu'elle.

Mona avait une fois surpris une discussion entre ses parents.

— Claire est peut-être belle mais Mona est intelligente et talentueuse, avait déclaré M. Lowery.

Elle avait alors maudit l'intelligence et le talent. Âgée de seize ans, elle était persuadée, à l'époque, que la beauté signifiait tout. Son père aurait pu lui révéler qu'elle était atteinte d'une maladie incurable, elle n'en aurait pas moins souffert. A présent, son opinion avait changé. Après avoir tenté d'imiter Claire, elle s'était rendu compte de l'inutilité de cet artifice. Un jour, s'était-elle dit pour se consoler, viendrait un jeune homme qui saurait l'apprécier pour ce qu'elle était.

Le rire joyeux de Claire vint l'interrompre dans sa méditation. Avec une pointe de jalousie, elle dut en reconnaître le charme. Il fallait l'admettre. Si sa sœur pouvait se montrer d'une dureté choquante, elle savait également rayonner de gaieté. Ce soir, aucun doute n'était permis. Une lueur d'admiration dansait dans les yeux gris de Jim.

« Il l'aime déjà et je le plains », songea Mona, sarcastique.

Le plaindre, avec sa séduction et sa fortune ?

« Parfaitement, se répondit Mona. Il pourrait conquérir toutes les femmes de Dallas et il s'obstine auprès de celle qui ne lui apportera rien. Claire n'a pas de cœur. Elle aime jouer avec les sentiments des autres. Pourquoi les hommes ne le voient-ils pas ? Si je pouvais posséder sa beauté... »

La voix de Kitty la tira de sa rêverie.

— Nous aurions tellement aimé que Mona vienne à Palm Springs avec nous, cet été. Mais elle s'est inscrite à des cours sans prévenir personne. Elle ne fait que travailler, travailler sans relâche, se plaignit sa mère.

Les regards convergeaient maintenant vers Mona, qui paraissait troublée.

— Je ne suis qu'à quelques mois de mes examens, expliqua-t-elle. Si je suis les stages d'été, je pourrai les passer en janvier au lieu de juin. Dès que j'aurai mon diplôme, Madeline Porter m'a proposé de décorer sa maison. Comme elle connaît tout le monde, à Dallas, elle me recommandera si elle est contente de moi.

— Quels sont vos projets, Mona, après vos études ? s'enquit Jim en lui dédiant un sourire charmeur.

Il était le seul ami de Claire à lui porter quelque intérêt. Jim s'était toujours montré plein d'attentions à son égard. Mona s'était souvent demandé si c'était un moyen de la faire intervenir en sa faveur auprès de Claire. Si tel était son but, il se trompait lourdement. Elle n'avait aucune influence sur Claire et ne cherchait pas à en avoir.

— Mon père a aimablement consenti à m'acheter la petite boutique dont je rêve, répliqua Mona en adressant un clin d'œil à l'adresse de celui-ci.

Benjamin Lowery était un conservateur. Pour lui, une femme devait se contenter de se marier, d'élever sa famille et de s'occuper de sa maison. Cependant, il avait toujours soutenu les ambitions de sa fille et elle lui en était reconnaissante.

— J'en suis heureux pour vous, reprit Jim avec gravité. J'admire les gens qui ont un but dans la vie et qui s'y tiennent. Ils ne sont pas nombreux. Et je suis sûr que, grâce à votre détermination et à votre ténacité, vous parviendrez à vos fins.

Mona rosit de plaisir. Jim paraissait toujours sincère dans ses compliments. S'il ne l'était pas, il savait en tout cas en donner l'illusion. Mona remarqua sans étonnement l'expression pincée qu'arborait Claire, comme à chaque fois qu'il n'était pas question d'elle.

Kitty Lowery eut un large sourire. Après tout, la réussite de Mona était aussi un peu la sienne.

— Je suis certaine que Mona obtiendra ce qu'elle désire. Elle a toujours souhaité être décoratrice. Je me souviens d'une maison de poupées que son père lui avait offerte pour un Noël, lorsqu'elle était enfant. Elle n'a cessé de la transformer. D'ailleurs, c'est elle qui a choisi l'aménagement de cette pièce.

Les convives regardèrent avec admiration les tons orangés de la salle à manger. Des aquarelles étaient disposées aux murs avec goût et une profusion de plantes donnait à la pièce un aspect clair et aéré, à l'image des autres travaux de Mona.

Claire s'impatientait visiblement, jugeant que la conversation s'éloignait trop d'elle.

— Eh bien, moi, je suis heureuse de pouvoir aller à Palm Springs. C'est un endroit où il y a toujours quelque chose à faire. Dallas est tellement ennuyeux, en été !

Jim s'était tourné vers Claire lorsqu'elle avait commencé à parler. Mona ne voyait plus son visage mais elle se demandait comment il avait réagi. Sans doute était-il trop éduqué pour laisser paraître ses émotions. Cependant, les paroles de Claire étaient destinées à le provoquer. Elle le savait bien. Combien de fois avait-elle vu sa sœur à l'œuvre ! Claire jouait de leur patience, testait leur dévouement jusqu'au point le plus extrême.

« Pourquoi ne se doutent-ils pas de sa cruauté ? se demanda la jeune fille. Pourquoi, lorsqu'elle les rejette, croient-ils toujours avoir commis une faute ? »

Kitty se leva pour marquer la fin du repas. Les convives l'imitèrent.

— Pourquoi ne pas prendre le café sur la véranda, Ben ? proposa-t-elle. La température est agréable. Qui d'autre veut du café ?

— Excusez-moi, madame Lowery, déclara Jim d'un ton poli. Je voulais demander à Claire de venir faire une promenade en voiture avec moi. A vous aussi, Mona, naturellement, ajouta-t-il.

Vous aussi. Toujours en second. Mais au moins, Jim pensait à le lui proposer. Ce n'était pas le cas des autres. Comme elle aurait aimé partir avec eux ! Jim possédait une Mustang décapotable qu'il avait lui-même restaurée pour en faire une véritable pièce de collection. Il en était fier et Mona le comprenait. Dès la première fois où elle avait vu le coupé, elle avait souhaité l'essayer.

— Non, merci, Jim, répondit-elle pourtant, après avoir vu le regard d'avertissement que lui lançait Claire. J'ai encore du travail à terminer.

Jim se tourna vers Claire d'un air interrogateur.

— D'accord, rétorqua-t-elle en faisant la moue. Mais promettez-moi de ne pas aller trop vite. Le vent me décoifferait.

Jim acquiesça silencieusement.

Mona les regarda s'éloigner avec un léger pincement de cœur. Elle suivit ses parents avec résignation jusqu'à la véranda. Lettie Powell vint servir le café peu de temps après.

— Non, merci, Lettie, je ne prends pas de café, déclara Mona. Mais dis à Lucille qu'elle s'est surpassée, ce soir. Le repas était délicieux !

Lucille Blake était la sœur de Lettie. Au service des Lowery depuis déjà longtemps, elle faisait la cuisine en artiste. Mais Kitty la complimentait peu alors qu'elle ne se privait pas de lui faire une remarque dès que quelque chose n'allait pas. Cela irritait Mona.

La jeune fille et son père écoutaient poliment Kitty leur confier des faits sans importance. Mona aimait sincèrement sa mère et essayait de la comprendre. C'était une femme satisfaite de la vie qu'elle menait. Elle allait de cafés en thés, de buffets en cocktails tout en demeurant dans le même cercle d'amies. Leur principale activité était de disséquer les agissements de leurs connaissances respectives, sans aucune méchanceté. C'était plutôt une sorte de divertissement.

Kitty n'avait jamais éprouvé le désir de travailler, Mona en était certaine. Elle était le modèle parfait de la femme au foyer. Elle s'en remettait toujours à son mari pour toute décision, elle adorait ses enfants et s'en occupait avec amour. Quant aux affaires domestiques, elle les conduisait avec une précision scientifique. Quelquefois, Mona en venait à envier les certitudes de Kitty et son bonheur paisible.

Tandis que Kitty poursuivait son monologue, Mona observait Benjamin Lowery. Il se montrait si bon et si patient avec sa femme. Il la considérait comme une poupée de porcelaine qu'il fallait ménager avec précaution. Aussi Benjamin lui offrait-il tout ce qu'elle désirait.

A vrai dire, c'était toute sa famille qui profitait de sa générosité. Les Lowery formaient un clan auquel Ben croyait profondément. Mais peu à peu, la famille s'était réduite à quatre membres. Le frère aîné de Ben était mort quelques années auparavant et sa femme avait déménagé en Californie. Ils s'écrivaient une fois par an, pour Noël. Kitty avait une sœur qui habitait dans l'est et que Mona n'avait jamais vue. Peut-être s'étaient-elles brouillées.

Ben était certainement fait pour fonder une

grande famille : sept fils qui, à leur tour, auraient eu chacun sept fils. Mais il n'avait eu que deux filles et il aurait certainement été choqué de découvrir l'hostilité qu'éprouvait parfois Mona à l'égard de Claire, car il les croyait très unies.

Ben se leva soudain.

— Nous allons rentrer, viens-tu aussi, Mona ?

— Non, je préfère rester encore un peu, la nuit est si belle !

Après le départ de ses parents, Mona s'étendit sur la chaise longue. Une douce brise caressait ses cheveux. Il flottait dans l'air un parfum de chèvrefeuille. C'était sur cette véranda qu'elle avait caché ses jeux d'enfant. Elle y revenait encore à présent, lorsqu'elle recherchait la solitude.

Lorsque Ben Lowery avait hérité de son père un petit commerce de machines-outils, Mona avait cinq ans. Après des débuts modestes, le magasin s'était métamorphosé en *Lowery Industries,* une entreprise au chiffre d'affaires de plusieurs milliards. Ainsi, Mona et Claire avaient-elles grandi dans la sécurité affective et matérielle.

Mona se sentait parfois coupable d'avoir obtenu ce qu'elle désirait sans aucun effort. Sans doute était-ce là l'origine de sa farouche détermination à créer quelque chose elle-même. Cependant, Ben lui payait des études coûteuses. Son argent servirait également à acheter la boutique dont elle rêvait. Les amies fortunées de sa mère seraient ses premières clientes. Après seulement, elle pourrait mesurer sa propre valeur.

Mona se sentait troublée. Normalement elle aurait dû retourner travailler dans sa chambre. Mais elle était comme enveloppée d'une sensation de langueur qu'elle n'avait jamais éprouvée encore : de naturel décidé, la jeune fille méprisait d'ordinaire

l'inactivité. Elle ne pouvait pas concevoir de rester
oisive.

Claire, au contraire, incarnait la paresse de vivre.
Elle se levait rarement avant dix heures. Il lui
arrivait de passer une heure à se coiffer ou à se
maquiller. Elle pouvait attendre toute une journée
qu'un bel homme vienne l'inviter à sortir dans la
soirée.

Une fois, Mona s'était entretenue avec sa mère de
l'attitude de Claire.

— Tu devrais l'encourager à chercher un travail,
avait-elle suggéré. Ce n'est pas sain de vivre ainsi.

Kitty avait eu un geste d'impuissance.

— Honnêtement, Mona, je ne pense pas que
Claire puisse jamais faire quelque chose. Ne le
répète surtout pas !

— C'est ridicule ! Tout le monde peut faire quelque chose !

— Pas Claire ! insista Kitty. Ecoute, elle ne sait
même pas taper à la machine. Alors que moi, j'ai
appris !

Claire ne s'intéressait en fait qu'à la mode et aux
hommes, surtout au dernier dont elle avait fait la
connaissance, Jim Garrett. Héritier de *Garrett Electronics*, une entreprise qui traitait avec le monde
entier, Jim possédait aussi un regard gris irrésistible,
un sourire séducteur et une silhouette vigoureuse et
élancée. Contrairement aux habituels amis de
Claire, il avait une forte personnalité. Sa présence
emplissait la pièce où il se trouvait. Mona elle-même
ne pouvait s'empêcher de l'observer à la dérobée. Et
pourtant, elle n'avait rien à espérer : il était amoureux de Claire.

« Si j'étais aussi belle, je ferais tout pour le
garder », se surprit-elle à penser.

Mona n'avait jamais été réellement amoureuse. Il

lui était arrivé d'espérer. Mais elle invitait toujours ses soupirants chez elle. Comme ils y rencontraient Claire, ils ne lui accordaient bientôt plus d'attention. Mona en avait quelquefois souffert, d'autant plus que Claire paraissait prendre un malin plaisir à détourner ces jeunes gens de sa sœur.

Aussi Mona avait-elle décidé d'ignorer Claire lorsqu'elle le pouvait. Elle acceptait sa présence. Elle préparait les plans de sa vie future et Claire ne viendrait pas les entraver. Mais elle prenait bien soin de cacher ses véritables sentiments à ses parents.

Sa rêverie s'interrompit brusquement. Un bruit de moteur se rapprochait. La voiture apparut et s'arrêta sous la véranda. C'était la Mustang jaune. Mona s'étendit dans la chaise longue et ferma les yeux.

Quelques instants plus tard, elle entendit les échos d'une dispute. Une portière claqua, puis une autre. En martelant le sol de ses hauts talons, Claire passa devant Mona sans la regarder et entra directement dans la maison. Derrière elle apparut Jim, visiblement furieux. Mona se redressa pour mieux le voir. Il atteignit la porte au moment où elle se refermait, avec violence. Incrédule, il demeura immobile, les poings serrés, le souffle court. Il lança un juron et se retourna.

— Avez-vous des ennuis ? demanda Mona avec douceur.

Stupéfait, Jim jeta un coup d'œil dans sa direction.

— Je suis désolé... je ne savais pas que vous étiez là, déclara-t-il d'un ton contraint.

Malgré l'obscurité, elle percevait l'expression de rage qui déformait ses traits.

— Je m'en doute, répliqua-t-elle avec un sourire forcé. Venez donc vous asseoir.

Son regard allait de la porte close à Mona.

— Il est déjà tard, je vais partir. Je ne serais pas de très bonne compagnie, si je restais avec vous...

— Il n'est pas si tard, protesta Mona. Asseyez-vous et nous pourrons parler. Il vaut mieux que vous vous calmiez avant de reprendre le volant de cette splendide voiture. Je ne veux pas que vous causiez un accident !

Jim eut un dernier regard pour la porte qui demeurait obstinément close. Avait-il espéré voir apparaître Claire, contrite et repentante ? Comme il venait vers elle, Mona admira ses larges épaules et sa démarche sûre. Il se dégageait de cet homme une impression de force et de virilité qui la troublait profondément. Son pantalon avait sans doute été coupé sur mesures, pour allier ainsi élégance et simplicité. Sa chemise de coton à manches courtes révélait une peau hâlée.

Etait-il conscient de sa séduction ? s'interrogea Mona. Les hommes étaient-ils aussi soucieux de leur apparence physique que les femmes ? Elle n'en savait rien. Elle n'avait jamais été suffisamment proche d'un homme pour répondre à cette question.

Jim se taisait. Mona détailla son visage, le tracé sensuel de ses lèvres, la ligne volontaire de son menton. Jim éprouvait sans doute de violentes émotions, qu'il s'agisse d'amour ou de haine, de plaisir ou de colère. A cet instant, il paraissait si malheureux que Mona se sentit pleine de compassion.

— Je viens de penser que votre Mustang est peut-être trop précieuse pour être conduite, commença-t-elle.

— Comment ?

— Une éraflure n'est généralement jamais très grave. Mais sur une telle voiture, cela deviendrait une véritable tragédie.

— Vous avez raison, mais à quoi servirait un véhicule que l'on ne peut pas conduire ?

— Bonne question ! répliqua Mona en souriant. Je suppose que dans quelques années, elle prendra beaucoup de valeur.

— Peut-être. Mais je ne la vendrai jamais.

— Jim, vous avez accompli un tel travail ! s'exclama Mona. Je ne livrerais pas cette merveille à la circulation infernale de Dallas.

Jim lui lança un regard approbateur.

— Quelque chose me dit que vous ne me parlez pas ainsi uniquement pour me flatter.

— Vous avez raison.

— Ce doit être la décoratrice, en vous, qui apprécie cette Mustang, reprit Jim avec un soupir. Claire, elle, préfère la Cadillac à cette « vieille voiture », comme elle dit. J'ai déjà tenté de lui expliquer qu'elle avait plus de valeur mais elle ne me croit pas.

— Cela ne m'étonne pas, commenta Mona d'un ton acerbe.

Ils demeurèrent silencieux pendant quelques instants. Mona cherchait les mots qui, sans blesser le jeune homme, l'amèneraient à se confier.

— Vous savez, cela fait parfois du bien de bavarder. Lorsqu'on garde les choses pour soi, on les dramatise souvent.

Il fronça les sourcils.

— Que voulez-vous dire ?

— Jim, ne jouez pas avec moi, répliqua Mona sur un ton de reproche. Vous êtes sur le point d'exploser. Aimez-vous donc autant Claire ?

La stupéfaction se peignit sur son visage.

— Vous êtes d'une rare audace ! s'exclama-t-il, stupéfait.

— Je ne sais pas, répondit Mona d'un rire léger.

Ma mère me dit souvent que je devrais avoir plus de tact. Mais je suppose que cela signifie qu'il me faudrait savoir mentir. Moi, je préfère la vérité au mensonge, même si elle est désagréable. Pas vous ?

Jim lui rendit son sourire et ses traits se détendirent.

— Je n'y avais jamais songé mais... je crois que je suis d'accord avec vous. Je retire mes paroles, Mona. Vous n'êtes pas audacieuse ni impudente mais simplement franche. Et la franchise est tellement rare !

Sentant dans cette confidence les prémisses d'une amitié, Mona s'enhardit à poursuivre :

— Jim, puis-je vous donner un conseil ?

Ses yeux gris se posèrent sur elle. Il avait une expression de douceur amusée.

— Vous me le donnerez de toute façon, que je le veuille ou non.

— Trouvez quelqu'un d'autre, déclara-t-elle sans le regarder. Vous allez souffrir inutilement.

— Je suis adulte. On ne me blesse pas si facilement !

— Regardez-vous ! La blessure est déjà faite, rétorqua Mona d'une voix légèrement émue.

— Non, protesta-t-il. Vous vous trompez, je suis simplement en colère.

— Que s'est-il passé ?

Jim la considéra silencieusement. Elle savait qu'il l'étudiait pour décider s'il pouvait se fier à elle.

— Quel âge avez-vous ? demanda-t-il enfin.

— Vingt ans.

— Je ne sais pas si vous connaissez le jeu de la tentation.

Les yeux de Mona s'écarquillèrent de surprise.

— C'est donc cela ! Je me suis souvent demandée jusqu'où Claire allait, pour attirer ses soupirants.

Une expression de dégoût assombrit son visage. Elle comprenait d'autant moins le succès de sa sœur auprès des hommes.

Jim fouilla dans sa poche et parut hésiter.

— Cela vous dérange-t-il que je fume ?

— Pas du tout. Et si vous m'en proposez une, j'accepterai volontiers.

— Je ne savais pas que vous fumiez, répliqua Jim avec étonnement.

Il sortit une cigarette qu'il alluma et la tendit à Mona. Puis il en prit une autre pour lui.

— Comment pouviez-vous le savoir ? fit remarquer Mona. Vous ignorez tout de moi. Il est vrai que cela ne m'arrive pas beaucoup parce que cela dérange ma mère. Et Claire, savez-vous qu'elle fume ?

— Oui.

Mona eut un sourire amer.

— Pas mes parents, déclara-t-elle. Lorsque j'ai envie d'une cigarette, je me l'offre et je supporte le déplaisir de ma mère. Mais Claire, elle, le fait toujours en cachette, et souvent dans ma chambre. Ainsi, Kitty croit que c'est moi lorsqu'elle sent l'odeur qu'elle déteste tant ou qu'elle voit les mégots dans le cendrier. Voilà le secret de ma vie !

Elle exhala la fumée et se perdit dans la contemplation des cercles qu'elle dessinait.

— Racontez-moi, Jim, reprit-elle.

Le jeune homme semblait toujours indécis et fixait ses doigts longs et fins. Il décida subitement qu'il pouvait se fier à Mona.

— Claire m'a presque supplié et l'instant d'après, elle m'a giflé ! s'exclama-t-il avec violence. Je ne la comprends pas. Elle sait pourtant bien que je ne recherche pas les aventures !

Mona ne put s'empêcher de tressaillir. Que signifiaient les paroles de Jim? Qu'il était sérieusement amoureux de Claire? Lui, cet homme si puissant et viril, amoureux d'une écervelée comme Claire? Pourquoi cette pensée la faisait-elle souffrir? En quoi cela la regardait-elle?

— Jim, je ne sais que vous dire. Je ne voudrais pas paraître malveillante à l'égard de Claire mais... Je la crois incapable d'une relation durable. Elle est tellement habituée à ce que les hommes s'éprennent d'elle que cela ne signifie plus rien. C'est un jeu, pour elle. Vous n'êtes que le dernier d'une longue liste de rêveurs...

— Rêveur! coupa Jim, faussement horrifié. Je ne l'ai jamais été et je ne le serai jamais!

Mona secoua la tête. Elle le dévisagea longuement.

— Peut-être pas maintenant. Mais ce soir, pendant le dîner...

Elle hésitait à poursuivre.

— Eh bien? l'encouragea Jim.

— Je ne prétends pas comprendre Claire, reprit Mona, car je n'y parviens pas. A force d'être admirée, je suppose qu'elle ne peut pas réagir normalement. Elle ne doit pas avoir le même sens des valeurs que nous.

Devant l'expression songeuse de Jim, Mona se demanda si elle n'était pas allée trop loin. Sa mère le lui reprochait souvent, ce manque de tact. Si Jim était réellement amoureux de Claire, peut-être lui en voudrait-il d'avoir émis ces critiques.

Mais elle ne pouvait croire sérieusement qu'un homme si exceptionnel puisse se contenter d'une femme aussi superficielle.

Jim jeta sa cigarette sur la pelouse. Son air préoccupé tourmentait la jeune fille.

— L'aimez-vous donc autant ? questionna-t-elle avec calme alors que son cœur battait plus vite.

— Aimer ? Je vous assure que je n'en sais rien. Je suis fasciné, c'est vrai. Je ne parviens pas à l'oublier. Peut-être parce qu'elle est si... insaisissable. Elle se montre douce, compréhensive, puis elle devient brusquement d'une froideur...

— Je sais, murmura Mona.

— J'ai trente ans, lui confia Jim. Il est grand temps que je m'installe et que je fonde une famille. Lorsque j'ai rencontré Claire, je songeais à tout cela. J'ai attendu longtemps avant qu'elle consente à sortir avec moi.

— C'est au moment où elle a rompu avec Joey Willis, je m'en souviens, commenta Mona d'un ton plus ironique qu'elle ne l'aurait voulu. Pauvre Joey ! J'ai craint qu'il ait une dépression nerveuse quand ils se sont séparés... Jim, ne pensez-vous pas que c'est le désir de conquérir qui vous a poussé vers elle ? ajouta-t-elle soudainement.

— Qu'entendez-vous par là ? s'enquit-il avec un froncement de sourcils.

Elle lui lança un regard plein de douceur et de compréhension.

— J'ai l'impression que vous ne vous êtes jamais donné beaucoup de mal pour conquérir une femme.

— Je vous assure que je n'ai jamais considéré mes amies comme des conquêtes ! protesta Jim.

— Alors vous êtes peu ordinaire ! s'exclama Mona avec sincérité.

Il la dévisagea comme pour la première fois. Ses yeux d'acier, inquisiteurs, la troublaient.

— Mona, reprit-il pensivement, vous paraissez tellement plus mûre et plus sage que Claire. Vous comprenez mieux la vie et l'amour.

Mona éclata d'un rire moqueur.

— Moi ! Croyez-vous ?

— Je ne veux pas être indiscret mais… avez-vous déjà été amoureuse ?

— Jamais ! répondit-elle avec précipitation.

— Jamais ! répéta Jim. Je ne peux vous croire. Vous êtes si séduisante !

Elle rougit sous le compliment. Cette fois encore, elle était certaine qu'il ne s'agissait pas d'une vaine flatterie.

— A dire vrai, Claire ne m'en a jamais laissé l'occasion. Elle envoûte tous ceux que j'essaie d'attirer vers moi !

Jim eut un sourire.

— Vous êtes d'une honnêteté sans faille, y compris avec vous-même.

— Surtout avec moi, corrigea Mona. Claire, elle, est tombée amoureuse des dizaines de fois. C'est surtout l'idée d'être amoureuse qui lui plaît. Elle ne sait pas réellement ce qu'elle veut. Prenez garde, Jim, ajouta-t-elle avec gravité. Je ne veux pas qu'elle vous rende malheureux. J'ai tellement entendu de complaintes de la part des autres. Cela m'était indifférent. Mais vous, vous n'êtes pas comme les autres.

— Vraiment ? Dans quel sens ?

Mona haussa les épaules.

— Je ne sais pas. Vous êtes… différent.

— Je le prends comme un compliment, déclara Jim.

Il se leva de son fauteuil.

— Il est tard, maintenant, et je dois réellement partir. Merci pour cette conversation.

Mona se releva également, déçue que cet inter-mède prenne si vite fin.

— J'y ai pris plaisir aussi, avoua-t-elle. Vous

pouvez me parler quand vous le désirez. Je sais écouter. J'ai une assez longue pratique !

Elle l'accompagna jusqu'à sa voiture.

— Qu'allez-vous faire cet été ? demanda-t-il soudain. A part le travail, je veux dire.

— Travailler, répondit Mona. Je suis tout près du but.

— Je crois que c'est une bonne chose que Claire s'en aille quelque temps, reprit Jim. Son absence me permettra de mieux réfléchir à la situation.

Il ouvrit la portière.

— Peut-être lui manquerai-je, ajouta-t-il avec une fausse insouciance.

Mona l'entendait à peine. Elle admirait l'intérieur de la voiture d'un œil connaisseur.

— C'est merveilleux ! s'exclama-t-elle, enthousiaste.

Rien n'aurait pu plaire davantage à Jim. Il caressa la Mustang d'un geste plein de douceur, comme s'il s'était agi d'une femme.

— Si vous aviez vu l'état dans lequel elle se trouvait ! Il a fallu deux ans et des milliers de dollars...

— Le résultat est fantastique.

Mona palpa les sièges capitonnés avec sensualité.

— Le cuir ! murmura-t-elle, réellement impressionnée.

— A Fort Worth, j'ai rencontré un véritable artiste du cuir, expliqua Jim. Il a travaillé longtemps pour moi. Cela m'a coûté une fortune mais je ne le regrette pas.

Il referma la portière.

— La conduite de cette voiture est un véritable rêve, ajouta-t-il. Une telle solidité ne se retrouverait pas, aujourd'hui. Je vous emmènerai faire une promenade, un jour, si vous voulez.

— J'aimerais tellement ! s'écria-t-elle.

— Je vous laisserai même prendre le volant, annonça Jim comme s'il lui octroyait la plus grande des faveurs.

Mona prit une expression faussement effrayée.

— Il n'en est pas question ! S'il arrivait quelque chose, je ne me le pardonnerais pas. Vous ne savez pas ce que je vaux.

— Comment conduisez-vous ? lui demanda Jim avec une grimace.

— Exceptionnellement bien !

— Je m'en doutais, rétorqua-t-il en riant. Je vous emmènerai à la campagne, peut-être dans mon ranch. Qu'en pensez-vous ?

— Vous avez un ranch ?

Jim hocha la tête.

— River View. Il appartient à notre famille depuis des générations. C'est à deux heures de trajet d'ici. Plus de quatre cents hectares de terres, bordées par le Brazos...

— Voilà l'explication de votre hâle ! s'exclama joyeusement Mona. Vous devez y passer beaucoup de temps.

— J'y vais dès que je le peux. Lorsque j'étais enfant, je ne voulais jamais quitter cet endroit. Maintenant encore, j'aimerais pouvoir y vivre et y travailler tout le temps. Mon père ne s'y consacre pas beaucoup mais j'ai des projets grandioses pour River View !

— Je voudrais les connaître ! Mais que ferez-vous de *Garrett Electronics* ?

— Il faudra que je garde aussi l'affaire mais... mon père m'aidera encore longtemps et, un jour, j'aurai des fils.

— Naturellement, approuva Mona avec ironie. Tout homme est sûr d'avoir un jour un fils pour prendre la relève. Mon père l'était aussi. Et voyez ce qui est arrivé : deux filles ! Que feriez-vous si, par malheur...

— Elles prendraient la relève, répliqua Jim avec simplicité.

— Un bon point pour vous ! s'exclama Mona avec une certaine admiration. Vos projets me paraissent merveilleux.

— Etes-vous sincère, Mona ? Oui, je pense que vous l'êtes. Comme vous êtes différente de Claire ! Pour elle, il n'est pas question de m'accompagner au ranch. Elle déteste la campagne. Je n'ai pas encore osé lui parler de mes plans pour l'avenir. J'ai tellement peur de ses réactions !

Mona posa la main sur son épaule.

« Ne voyez-vous pas, aurait-elle voulu lui crier, ne voyez-vous pas qu'elle n'est pas faite pour vous ? »

Mais elle ne dit rien par peur d'être déjà allée trop loin.

Jim découvrait avec surprise l'entente profonde qui venait de le lier à cette jeune fille aux cheveux bruns. Dix années les séparaient. Cependant, il se sentait plus proche d'elle que de bien des personnes de son âge. Il appréciait particulièrement sa maturité et son intelligence vive.

— Mona, j'espère que nous nous reverrons cet été, déclara-t-il gravement.

Un espoir fou l'envahit.

— Je l'espère aussi, répondit-elle en essayant de maîtriser le tremblement de sa voix.

Il se glissa sur le siège du conducteur et referma sa portière. Il pencha la tête par la fenêtre ouverte.

— Mona, ajouta-t-il en caressant sa nuque avec douceur, merci de votre attention.

Il déposa avec tendresse un baiser sur sa joue.

— Ce n'est rien, déclara-t-elle d'un ton léger alors que son cœur battait à se rompre.

Mona observa un long moment la lumière des phares. Lorsque la voiture eut disparu, elle se dirigea vers la maison, pensive. La jeune fille toucha l'endroit où Jim l'avait embrassée.

« Si seulement j'étais aussi belle que Claire... »

2

L'EXIL annuel des Lowery en Californie fut précédé d'une période d'intenses préparatifs : courses en tous genres, ordres les plus divers auxquels Lettie et Lucille devaient se plier.

Comme elle restait à l'écart de cette fébrilité, Mona observait sa mère avec un amusement mêlé d'effroi. Kitty avait le don de compliquer la situation. Pourquoi ne se contentait-elle pas de remplir sa valise de quelques effets ? De toute façon, elle et Claire passeraient une part importante de leurs vacances à faire des achats. Autant ne pas s'encombrer d'affaires inutiles à l'aller ! Mona était en tout cas heureuse de devoir suivre des cours : cela lui évitait de participer de plus près aux bouleversements que subissait la maison.

Le jour du départ arriva enfin. Une montagne de bagages attendait près de la porte. Le chauffeur de Ben les installa dans la Cadillac. Puis il attendit pour conduire les Lowery à l'aéroport.

Claire apparut sur le perron, hésita, puis s'assit à l'intérieur de la voiture.

— Mon Dieu ! s'exclama-t-elle. J'ai oublié de téléphoner à Jim pour lui dire au revoir. Il est trop tard, maintenant. Il va être déçu ! Mona, pourrais-tu l'appeler et lui dire que je n'ai vraiment pas eu le temps...

— Ne t'inquiète pas, je le ferai, coupa la jeune fille d'un ton rassurant.

Kitty ressentait une certaine anxiété à l'idée de laisser sa fille seule.

— Je ne serai pas tranquille, là-bas. Te savoir si loin ! Si seulement j'avais insisté !

— Je ne suis plus une enfant, fit observer Mona. Je n'aurai guère le temps de m'ennuyer, ici. Je serai prise toute la journée par les cours. Et en janvier, tout sera terminé. Ne t'inquiète pas, je t'en prie. Tout ira bien.

— J'aurais tout de même préféré que tu viennes avec nous, soupira Kitty. Enfin ! Lucille et Lettie s'occuperont de toi.

Elle embrassa sa fille sans tendresse excessive. Ben déposa au contraire un baiser sonore sur sa joue.

— S'il arrivait quelque chose, joins quelqu'un au bureau. On viendra immédiatement. J'ai confiance en eux, sinon, je ne partirais pas.

— Je saurai aussi téléphoner à la police, aux pompiers ou au médecin, en cas d'urgence, protesta Mona... Je plaisantais, ajouta-t-elle aussitôt en voyant Mme Lowery esquisser un geste de désespoir.

Après la précipitation des dernières minutes, Mona regarda la voiture s'éloigner avec un sentiment de soulagement. Un été à elle seule ! C'était inespéré ! Ses parents demeuraient si fortement attachés aux traditions familiales qu'il était rare que chacun suive indépendamment son chemin. Elle appréciait cette intimité mais ne pouvait s'empêcher de la trouver parfois pesante.

Mona se souvint soudain de la requête de Claire.

Elle se dirigea dans la bibliothèque où elle trouva le numéro de Jim.

— C'est vous, Mona! Lorsque ma secrétaire m'a annoncé Miss Lowery, j'ai cru qu'il s'agissait de Claire.

— Je suis désolée de vous décevoir, répliqua Mona avec ironie.

— Mais vous ne me décevez pas! se récria Jim.

— Je ne vous dérangerai pas longtemps. J'ai un message à vous transmettre de la part de Claire.

— Lequel?

— Au revoir.

Il y eut un silence à l'autre bout de la ligne, suivi d'un grand éclat de rire.

— Est-ce tout?

— Oui. Elle était tellement occupée, ces derniers temps, qu'elle n'a pu vous téléphoner. Elle avait peur que vous soyez désespéré!

A son grand soulagement, Mona l'entendit rire à nouveau.

— Je vais essayer de survivre, déclara-t-il, faussement attristé. Comment allez-vous, Mona?

— Très bien.

— Travaillez-vous toujours autant?

— Toujours!

Mona se mordit la lèvre pour ne pas poursuivre en proposant à Jim de lui rendre visite. Elle aimait tant parler avec lui. L'inviter pour prendre un verre, il n'y avait rien de plus naturel... Elle se retint pourtant.

— Je vous remercie de votre appel, fit Jim.

— Je vous en prie. A bientôt.

— Au revoir.

Mona demeura songeuse longtemps après avoir raccroché. Elle avait caressé l'espoir que Jim renouvelle sa promesse de l'emmener au ranch dans sa

Mustang décapotable. Elle devait se rendre à l'évidence, à présent. Il avait sans doute tout oublié de cette soirée sur la véranda. Claire seule l'intéressait. Mona poussa un long soupir.

Lettie venait d'apporter le plateau du dîner. Mona découvrit avec effarement le gigot, les pommes de terre, les haricots verts du jardin, les toasts et la tarte aux fraises du dessert.

— Lettie ! Dites à Lucille de ne pas cuisiner ainsi tout l'été ! Je suis capable de m'occuper de moi si j'ai faim. Il faut que vous aussi, vous preniez vos vacances.

Lettie parut stupéfaite.

— Madame ne serait pas d'accord ! s'exclama-t-elle.

— Comment le saura-t-elle ? rétorqua Mona avec un sourire malicieux. Je ne lui en soufflerai mot !

Lettie secoua la tête, horrifiée à la pensée d'un tel bouleversement d'habitudes.

— Madame le découvrira. Elle sait tout.

Mona regarda Lettie s'éloigner vers la cuisine. La puissance de sa mère sur sa maisonnée l'étonnait toujours. Kitty représentait l'autorité absolue, même si elle se trouvait à des milliers de kilomètres. Ayant été élevée dans une famille fortunée, Mme Lowery avait l'habitude de commander. Lettie et Lucille lui obéissaient sans murmurer. Elle n'avait jamais eu besoin d'élever la voix.

Mona s'employa à faire honneur au repas que la cuisinière lui avait préparé. Le désir de ne pas la heurter l'y poussait davantage que la faim.

Après avoir dîné, Mona remonta dans sa chambre, une tasse de café à la main. Elle se préparait à une soirée studieuse. A l'aide d'un exemplaire des *Maisons historiques de l'Amérique,* elle entreprit la

restauration, sur papier, d'une demeure victorienne.
Elle y travaillait depuis une heure lorsqu'elle entendit frapper à la porte.

— Le petit Palmer est en bas, annonça Lettie. Il
voudrait vous voir.

Mona ne put s'empêcher de sourire. Le « petit »
Palmer était Alan Palmer, son voisin, âgé de vingt-
six ans.

— Dites-lui de monter.

L'instant d'après, un pas pesant gravissait l'escalier. La chevelure blonde d'Alan apparut.

— Comment vas-tu ?

Mona ne prit pas la peine de lever les yeux vers
lui.

— Cela fait longtemps que je ne t'ai aperçu. Que
fais-tu ?

— Pas grand-chose, répondit Alan en examinant
les feuilles de Mona. Tu dessines bien !

Mona repoussa ses plans et se tourna vers Alan.

— Assieds-toi. Pas sur le lit ! s'écria-t-elle en
prévoyant ses intentions.

Alan sursauta.

— Pourquoi ?

— Le dessus de lit est tout neuf ! Prends plutôt la
chaise.

Alan obtempéra. Ses yeux bleus pétillaient de
malice. Il adressa à Mona l'un de ses sourires
charmeurs, qui avaient envoûté plus d'une femme.
Mona quant à elle, connaissait Alan depuis des
années et le considérait comme un frère, tout en
admettant qu'il ne manquait pas de séduction. Il
savait engager une conversation comme nul autre.
Kitty le considérait avec bienveillance. Quant à
Lettie et Lucille, elles ne lui étaient pas indifférentes. Trop conscient de son charme, Alan avait
provoqué le malheur de nombreuses femmes. Et

comme il était le seul héritier d'une immense fortune, Mona voyait en lui l'un des derniers vrais séducteurs. Ses liaisons brèves et passionnées faisaient l'objet de commentaires et de chroniques chez les Lowery. L'un de leurs passe-temps favoris était de spéculer sur l'identité de la jeune femme qui assagirait enfin Alan Palmer.

Mona aimait Alan, et elle s'en étonnait. Il pouvait se montrer arrogant et sans scrupules. Il ignorait la signification du mot « travail ». L'antithèse parfaite de l'homme idéal, pour elle. Et pourtant, ils étaient amis, parfois même confidents. Sa frivolité et son affectation n'étaient qu'apparence. Il se cachait d'autres désirs derrière cette façade. Mais Mona se serait bien gardée de faire part de cette conviction à Alan. Il l'aurait d'ailleurs niée avec force.

— Je suppose que toute la famille est bien partie, reprit Alan.

— Oui, dans la précipitation la plus totale. Et le bruit ! Il ne manquait plus qu'une sirène de police pour les escorter jusqu'à l'aéroport !

— Pourquoi ne les as-tu pas accompagnés ?

— Les cours, répondit laconiquement Mona en désignant ses dossiers.

— Tu ne sais donc que travailler !

— Exactement ! approuva Mona.

— Les études ! C'est la période de ma vie où j'ai le plus souffert ! gémit Alan.

En voyant son expression plaintive, Mona eut un rire léger.

— Tu étais à l'université d'Austin, je crois.

— Un vrai désastre ! Mon père tenait absolument à ce que j'aie des notions de pétrochimie pour prendre la tête de sa compagnie. Heureusement, à sa mort, ma mère a tout vendu. Nous sommes maintenant dans les investissements. Ne me demande surtout pas de quoi il s'agit !

Alan s'étira paresseusement. Son teint hâlé était le résultat de longues matinées passées sur les courts de tennis, d'après-midi au bord de la piscine. Il arborait souvent un sourire ironique, pour cultiver son aspect de séducteur lassé. En présence de Mona, il se détendait et laissait paraître une personnalité plus chaleureuse.

Après quelques instants de silence, Mona se décida à demander :

— Voulais-tu me dire quelque chose de particulier ?

— Non. Je m'ennuyais et je suis venu te déranger.

— Merci ! s'exclama Mona, amusée.

— Ce n'est pas tout à fait ce que je voulais dire, protesta Alan.

— Voilà un sujet de roman. Alan Palmer s'ennuie tellement qu'il est obligé de se distraire chez ses voisins. Personne n'y croira !

— Tu serais étonnée du nombre de soirées interminables que j'ai vécues. Et je n'étais pas toujours seul.

Mona l'observa pensivement.

— Pourquoi ne changes-tu pas de mode de vie ?

— Tu entends, vivre avec une seule femme ! s'écria-t-il, incrédule.

— Je ne pensais pas spécialement à cela. Que comptes-tu faire, cet été ?

Alan eut un haussement d'épaules.

— La même chose qu'au printemps ou en hiver.

— Laisse-moi deviner. Tennis au club, golf au club, déjeuner au Club du Pétrole, dîner quelque part avec quelqu'un. Me suis-je trompée ?

— Probablement pas.

Mona lui fit une grimace ironique.

— Je ne m'étonne pas que tu t'ennuies, Alan. N'as-tu jamais pensé à...

Elle marqua un temps d'arrêt, avant de poursuivre :

— Trouver du travail ?

Il se frappa la poitrine de désespoir.

— Insinues-tu... un vrai travail ?

Mona fit un signe de tête et parvint à conserver son sérieux.

— Beaucoup de gens le font.

— Et ma réputation ! protesta Alan. Non, il n'en est pas question. En fait, je projette une petite excursion du côté de Las Vegas ou de la Nouvelle Orleans. Et si tu venais avec moi ? lui proposa-t-il avec un clin d'œil.

— Non, merci ! Moi, je suis très occupée. Autrement, je serais à Palm Springs.

— Je suis surpris que Claire soit partie. Je croyais qu'elle s'était attachée à Jim Garrett, lança Alan.

— Je... je ne sais pas, répondit Mona d'une voix hésitante. Claire ne me parle jamais de ses affaires sentimentales.

Au fond d'elle-même, elle espérait qu'il n'en était rien. Si Claire tenait à Jim, elle obtiendrait tout de lui. Pourquoi cela lui importait-il autant ? Parce qu'il n'était pas un homme comme les autres et qu'elle ne voulait pas qu'il gâche sa vie avec Claire, décréta-t-elle.

Elle se corrigea mentalement. Claire était sa sœur. Il ne fallait pas songer à elle en ces termes.

— Ils se sont beaucoup vus, ces derniers temps, poursuivit Alan, ignorant tout des réflexions de Mona.

— C'est vrai, mais Claire est partie pour trois

mois. Et Dieu sait combien de fois elle peut tomber amoureuse en trois mois !

Elle considéra Alan d'un air espiègle.

— Je viens de m'apercevoir que Claire et toi, vous vous ressemblez beaucoup.

— Cela fait des mois que je n'éprouve plus rien, soupira Alan.

Mona leva un sourcil en signe d'étonnement.

— Réellement ! Pour aucune de ces femmes que tu escortes en ville !

— Quelques-unes, oui, fit-il avec un petit rire. Mais cela dure si peu de temps !

— Quelquefois, déclara Mona en secouant la tête, j'ai l'impression que Claire et moi sommes les seules de Dallas à ne pas avoir succombé à ton charme.

Alan fit claquer ses doigts.

— Voilà une idée ! s'exclama-t-il. Si nous vivions toi et moi une liaison passionnée, il y aurait largement de quoi occuper cet été.

— Je suis fatiguée rien que d'y penser, riposta Mona, amusée.

— Tu devrais au moins essayer. Je parie que d'ici à septembre, tu seras follement amoureuse de moi.

Mona se contenta de rire.

— Quel terrible destin ! Pire que la mort ! Je peux te citer cinq ou six femmes qui regrettent encore de t'avoir rencontré un jour.

La jeune fille se mordit la lèvre. Sans le savoir, elle avait heurté son ami. L'expression d'Alan changea aussitôt et devint plus dure.

— Je ne leur ai jamais menti, Mona, assura-t-il. Chacune d'elles savait à quoi s'en tenir dès le commencement.

Mona se sentit peinée. Elle se pencha vers lui et déclara avec douceur :

— Je ne voulais pas te blesser. Mais je te parle en amie. Tu devrais prendre la vie plus au sérieux et cesser de jouer avec les autres. Un jour, tu rencontreras une femme à qui tu t'attacheras réellement. Mais elle se méfiera de ta réputation. Elle pourra penser qu'un séducteur ne fait pas forcément un mari fidèle.

Alan la regardait sans comprendre.

— Tu ne te rends pas compte, déclara-t-il finalement. Je n'y peux rien si je suis riche ! Vais-je devoir aller à l'usine et renoncer à ma fortune pour prouver ma valeur ?

— Ne sois pas ridicule ! s'exclama Mona, agacée. Tu pourrais au moins tenter de te trouver une occupation. Pourquoi vis-tu encore chez tes parents ?

— Tu ne manques pas d'audace !

Jim avait utilisé le même mot. Il avait ensuite tempéré son jugement. Après tout, peu importait. Elle avait besoin de dire ce qu'elle ressentait.

— Depuis quand faut-il te ménager ? gronda-t-elle. Tu n'as toujours pas répondu à ma question. Pourquoi restes-tu chez ta mère ? Sais-tu que cela pourrait faire mauvaise impression à certaines ?

Stupéfait de la franchise de Mona, Alan éclata de rire.

— Elles se tromperaient ! Je vois ma mère une demi-heure tous les mois et la villa m'appartient. Ma mère s'y installe entre deux voyages, entre deux maris. Elle ne reste jamais longtemps parce qu'elle se remarie toujours rapidement. Avec Jeff, il est question qu'elle parte pour Hawaii.

Mona saisit l'occasion de changer de sujet.

— Jeff ? Ton nouveau beau-père ? A quoi ressemble-t-il ?

— Jeff ? Il ressemble à Paul, qui était comme

Harry, le vivant portrait de mon père. Je me demande pourquoi elle persiste dans cette voie. Je suppose qu'à travers toutes ces tentatives, elle recherche toujours quelqu'un comme son premier époux. Tu peux lui accorder une chose : elle ne les épouse pas pour leur argent. Mais... je regrette un peu Paul, je l'aimais bien.

Mona pensait à son enfance, si sereine. Elle sentit son cœur se serrer. Alan possédait tout... et si peu. Sa profonde solitude, n'était-elle pas la raison de sa recherche effrénée de la compagnie des femmes ?

Alan se leva brusquement.

— Je suis venu pour être encouragé et j'ai l'impression que tu m'as abattu, avoua-t-il.

Cependant, une lueur d'amusement jouait dans ses yeux.

— Et je t'empêche de travailler, ajouta-t-il.

— Assieds-toi, je t'en prie. Ces papiers peuvent attendre.

— Non, je vais rentrer et me consoler avec un bon roman.

Mona ne put s'empêcher de rire devant la vision qui s'offrait à elle.

— J'aimerais te voir ! s'exclama-t-elle entre deux hoquets. Alan Palmer, le célèbre Don Juan, couché avec un livre passionnant !

— Tu recommences ! Je ne suis pas tout à fait l'horrible créature que tu imagines !

Il s'était rapproché de Mona. Elle lui prit la main et la pressa amicalement.

— Je le sais bien, murmura-t-elle. Je plaisantais. Sais-tu ce que je te souhaite ? Une épouse tendre et un bébé rieur...

— Arrête-toi là ! s'écria Alan d'une voix horrifiée. Ne me parle pas de la jolie maison recouverte de vigne vierge !

— Tu oublies aussi les petits-enfants qui grimperont sur tes genoux !

Alan eut une expression amusée.

— Tu n'auras pas le plaisir de voir ce tableau idyllique, Mona. En revanche, si tu t'ennuies cet été, appelle-moi et nous verrons ce que nous pourrons faire.

La jeune fille l'accompagna jusqu'à la porte de derrière. En le regardant s'éloigner sur le chemin, elle songeait au passé. Ils avaient souvent joué ensemble, Alan, Claire et elle, dans le jardin, aux cow-boys et aux Indiens. Claire les avait vite abandonnés pour ses costumes et ses poupées qui lui plaisaient bien davantage. Mona était restée fidèle à Alan jusqu'à son adolescence. Celui-ci s'était ensuite éloigné pour poursuivre d'autres buts. Lesquels ? Mona les avait découverts bien plus tard, lorsque la réputation d'Alan était déjà solidement établie. Il se passionnait pour les voitures de sport, les croisières ou le pilotage d'avion. A présent, il lui était habituel de s'envoler vers les côtes du Pacifique pour goûter une spécialité qu'on lui avait recommandée la veille.

Pourtant, Mona connaissait un autre Alan, celui qui était apparu ce soir. Elle se promit de le revoir durant l'été. Sans savoir pourquoi, elle avait l'intuition qu'il avait besoin d'elle.

Mona se préparait à passer la soirée du lendemain sur les plans qu'elle avait abandonnés la veille. Absorbée dans son travail, elle sursauta à la sonnerie du téléphone. Elle prit machinalement l'écouteur mais reconnut aussitôt la voix grave qui lui parlait.

— Mona ? C'est Jim.

— Jim ! Comment allez-vous ? fit-elle d'un ton joyeux.

— Bien, merci. Avez-vous des nouvelles de votre famille ?

La gaieté de Mona disparut aussitôt. Il cherchait à se renseigner au sujet de Claire.

— Je n'ai reçu qu'un appel. Ils sont bien arrivés et sont impatients de revoir leurs amis de là-bas, répondit-elle plus sèchement qu'elle ne l'aurait voulu.

— Parfait. Ecoutez, j'ai eu une idée. Je vais au ranch vendredi après-midi pour le week-end. Vous paraissiez intéressée, l'autre soir. Pourquoi ne pas venir avec moi ? Si vous n'avez pas d'autres projets, bien entendu.

L'étonnement et le bonheur qu'elle éprouvait la laissèrent sans voix. Jim se méprit sur son silence.

— Mona, il y a beaucoup de monde au ranch. Ma gouvernante et son mari y vivent, nous ne serons pas seuls, si c'est ce qui vous fait hésiter.

— Je ne pensais pas à cela, répliqua Mona, maintenant remise de son émotion.

— Bien sûr, une jeune fille comme vous ne doit pas manquer de projets...

— Je n'ai rien prévu, interrompit-elle aussitôt. Je serai ravie de venir avec vous.

Pourquoi son cœur battait-il si fort ?

Jim parut sincèrement content.

— A quatre heures, vendredi. Cela vous convient-il ?

— Je serai prête.

— Nous arriverons juste à temps pour un bain et un apéritif avant le dîner. Apportez un maillot et une paire de jean, cela suffira. On ne s'habille pas, à River View.

Jamais Mona n'avait éprouvé une telle joie. Claire en aurait blêmi de jalousie. Non pas parce qu'elle l'aimait réellement, cela, Mona n'en savait rien.

Mais simplement parce que Mona se trouvait avec lui. La pensée de la fureur de sa sœur acheva de la rendre d'humeur exubérante.

Après avoir raccroché, Mona demeura de longs moments perdue dans une rêverie sans fin. Passer un week-end au ranch, c'était plus qu'elle n'en avait espéré. Elle ne troublerait pas son plaisir à penser qu'il n'était pas raisonnable de rester en compagnie de cet homme si attirant, et pour lequel Claire comptait autant.

La jeune fille tenta de se concentrer sur son travail mais sans succès. Ses dessins ne lui paraissaient plus aussi importants. Elle fit plusieurs erreurs et finit par renoncer. Elle profita longuement d'un bain chaud avant de se coucher. Dans l'obscurité, Mona laissa se profiler la silhouette de Jim Garrett.

Dès le commencement, il s'était montré différent des autres. Les amis de Claire, y compris ceux que Mona lui avait bien involontairement procurés, paraissaient ternes, sans aucune personnalité. Ils auraient pu être remplacés les uns par les autres sans qu'on le remarque. Mais pas Jim. Bien qu'envoûté, lui aussi, par le charme de Claire, il savait s'intéresser à d'autres choses. Ainsi, il l'avait plusieurs fois questionnée sur son travail et sur ses espérances. Il avait d'ailleurs encouru le déplaisir de Claire pour cette raison.

La première fois qu'il lui avait adressé la parole, Mona s'en souvenait encore avec précision. Elle était assise sur la véranda. Elle dessinait une chambre et laissait libre cours à son imagination. Cette part de création était ce qui l'attirait le plus dans la décoration d'intérieur. Totalement absorbée, elle n'avait pas entendu Jim approcher. Elle eut soudain le sentiment d'être observée. En levant les yeux, elle aperçut un homme à l'aspect séduisant.

Elle le salua d'une voix hésitante.

— Très joli, déclara-t-il en désignant les croquis. Vous avez du talent. J'aimerais bien vivre dans cette pièce.

— Vraiment ? Vous ne la trouvez pas trop féminine ?

— Non, justement. Vous êtes parvenue à lui donner une apparence de tranquillité sans la rendre trop féminine. A propos, je m'appelle Jim Garrett.

— Mona Lowery. Vous cherchez Claire, ajouta-t-elle aussitôt.

La remarque parut l'amuser.

— Exactement ! Comment l'avez-vous deviné ?

Elle haussa les épaules.

— C'est ce qu'ils font tous.

Il revint à ses dessins.

— J'espère que vous vous en occupez sérieusement.

— J'ai commencé mes études il y a trois ans, si c'est ce que vous voulez savoir.

Il acquiesça.

— C'est bien. Vous avez trouvé votre voie et vous irez loin.

— Je l'espère, sinon, mon père aura investi une fortune pour rien, rétorqua-t-elle avec humour.

Il rit. A bien y repenser, c'était ce rire franc et profond, plus encore que son charme, qui avait frappé son attention. La scène se retraçait dans sa mémoire avec la netteté du présent. Mona s'en souvenait, elle avait longuement contemplé son visage aux traits vigoureux et son regard d'un gris profond. La séduction qui se dégageait de cet homme n'avait rien de comparable avec l'insignifiance évidente des habituels amis de Claire.

« Pour une fois, Claire a rencontré un homme. Il est trop bien pour elle », avait-elle songé.

Depuis cette première rencontre, à chacune de ses visites, Jim ne manquait pas de venir bavarder avec elle. Il s'enquérait avec intérêt de son travail et suivait la progression de ses croquis. Claire ne cachait pas son mécontentement. Elle était habituée à être l'unique centre d'intérêt et cette concurrence, même légère, lui déplaisait. Jim n'en continuait pas moins de prendre des nouvelles de Mona.

A présent, voilà qu'il l'invitait à son ranch pour le week-end ! D'ores et déjà, elle savait que ces journées demeureraient à jamais gravées dans sa mémoire. Elle les revivrait avec passion. Mais son escapade demeurerait ignorée de sa famille. Pour quelle raison le souhaitait-elle ? Mona n'en avait aucune idée. Elle pressentait cependant que ce n'était pas uniquement dû aux relations entre Jim et Claire. Mona avait vécu peu de moments exaltants, dans sa vie, et celui-ci, elle voulait le garder pour elle seule.

A Lettie et Lucille, elle laisserait un numéro de téléphone et ferait allusion à l'invitation d'une amie. Cela leur suffirait. En fait, Mona ne s'inquiétait pas outre mesure de leurs réactions. De longues années au service de Kitty leur avaient enseigné que moins elles en disaient à leur maîtresse, mieux c'était.

Mona demanderait également à Jim de ne pas mentionner ce week-end dans ses lettres à Claire. Lui écrivait-il d'ailleurs ? S'il le faisait, il obtempérerait, même s'il trouvait les motifs de cette requête stupides.

3

APRÈS avoir traversé l'immense métropole de Dallas et de Fort Worth, la décapotable jaune roulait à vive allure vers une région de collines boisées où serpentaient le Brazos et le Paluxy. Bientôt, Mona put admirer les cèdres majestueux qui se dressaient dans le ciel texan d'un bleu profond. Le soleil était si fort que la jeune fille dut mettre son chapeau à larges bords pour se protéger des rayons.

— Avez-vous trop d'air ?

Jim était forcé de crier pour couvrir le bruit assourdissant.

— Je peux refermer le toit, ajouta-t-il.

— Non, j'adore sentir le vent !

Jim lui adressa un sourire approbateur.

Mona profitait pleinement du paysage qui défilait à une rapidité impressionnante. De temps à autre, elle jetait un regard à la dérobée vers Jim. Avec son jean serré et ses bottes vieillies, il paraissait encore plus séduisant que dans son costume sombre. La simplicité de sa tenue accentuait encore la virilité de son corps. Pourquoi s'attardait-elle autant sur sa large carrure ? Pourquoi l'émeuvait-il si profondément ? Jamais Mona n'avait prêté ainsi attention à l'apparence extérieure d'un homme. La plupart de ceux qu'elle avait rencontrés ne l'intéressaient pas suffisamment pour mériter un examen aussi minutieux. Mona devait se l'avouer. Elle éprouvait vis-à-vis de Jim une attirance irrésistible.

Mona le sentait détendu, plein d'énergie. Beaucoup plus à vrai dire que les autres fois. Auparavant, elle ne l'avait jamais vu qu'en compagnie de Claire. Etait-ce l'absence de sa sœur qui le rendait plus léger ?

Jim ralentit soudain l'allure, gagna le bas-côté et s'arrêta.

— C'est vous qui prenez le volant, maintenant, ordonna-t-il.

— Avez-vous bien réfléchi ?

Jim se glissa hors de la voiture et salua Mona d'une gracieuse révérence.

— Madame, votre carrosse est avancé. Vous n'avez qu'à suivre cette route pendant une dizaine de kilomètres et nous serons arrivés.

Jim s'installa aussitôt sur le siège du passager tandis que Mona prenait la place du conducteur. Elle ramena la Mustang sur la chaussée avec douceur. Ben lui avait souvent dit qu'elle conduisait « comme un homme » — le meilleur compliment qu'il puisse imaginer. — Elle se sentait en tout cas à l'aise et crut lire l'admiration dans le regard de Jim. Sa satisfaction l'emplit de joie.

Quelques instants plus tard, le coupé pénétrait dans le ranch River View. Une massive barrière de bois en indiquait l'entrée orientale. Au loin se dressait l'imposante maison. Construite sur une hauteur, elle dominait un véritable dédale de dépendances et de corrals. De vastes prairies vert tendre s'étendaient à l'horizon, parsemées de taches rousses, le bétail, songea Mona, la raison d'être de ce domaine. La ferme même, en pierre du pays et bois de cèdre, était entourée d'une pelouse soigneusement entretenue où s'élevaient de majestueux chênes. Les bosquets se coloraient de pétunias, de soucis et de lauriers-roses. Leurs vives couleurs étincelaient au soleil.

Mona fut immédiatement conquise par la paix qui émanait des lieux. La demeure paraissait sommeiller, loin de la précipitation des villes.

— Jim, c'est merveilleux ! s'écria-t-elle, avec enthousiasme. Si j'étais peintre, je planterais mon chevalet ici et je n'en bougerais pas. Voit-on réellement la rivière, du ranch ?

— Là-bas, répondit Jim en désignant la descente. Le Brazos est quelquefois violent. Il vaut mieux construire plus haut et à une certaine distance pour éviter les crues.

Un chemin conduisait à la ferme. En s'y engageant, Mona regardait de part et d'autre, émerveillée.

— On dirait une plantation, commenta-t-elle.

— Nous avons très peu de terres cultivées, expliqua Jim. Ce sont surtout des pâturages.

Ils étaient arrivés. Mona gara la Mustang devant les marches du perron. En sortant de la voiture, elle fit quelques pas pour se reculer et mieux admirer la maison.

— Je comprends que vous souhaitiez passer tout votre temps ici, murmura-t-elle. Si je possédais une telle propriété, je ne pourrais plus en partir.

— Si vous pouviez convaincre votre sœur !

Le visage de Mona s'assombrit. Allait-il passer le week-end à parler d'elle ?

— Je n'ai aucune influence sur elle, rétorqua Mona d'un ton contraint. De toute façon, je ne vois pas Claire vivre ici. Ce cadre ne lui convient pas.

Il en ferait ce qu'il voudrait ! décida-t-elle, agacée.

Jim avait apparemment choisi d'ignorer la remarque. Il prit Mona par le bras et la conduisit à l'intérieur du bâtiment.

— Quelqu'un va s'occuper de monter nos bagages, déclara-t-il.

Mona dut cligner des yeux pour s'accoutumer à la lumière plus diffuse. Le couloir frais dans lequel elle se trouvait desservait à gauche le salon, qui s'ouvrait sur une terrasse ensoleillée, et la salle à manger à droite. Les pièces étaient vastes et rangées, le mobilier, sans personnalité. La jeune fille eut l'impression d'une certaine froideur dans l'aménagement des lieux.

« Comme j'aurais aimé m'occuper de la décoration intérieure », ne put-elle s'empêcher de penser.

— Venez, Mona, intervint Jim. Je veux que vous fassiez la connaissance de Mamie. C'est elle qui, avec son mari, a la responsabilité de la maison. Une vraie merveille, vous verrez. Si vous voulez qu'elle s'occupe de vous, elle le fera avec toute la chaleur et la générosité qui la caractérisent. Si vous préférez demeurer seule, elle veillera jalousement à votre tranquillité. Et attendez d'avoir goûté à sa cuisine !

Mamie était une femme assez ronde à la physionomie ouverte. Elle se trouvait au service des Garrett depuis que Jim était enfant. Cela expliquait l'attitude qu'elle prenait envers lui.

— Cette maudite ville ne vous fait aucun bien, Jim, gronda-t-elle. Vous avez encore minci et vous avez le teint pâle !

Jim éclata de rire et entoura la taille de Mamie d'un geste affectueux. Il existait visiblement une grande complicité entre eux. Restée sans enfants, Mamie pouvait donner à Jim la part d'amour maternel qui vibrait en elle.

— Je me sens très bien, assura Jim. Mamie, je voudrais vous présenter Miss Lowery...

Le visage rond de Mamie s'éclaira d'un large sourire. Elle dévisagea Mona d'un air entendu.

— C'est la Miss Lowery dont on m'a tellement parlé !

Pris de court, Jim eut un air embarrassé.

— Non, intervint Mona pour lui éviter une explication pénible. Je suis Mona, sa sœur.

— C'est dommage ! lança Mamie avec franchise. Je ne l'ai pas vue, mais vous, je vous aime bien. Vous êtes jolie et sympathique.

Mona la remercia tout en maudissant Claire de toujours venir s'interposer entre elle et Jim.

— Allez passer votre maillot de bain, la pressa Jim. Je vous donne rendez-vous à la piscine dans un quart d'heure.

— Vous aurez des steaks pour dîner, leur cria Mamie alors qu'ils s'éloignaient tous deux.

— Parfait, répondit Jim en se retournant. Vous aimez cela, j'espère, Mona !

— Bien sûr !

— Nous en mangeons toujours beaucoup, ici.

Mona se souvint qu'en effet, tout au long de la route, des panneaux publicitaires invitaient à s'arrêter pour goûter le bœuf du Texas !

— Et Jim sait faire les barbecues ! s'exclama Mamie en lançant un clin d'œil à l'adresse de Mona.

Jim secoua la tête.

— Pas ce soir, Mamie. C'est votre tour.

— Ils seront moins bons, tant pis ! rétorqua Mamie. Mais je ne peux vous blâmer de vous occuper de votre invitée !

En la regardant se diriger vers la cuisine, Jim murmura à Mona :

— Elle vous aime bien.

— Moi aussi, se contenta-t-elle de répondre.

— Venez, proposa Jim en enserrant la taille de la jeune fille. Je vais vous montrer votre chambre.

Mona arriva à la piscine avant Jim. En l'attendant, elle plongea avec délices dans l'eau fraîche. En quelques brasses vigoureuses, elle parvint à l'autre extrémité de la piscine. Après avoir fait quelques longueurs, elle sortit de l'eau pour se reposer et eut un choc. Jim était étendu sur une chaise longue, les paupières closes. Son maillot de bain blanc mettait merveilleusement en valeur le teint hâlé de son corps. Mona se surprit à parcourir du regard les jambes étendues longues et musclées, et le buste vigoureux.

Jim ouvrit les yeux. Mona détourna la tête et fit semblant de rechercher une bouteille d'huile solaire tombée à terre. Une exclamation étouffée lui parvint. En levant la tête, elle se rendit compte que Jim la fixait intensément. Son visage avait une expression figée.

— Mona !

Stupéfaite, elle chercha autour d'elle ce qui avait pu provoquer sa réaction.

— Que se passe-t-il ? finit-elle par demander.

— Rien. Mais il devrait y avoir une loi contre ce genre de vêtements. Il en existe d'ailleurs peut-être une !

Mona observa son maillot une pièce vert émeraude. Profondément décolleté dans le dos, il moulait parfaitement les formes de son corps.

— J'ai un bikini, chez moi, qui est beaucoup plus osé, protesta-t-elle. Celui-ci est très classique !

— Classique ? répéta Jim, les yeux écarquillés de surprise. En tout cas, il ne l'est certainement pas sur vous !

Mona sentit son regard peser à nouveau sur elle. Elle s'allongea sur une chaise longue, à côté de lui. En souriant, elle repensait à la délicieuse chaleur qui l'avait envahie lorsque Jim avait exprimé son admiration pour l'harmonie de ses formes. Il n'avait pu feindre cette émotion. Même un acteur consommé n'aurait pas su le dire avec une telle conviction. Un frisson la parcourut. Mona ferma les yeux pour tenter de maîtriser le trouble qui montait en elle.

Quelqu'un les observait, elle en avait la certitude. La jeune fille ouvrit les yeux. Devant elle se tenait un homme souriant, de quelques années plus jeune que Jim. Il portait un jean et une chemise à carreaux. Ses cheveux blonds lui donnaient l'air d'un collégien.

Mona se rassit précipitamment.

— Bonjour, fit-elle en essayant de paraître naturelle.

Elle aurait donné cher pour pouvoir échapper à l'examen insistant auquel il la soumettait.

— Ah ! John ! s'exclama Jim, alerté par le bruit des voix. Comment vas-tu ?

— Bien, bien, répondit celui-ci, se détournant à regret de Mona.

Sa réaction n'avait pas échappé à Jim qui en sourit.

— Mona, voici John Browder, mon régisseur. Mona Lowery, une amie.

— Enchanté, Miss, déclara John avec un sourire. Comment se fait-il qu'aucune de mes amies ne vous ressemble ?

Mona soutint son regard mais au fond d'elle-même, elle avait hâte qu'il s'en aille. Lorsque John se tourna vers Jim, la jeune fille se sentit soulagée.

— Viendrez-vous voir les jeunes veaux, demain

matin ? Je vous assure que Kingsley vaut bien son prix !

— J'irai de bonne heure, promit Jim. Mais je ne travaillerai pas beaucoup, ce week-end. C'est la première visite de Mona et je veux tout lui montrer.

— Vous avez raison, approuva John.

Il salua de nouveau Mona avant de repartir et il la gratifia d'un dernier coup d'œil admiratif.

— Voilà encore quelqu'un à qui vous ne déplaisez pas, commenta Jim avec un clin d'œil.

Le week-end passa à une rapidité fulgurante. L'air frais, le soleil et le ranch paisible, contribuaient sans doute à cette joyeuse détente. Mais Mona savait qu'elle puisait son énergie dans la compagnie de Jim. L'un et l'autre appréciaient les conversations faciles qu'ils avaient. Après deux jours, Mona avait l'impression de connaître Jim depuis des années. Elle se demanda s'il ressentait la même chose.

Le samedi matin, Jim sella deux chevaux et emmena Mona parcourir les terres du ranch. Habituée à admirer les réalisations humaines, Mona apprécia particulièrement cette promenade dans la nature sauvage, au milieu des chênes et des cèdres. Des daims gambadaient à travers les prairies. On entendait au loin le murmure du Brazos qui venait se jeter, à quelques dizaines de kilomètres de là, dans le Golfe du Mexique.

— Jim, s'exclama Mona en ralentissant l'allure de son cheval, on se croirait à mille lieues de toute civilisation et revenu aux temps primitifs.

— Nous sommes ici dans une zone de transition, expliqua Jim, ravi de son enthousiasme. Nous nous situons à la limite de la prairie et des terres de ranches. River View est traversé par le 98ᵉ méridien.

— Ce qui signifie ? s'enquit Mona avec curiosité.

— C'est, paraît-il, la limite des pluies abondantes. Quelquefois, nous en subissons trop, mais il existe également des années où les précipitations sont aussi rares qu'au Texas occidental.

Il la dévisagea d'un air amusé.

— Vous savez, si vous passez quelque temps ici, vous devrez vous. habituer à entendre beaucoup parler du climat. Lorsqu'on veut faire de l'élevage, le temps devient soudain la chose la plus importante au monde. Il faut de l'eau pour l'herbe, pour les récoltes. L'eau, c'est la vie ! Telle pourrait être la devise des fermiers ou des éleveurs.

Jim regarda le ciel d'un bleu pur et poussa un soupir.

— Nous en aurions bien besoin, en ce moment, ajouta-t-il. Il ne faudrait pas qu'elle tarde trop.

— Combien possédez-vous de vaches ? questionna Mona, alors qu'ils passaient devant un troupeau.

Jim se mit à rire.

— Permettez-moi de vous donner un conseil. Ne demandez jamais le nombre de vaches mais plutôt le nombre d'hectares.

— Pourquoi ? reprit Mona en fronçant les sourcils.

— Parce que cela revient à s'informer de l'argent qu'on gagne. De toute façon, n'importe quel propriétaire vous mentira.

— Cela veut-il dire que vous ne voulez pas que je le sache ? demanda Mona sur un ton de fausse innocence.

— Je possède un troupeau de trois cents têtes environ, répondit Jim en riant.

— Environ ?

— Oui, cela dépend des conditions atmosphériques ; du marché, d'un certain nombre de facteurs.

Il l'observa avec amusement.

— Avez-vous encore d'autres questions ?

— Qui d'autre pourrait me renseigner ? riposta
Mona. Je passe toute la semaine dans ma demeure
de Highland Park ! Tout ce que je vois de la nature,
c'est le parc, le dimanche, ou de temps à autre le
zoo, lorsque je vais y faire une promenade.

Après avoir longuement visité la propriété, ils
revinrent lentement vers le bâtiment principal. Près
de la maison se trouvait le jardin potager de Mamie.
Mona admira longuement les plantations avant de se
tourner vers la grange et les corrals qui l'entou-
raient. Elle avisa l'une des nombreuses constructions
qui prolongeaient la grange.

— C'est le domaine de Kingsley, expliqua Jim.

— Qui est Kingsley ?

— Notre taureau champion ! Voudriez-vous le
recontrer ?

— J'en serais ravie ! répliqua Mona, sur le même
ton d'humour.

Kingsley ne paraissait pas d'humeur très amicale
mais il était d'une stature magnifique. Les photos et
les décorations qui ornaient le mur fournissaient
amplement les preuves de sa valeur.

— Kingsley nous revient assez cher mais il engen-
dre des centaines de veaux chaque année, déclara
Jim avec fierté.

— Des centaines ! s'exclama Mona, incrédule.

— Par insémination artificielle. Kingsley est un
animal qui nous est bien trop précieux pour le laisser
aller à l'aventure sur les pâturages.

— Voilà bien les éleveurs ! s'écria Mona avec une
expression de dégoût. Vous ne pensez qu'à votre
profit personnel et vous intervenez pour détourner
la nature.

— Vous savez, cela ne dérange pas Kingsley, répliqua Jim en réprimant son envie de rire.

— Il ne s'agit pas de Kingsley mais de ces pauvres vaches ! rectifia Mona avec indignation. Elles ne connaîtront jamais la moindre histoire d'amour dans leur vie et n'auront aucune idée de la façon dont elles seront devenues mères.

Jim rejeta la tête en arrière et éclata d'un rire tonitruant.

— Mona ! Vous êtes extraordinaire !

Mona put rapidement se rendre compte que Jim se trouvait au ranch dans son véritable milieu. Elle avait cru qu'il s'agissait d'un simple passe-temps mais elle avait fait erreur. C'était plutôt la société dont il s'occupait qui faisait figure d'activité accessoire. A River View, tous ceux que Mona rencontrait possédaient une caractéristique commune : leur amour pour les chevaux et le bétail en même temps que leur respect vis-à-vis de Jim et de ses connaissances.

Quant à sa présence à elle, qu'en pensaient tous ces hommes ? Elle tenta une fois de le demander à Jim :

— Croyez-vous qu'ils trouvent que je ne suis pas à ma place, ici ?

La pupille de ses yeux gris se rétrécit.

— Ils n'ont aucun avis à avoir sur ce sujet, décréta Jim d'un ton vif. Pourquoi ? Quelqu'un vous a-t-il fait une remarque ?

— Non, s'empressa de répondre Mona. Ils se montrent toujours très polis, presque trop. Ils retirent leur chapeau, m'appelle « madame ». Ils m'observent. Je ne sais pas pourquoi mais j'ai l'impression d'être la première femme que vous ayez invitée au ranch.

— La première personne, précisa-t-il, homme ou femme. Voilà pourquoi ils vous observent. Ils doivent se demander ce que vous avez de particulier pour que je vous aie emmenée passer un week-end ici. Sans parler de votre charme, ajouta-t-il avec un sourire.

Le soleil de juin embrasait encore le ciel de ses derniers feux. Puis, la magie du couchant disparut. Après le crépuscule vint la nuit sombre, paisible et silencieuse. Mona et Jim finissaient leur verre de vin sur le patio et regardaient les étoiles se découper nettement sur la voûte céleste.

— Jim ! s'écria soudain Mona. Vous vous accordez si bien au paysage ! Je vous imagine volontiers près d'un feu de camp, en train de raconter la dernière attaque de la diligence ou la capture des voleurs de troupeaux.

— J'aurais aimé mener cette vie, avoua-t-il en souriant. La réalité de l'élevage a changé, depuis cette époque, mais il en reste quelques traces, surtout dans les grands ranches de l'ouest.

— J'ai remarqué que tous vos hommes, même vos aînés, manifestent le plus grand respect pour vos paroles.

— C'est parce qu'ils savent que je suis des leurs. Autrement, ils ne me porteraient pas la moindre attention. Il y a peu de temps, les *Mornig News* ont consacré un article à *Garrett Electronics*. Ils me présentaient comme un magnat de l'électronique. Mon père l'est, mais pas moi. Je ne me suis pas du tout reconnu. Je tiens de mon grand-père, qui était un véritable cow-boy. C'est ici que je suis réellement heureux. Et cela, poursuivit Jim, comment le faire accepter à Claire ?

Mona exhala un profond soupir. Elle aurait tout

donné pour que le nom de Claire ne soit pas prononcé durant ce merveilleux week-end. Avec tristesse, elle s'apercevait que c'était impossible. Jim avait besoin de parler d'elle. Elle se résigna à l'écouter. Tel était son destin : consoler les soupirants de Claire.

— Comment avez-vous rencontré Claire ? demanda Mona en essayant de masquer sa mélancolie.

— Au cours d'une soirée, répliqua Jim. Lorsqu'elle est entrée, toute l'assistance s'est tournée vers elle. J'ai cherché un moyen de l'aborder. A cette époque, elle sortait avec Joey Wallis. Je ne parvenais pas à l'oublier. Sa silhouette me hantait jour et nuit. Puis ils ont rompu. Voilà... depuis, je n'ai pas eu un seul instant de tranquillité. Par moments, je crois devenir fou mais elle peut se montrer si charmante...

Combien de fois Mona avait-elle entendu cette histoire ? Elle n'aurait su le dire. Quel puissant attrait possédait donc Claire pour envoûter un homme aussi exceptionnel ? Quel secret ?

— Je sais, parvint-elle à rétorquer avec calme. Vous ne pouvez pas vous imaginer l'enfer que j'ai vécu avec elle. Tout le monde disait : « Vous êtes la sœur de Claire. » On établissait toujours des comparaisons, je n'existais jamais par moi-même. Je n'aime pas le reconnaître mais j'éprouve un peu de jalousie envers elle.

Jim se tourna vers Mona. Pour dîner, elle avait troqué son jean contre un pantalon vert souple et un chemisier harmonieusement assorti. Le jeune homme détailla la courbure de ses longs cils, le nez droit, les lèvres sensuelles, le tracé ferme du menton.

— Peu de femmes l'avoueraient, observa-t-il avec

chaleur. Mais vous n'avez aucune raison de l'envier, Mona. Vous êtes vous-même si délicieuse !

Mona eut un rire empreint d'une certaine amertume.

— Cette personne délicieuse dont vous parlez ne peut pourtant pas s'empêcher d'avoir de vilaines pensées envers Claire. Chaque garçon que j'ai invité à la maison est instantanément tombé amoureux d'elle en la voyant. Comme je ne pouvais fréquenter que les amis que je connaissais, je finissais par les faire venir les jours où Claire n'était pas là. C'est ridicule, n'est-ce pas ? fit-elle en guettant la réaction de Jim avec une certaine appréhension.

Il lui lança un regard compréhensif.

— En considérant la situation avec recul, cela paraît stupide. Mais sur le moment, ces expériences sont tellement douloureuses ! La jalousie est un sentiment parfaitement normal.

— C'est vrai, reconnut Mona, mais je suis parfois allée trop loin. Bien qu'il y ait eu un côté positif.

— Comment cela ?

— J'ai décidé de construire ma vie de façon à ce qu'on ne puisse pas me comparer à Claire. Comme je ne pouvais pas rivaliser avec elle sur le plan physique, j'ai choisi l'intellect. Je me suis jetée dans mes études avec une ardeur effrénée. J'ai travaillé jusqu'au bout de mes limites. Mais quelle perte de temps et d'énergie ! Claire ignorait tout de cette compétition. J'étais la seule à en souffrir, la seule à avoir besoin d'être rassurée. Enfin, poursuivit-elle avec un soupir. Lorsque j'aurai cette boutique de décoration, je quitterai la maison et je pourrai enfin mener une existence différente de celle de Claire.

— Quelle sorte d'existence Claire aura-t-elle donc ?

Mona crut déceler une certaine froideur dans le ton de Jim.

« Attention ! songea-t-elle. Cet homme aime Claire, peut-être plus que je ne le soupçonne. Et lorsque je parle d'elle, je ne me maîtrise plus. » Elle devait rester sur ses gardes.

— Celle de ma mère, répliqua-t-elle sans s'attarder davantage.

Jim lui prit la main d'un geste affectueux qui la surprit.

— Vous n'avez aucune raison de jalouser qui que ce soit, affirma-t-il.

Il ne relâcha pas son étreinte. Involontairement, Mona enlaça ses doigts autour des siens. Etrangement émue, elle aurait souhaité que cet instant s'éternise.

— Merci, murmura-t-elle avec une profonde gratitude.

Si en elle-même, elle croyait en sa valeur, elle ne pouvait cependant oublier les moments de doute que Claire faisait naître en elle.

— Le pire, se décida à avouer Mona, c'était de penser que mon père aurait été bouleversé d'apprendre cela. Il tient avant tout à l'harmonie de la famille.

La jeune fille s'abandonna quelques instants à la contemplation de la voûte étoilée et à la douceur du soir.

— A quelle heure faut-il rentrer, demain ? s'enquit-elle.

— En général, je préfère être de retour vers six heures, pour me préparer à ma semaine de travail.

— Maintenant que vous m'avez tout appris du ranch, parlez-moi de *Garrett Electronics*, déclara Mona d'un ton léger.

L'étrangeté de la situation la troublait. Elle venait

de confier à cet homme qu'elle connaissait à peine ce qu'elle n'avait jamais osé révéler et ils se tenaient par la main. Ils s'apprêtaient pourtant à parler de l'entreprise de Jim comme deux vagues relations.

— Que voulez-vous savoir ?

Elle aurait aimé lui demander si le contact de sa main le bouleversait aussi profondément qu'elle-même... Sans doute pas.

— Ce que vous y faites, comment tout a commencé.

Jim tira une cigarette de la poche de sa chemise. Mona relâcha son étreinte pour lui permettre de saisir son briquet mais il lui reprit la main. Heureuse de sentir à nouveau cette chaleur qui la faisait tressaillir, elle regardait la fumée disparaître dans la nuit calme. Il lui proposa de fumer et Mona accepta.

— Mon père a toujours été fasciné par l'électronique, reprit Jim. Lorsqu'il s'est lancé dans les jouets éducatifs, c'était les débuts de notre programme spatial. Le succès commercial a été important. Puis nous avons fait des calculatrices de poche. Nous travaillons à un processus semblable pour les mots, maintenant.

— C'est intéressant, approuva Mona. Mais votre cœur demeure au ranch.

Il lui adressa un sourire en guise de réponse.

— Je vous comprends, poursuivit Mona. Ce week-end a passé tellement vite ! Jamais je ne pourrai assez vous remercier.

— Je suis content que vous ayez apprécié River View, déclara Jim. J'étais heureux d'être venu en votre compagnie.

A ces mots, Mona se sentit envahie d'une douce chaleur.

— La propriété est magnifique. Et cette maison, quand a-t-elle été construite ? s'enquit-elle, autant par intérêt que pour chasser l'émotion qui montait en elle.

Jim fronça les sourcils.

— Mon arrière-grand-père l'a fait construire vers 1920, avec l'argent qu'il a retiré de ses plantations de coton. Mais il y a eu des améliorations, depuis. L'installation électrique, par exemple !

Mona apprécia la plaisanterie d'un rire léger.

— Je l'avais remarqué. J'ai également observé la charpente intérieure. C'est un travail exceptionnel. J'aimerais bien faire des aménagements.

— Vraiment ? Mamie a essayé mais elle a abandonné l'idée de me convaincre de modifier quoi que ce soit. Feriez-vous des esquisses ? Je vous paierais, naturellement.

— Je ne suis pas encore professionnelle, rétorqua Mona. Si je le fais, ce sera par plaisir.

Elle se mordit la lèvre. Si elle s'engageait à décorer la demeure, il lui faudrait revoir Jim. Or, il valait mieux que cette amitié cesse avant qu'elle ne se développe trop. La prudence lui conseillait d'éviter Jim. Mais, pour la première fois de sa vie, Mona n'avait pas la moindre envie de se montrer prudente.

— Je dessinerai les plans, promit-elle.

— Mona, je me sens si détendu avec vous, lui murmura-t-il. Savez-vous ce que j'apprécie le plus chez vous ?

Elle feignit de se plonger dans une profonde méditation.

— Mon charme irrésistible, ma brillante personnalité et mon esprit étincelant ! dit-elle amusée.

— En dehors de toutes ces qualités, voulais-je dire !

— Je ne sais pas.

— Votre franchise. Vous dites tout ce que vous pensez.

S'il savait ! S'il pouvait imaginer les pensées qui se bousculaient dans son esprit à cet instant même !

— Je vous appellerai à votre bureau lorsque j'aurai terminé les esquisses, reprit-elle en tentant de conserver une voix neutre.

— Mieux encore. Je vous propose un autre week-end ici.

— Vraiment ? s'exclama-t-elle sans pouvoir maîtriser sa joie.

— Autant de fois que vous le voudrez, ajouta Jim.

— Sérieusement ?

Jim hocha la tête.

Ce n'était pas raisonnable. Mais elle aimait sa compagnie et lui, de même, ou il ne l'aurait pas invitée. Claire, elle, n'aurait pas hésité.

— Entendu, monsieur Garrett, s'entendit-elle répondre.

4

L ORSQUE Mona rentra de ses cours, ce lundi
après-midi, Lettie venait de décrocher le
téléphone. Le cœur battant, la jeune fille
s'approcha.

— Est-ce pour moi ?

Lettie acquiesça.

— Alan Palmer, annonça-t-elle en lui tendant le
récepteur.

Mona tenta de masquer sa déception. Elle se
morigéna. Jim n'avait aucune raison de l'appeler.

— Bonjour, Alan, fit-elle d'un ton morne.

Son interlocuteur éclata de rire.

— Je suis habitué à plus d'enthousiasme de la part
des jeunes femmes qui me parlent !

— Ta modestie te perdra, déclara Mona avec
sécheresse. Que se passe-t-il ?

— Je ne te dérange pas, j'espère !

— Non, je viens de l'école.

— Peux-tu passer me voir ? J'ai quelque chose à
te montrer.

— Quoi ?

— Tu verras chez moi. J'ai besoin d'aide.

— Entendu, répliqua Mona, intriguée malgré
elle.

En quoi pouvait-elle aider Alan, elle aurait bien aimé le savoir !

— Laisse-moi le temps de me changer et de manger un peu.

Mona grimpa l'escalier en courant, déposa ses livres et enfila un bermuda avec une rapidité exemplaire. Avant de sortir, elle alla faire une rapide inspection du réfrigérateur sous le regard réprobateur de Lucille : la cuisine était son domaine réservé et d'habitude, les membres de la famille Lowery n'y pénétraient pas.

— Que faites-vous, Mona ? la questionna Lucille d'un ton de reproche.

— Je cherche de quoi me nourrir.

— Asseyez-vous là et je vous préparerai quelque chose de convenable.

Mona brandit une part de poulet rôti et un Coca-Cola.

— Je n'ai pas le temps, Lucille, expliqua-t-elle tout en décapsulant la bouteille. Je vais en mission chéz les Palmer.

— Depuis combien de temps n'avez-vous pas fait de vrai repas ? Si votre mère savait...

— Mais elle ne saura rien, déclara fermement Mona.

La jeune fille traversa rapidement le chemin qui menait à la maison de ses voisins. Elle poussa la grille de fer forgé et trouva Alan étendu sur une chaise longue près de la piscine, en maillot de bain. La pelouse était parsemée de bouteilles vides, de vêtements, de clous et de sciure.

— Que s'est-il passé ici ? s'enquit Mona, étonnée.

Alan se leva pour l'accueillir.

— C'est le cadeau de départ de ma mère : elle veut une terrasse ! Cela manquait, en effet, ajouta-t-il en levant les yeux au ciel. Il y a quinze pièces, mais il lui faut celle-là. Elle est partie avec Jeff à Hawaï en me laissant ce désordre.

Alan se dirigea vers la villa, suivi de Mona. La terrasse longue et étroite, dans le prolongement de la cuisine, était fermée par une large baie vitrée. L'ensemble était joli mais Mona se demandait, elle aussi, pourquoi l'avoir ajoutée à cette demeure déjà trop grande.

— Je n'ai pas la moindre idée de ce que je vais en faire, reprit Alan. Alors j'ai pensé à toi. Si ce n'est pas trop contraignant, pourrais-tu te charger de la décoration ?

Mona jeta un regard circulaire autour d'elle en tentant d'étudier les moindres détails.

— Puisqu'elle donne sur la piscine, il faut qu'elle paraisse claire et aérée.

Alan haussa les épaules. Il arborait une expression de totale indifférence.

— Il faut en faire quelque chose, c'est tout ce que je sais. Si tu n'as pas le temps, je chercherai quelqu'un d'autre.

— Ne sois pas ridicule, s'écria Mona. Ce sera une excellente expérience pour moi.

Peu à peu, la décoration se mettait en place dans sa tête.

— Des plantes, c'est indispensable. Avec cette exposition, elles pousseront merveilleusement bien. Des sièges en osier ou en rotin. Surtout pas de tentures, ce serait trop lourd. Et des stores pour se protéger du soleil, peut-être. Pour le coin qui se trouve près de la cuisine, il faudrait une table basse pour prendre le petit déjeuner !

Alan ne se laissa pas gagner par l'enthousiasme croissant de la jeune fille.

— Fais ce que tu veux, je te laisse carte blanche, conclut-il.

Mona continua à explorer les pièces disposées autour de la terrasse.

— Qu'y a-t-il, ici ? s'enquit-elle en ouvrant sans attendre la réponse.

Alan se précipita pour saisir la poignée, comme s'il voulait refermer la porte.

— C'est mon atelier.

— Ton atelier ! s'exclama Mona en lui lançant un regard amusé. Mais à quoi travailles-tu ?

En entrant, elle découvrit avec stupeur un véritable studio d'artiste. Par la lucarne, la lumière entrait à flots. Tout s'y trouvait : chevalet, toiles, pinceaux, palettes. Des tableaux, dans un état d'achèvement divers, encombraient le plancher. Une forte odeur de térébenthine flottait.

Mona allait avec émerveillement de tableau en tableau. La plupart d'entre eux représentaient des scènes champêtres. La jeune fille les trouva tous admirablement réussis.

— Alan ! s'écria-t-elle, enthousiaste. Est-ce toi qui as tout peint ?

Il sourit faiblement, comme un enfant pris en faute.

— C'est lorsque je m'ennuie. Il faut bien s'occuper, répliqua-t-il avec embarras. D'ailleurs, je vais abandonner la peinture pour la photo.

Il mentait. Toutes ses toiles démontraient son amour pour cet art.

— Depuis combien de temps te caches-tu ainsi ?

— Six ou sept ans.

— As-tu pris des cours ?

— Quelques-uns, lorsque j'étais supposé étudier la pétrochimie.

Les paysages représentaient le Texas, ses montagnes, et ses vastes prairies. Pourtant, celui qui attira davantage Mona fut un quartier de la ville, le

Turtle Creek, avec des azalées en fleurs. Car s'il était facile de glorifier les beautés de la nature, il fallait être artiste pour trouver l'harmonie et la grâce dans une jungle d'acier et de béton. Bien que loin d'être experte, Mona savait reconnaître le talent. Et elle aimait beaucoup les œuvres d'Alan.

Les yeux brillants à l'idée d'avoir découvert cette nouvelle facette de la personnalité d'Alan, Mona se tourna vers lui :

— C'est magnifique !

— Ce n'est qu'un jeu ! protesta le jeune homme.

— Tu considères tout comme un jeu. Pourquoi ne pas en faire quelque chose de sérieux ?

— Je t'en prie, arrêtons-nous là. Et ne t'avise pas de raconter cela à tout le monde, ajouta-t-il en pointant un doigt menaçant.

— As-tu peur que cela ternisse ton image de marque ? lança Mona, agacée par tant de réticence.

— Peut-être.

— J'ai une amie qui tient une galerie, insista Mona. Tu la connais aussi, c'est Stephanie Means. Laisse-moi lui parler de tes œuvres.

Elle saisit le tableau qui représentait le Turtle Creek et l'examina à nouveau.

— C'est celui que je préfère ! s'exclama-t-elle avec sincérité.

— Alors prends-le, je te le donne.

— Non, je te l'achète.

Alan éclata de rire.

— Allons, ne plaisante pas.

— Mais je suis sérieuse ! protesta Mona.

— Très bien. Je te le vends dix dollars. Je n'accepte que de l'argent liquide, et comptant !

Mona se sentit découragée devant cette évidente mauvaise volonté. Elle tenta de s'expliquer une dernière fois.

— Comment puis-je te faire comprendre que tu as un réel talent ?

— Tu n'y parviendras pas, déclara Alan. Mais si cette toile te plaît, prends-la. Autrement, elle traînera ici avec les autres, et elle se couvrira de poussière. A présent, revenons à nos affaires et à la terrasse.

Mona quitta le studio, bien décidée à ne pas abandonner son projet.

Le temps s'écoulait avec une agréable régularité. Mona partageait ses jours entre les cours et l'étude qu'elle avait entreprise pour Alan. Elle consacrait ses soirées à River View. Cependant, elle n'avait pas oublié sa promesse d'aller voir Stephanie Means.

Stephanie, une amie d'enfance de Kitty, était une femme d'une élégance raffinée. La galerie qu'elle possédait semblait à son image, petite et soignée. Tout en espérant qu'Alan lui pardonnerait son audace, la jeune fille poussa la porte de la galerie.

Stephanie l'accueillit chaleureusement. Elle lui demanda des nouvelles de sa famille et écouta avec intérêt Mona lui expliquer la raison de sa présence. Elle examina attentivement le tableau qui représentait Turtle Creek.

— Je l'aime bien, déclara-t-elle finalement. C'est si reposant de voir quelque chose de simple, après tous ces peintres qui se croient porteurs d'un message pour l'humanité. Tu m'as dit qu'il habitait la région, je crois ?

Mona acquiesça.

— J'organise une exposition de peintres régionaux le mois prochain, reprit Stephanie. Peux-tu le contacter ? Il a peut-être d'autres œuvres prêtes.

La jeune fille se sentit vibrer d'excitation.

— Pourquoi ne pas le faire toi-même? Je suis sûre que tu le connais.

Devant l'expression de curiosité de Stephanie, Mona esquissa un sourire.

— Tu ne devineras pas qui c'est. Alan Palmer!

Stephanie considéra Mona avec stupéfaction.

— Ce n'est pas le fils de Jackson Palmer!

— Lui-même.

— Je le croyais tout juste capable de servir un martini!

— Alan a son atelier plein de tableaux comme celui-ci, avoua Mona avec gravité. Mais il refuse de prendre sa peinture au sérieux. Il n'est pas au courant de ma démarche. Quand tu lui parleras, tu auras besoin de toute ta force de conviction pour qu'il accepte.

— Ne t'inquiète pas, la rassura Stephanie en souriant. J'ai l'habitude des artistes et de leurs humeurs.

Elle observa Mona et se décida à lui poser la question qui la tourmentait depuis quelques instants.

— Pourquoi prends-tu ses intérêts tellement à cœur? Est-ce que, par hasard, Alan Palmer...

— Pas du tout! protesta Mona. Nous nous connaissons depuis l'enfance. Et je ressens plus souvent de l'irritation à son égard que tout autre sentiment. Mais j'ai découvert soudain qu'il n'était pas aussi superficiel qu'il voulait le faire croire. Il est capable de créer. J'aimerais qu'il puisse continuer dans cette voie.

Stephanie lui promit de tout faire pour le convaincre d'exposer.

Cependant, si la semaine s'écoulait paisiblement, Mona préférait les week-ends qu'elle passait au ranch avec Jim. L'été serait bientôt fini et elle aurait à souffrir de la perte de Jim. Que deviendrait son existence ? Elle préférait ne pas y penser et profiter pleinement du présent, de sa voix chaleureuse lorsqu'il l'appelait dans la semaine pour savoir si tout allait bien.

Jim n'était jamais venu à Highland Park et ne lui avait jamais proposé une sortie en ville. Mona le comprenait. Il ne voulait sans doute pas se montrer en compagnie de la sœur de Claire. A vrai dire, Mona ne désirait pas non plus que cette dernière puisse être mise au courant de leur amitié.

Jim se montrait également discret sur tout ce qui concernait sa vie. Il vivait seul dans un appartement. A quel endroit ? Elle n'en avait aucune idée. Voyait-il une autre femme en l'absence de Claire ? Mona n'en savait rien. Elle supposait pourtant que ce devait être le cas. Elle se surprenait parfois à imaginer cette femme et à l'envier.

Cependant, les fins de semaine lui appartenaient, et à elle seule. Depuis leur première venue à River View, chaque vendredi, l'arrivée de la Mustang lui annonçait le début d'un moment unique et merveilleux.

Une fois, ils s'étaient avoués le plaisir mutuel qu'ils prenaient en la compagnie l'un de l'autre. Mona en avait ressenti une douce émotion.

Jim avait fini par choisir pour Mona une jument alezan pour ses promenades. Mona la considérait désormais comme la sienne.

— Mandy est une véritable reine, ici, expliqua Jim. Elle a déjà quelques années mais c'est une très bonne jument. Vous pouvez la monter en toute tranquillité.

Le jeune homme tenait cependant à ce que Mona prévienne toujours quelqu'un lorsqu'elle partait explorer la campagne.

— Il peut vous arriver quelque chose, déclara-t-il.

Un serpent, une pierre qui déséquilibre Mandy, que sais-je ? Si nous vous savons partie, nous viendrons vite à votre secours.

Peu à peu, Mona avait appris à écouter les bruits de la nature et à observer autour d'elle. Elle nourrissait et bouchonnait elle-même Mandy ; toutes deux étaient devenues inséparables.

John Browder l'accompagnait souvent dans ses sorties. Il lui parlait des animaux et du domaine, mais surtout de Jim.

— Cela fait dix ans que je le connais. Je suis venu ici pour apprendre l'élevage. A cette époque, il devait prendre en main les affaires de son père. Mais j'ai toujours su qu'il était fait pour le ranch.

— Il se sent bien, ici, approuva Mona. Il veut y vivre définitivement.

John rapprocha son cheval de Mandy.

— Et qu'en pense une citadine comme vous ?

Mona fronça les sourcils.

— Que voulez-vous dire ?

John lui répondit par une grimace.

— Si Jim vient habiter ici, je suppose que vous le suivrez. Qu'en pensez-vous ?

— Mais Jim et moi ne sommes que des amis, s'écria-t-elle, désireuse de faire cesser ce malentendu.

— Allons ! se moqua John. Ne me racontez pas de mensonges. Savez-vous que vous êtes le sujet favori de toutes les conversations du ranch ? C'est la première fois que Jim fait venir une si belle jeune fille tous les week-ends. Nous ne nous disputons que sur un point, la date du mariage.

— Je vais vous décevoir, déclara Mona, le cœur battant. Jim aime ma sœur aînée. Lui et moi, nous sommes amis.

— Si vous le dites !

John lui lança un regard significatif. Il ne croyait pas un mot de ce qu'elle venait de lui expliquer.

Après le dîner, Mona rapporta à Jim la conversation qu'elle avait eue dans l'après-midi.

— Dites la vérité à John, lui demanda-t-elle. Et aux autres. Quand je songe qu'ils sont persuadés que nous...

Jim se tourna vers Mona avec une expression amusée.

— Avons une liaison ? compléta-t-il.

Malgré son embarras, Mona le regarda droit dans les yeux.

— Peut-être.

— Certainement ! renchérit-il avec la plus totale indifférence.

— Je vous en prie, dites-leur, répéta-t-elle.

— Mona, soyez raisonnable. Si je les convoque pour leur assurer qu'il n'y a rien entre nous, ils ne prêteront pas foi à mes paroles. Et s'ils préfèrent se convaincre que vous êtes follement amoureuse de moi, je ne voudrais pas les décevoir.

Mona lui en voulut de montrer tant de cynisme. Elle se décida cependant à lui faire part de la pensée qui la tourmentait encore davantage.

— Supposez que ces rumeurs atteignent quelqu'un qui n'aimerait pas les entendre.

Mona le vit tressaillir.

— Claire ? Elle n'a rien à voir avec le ranch.

Après un instant de réflexion, Jim ajouta :

— Laissez les autres penser ce qu'ils veulent. Vous et moi savons ce qu'est notre relation, et cela seul compte.

Elle ne le savait que trop. Ils n'étaient qu'amis !

Lorsque Mona lui montra les esquisses qu'elle avait réalisées, Jim poussa un cri d'étonnement.

— On dirait une autre maison! s'exclama-t-il. Mais cela prendrait certainement beaucoup de temps et d'argent.

— Pas autant que vous le pensez, rectifia Mona. Il n'y a pas de réel bouleversement. Le changement est surtout provoqué par le réaménagement du mobilier, l'apport de la couleur et l'utilisation d'accessoires adaptés.

Jim examina plus longuement les dessins.

— Vous chargeriez-vous de ce travail?

Les yeux de Mona brillaient d'excitation.

— Avec joie!

Comme Alan, dont elle avait presque achevé la terrasse, Jim ne lui fixait pas de délai et refusait de participer à l'élaboration du projet. Il accordait entière confiance à son jugement.

Bientôt, Mona arriva, chaque vendredi, chargée de paquets, de fleurs, de tableaux. Durant la semaine, elle hantait les antiquaires et le marché aux puces. Outre le plaisir qu'elle ressentait à transformer River View, elle apprenait également à connaître ses interlocuteurs dans son futur métier.

Un appel d'Alan lui fit comprendre à quel point elle se consacrait à River View.

— Je t'ai attendu tous les soirs de cette semaine, lui reprocha-t-il. Tu devais venir terminer la pièce. A chaque fois que je t'ai téléphoné, tu étais sortie.

— Je suis désolée, Alan. J'ai les plantes et les coussins depuis des jours et des jours. Mais je suis tellement occupée. Je viendrai demain soir, je te le promets.

— Que fais-tu donc?... A part te mêler de ce qui ne te regarde pas!

Mona mit quelques instants à deviner de quoi il s'agissait.

— Stephanie t'a appelé! Qu'avez-vous décidé?

— Rien. Je t'ai dit que ce n'était qu'un passe-temps, rien de plus.

— Alan! s'exclama Mona, irritée. Si je pouvais...

— Tu n'as pas répondu à ma question, l'interrompit Alan. Pourquoi es-tu si occupée?

Mona évoqua brièvement un ami dont elle décorait la maison de campagne. Elle omit soigneusement de mentionner son nom.

— Viens quand tu veux, conclut Alan.

— Je te téléphonerai d'abord. Je ne veux pas risquer de te surprendre avec une conquête.

Mona raccrocha en plaignant sincèrement celle qui aurait la mauvaise fortune de s'attacher à Alan.

Ce week-end, Mona passa tout son temps à s'occuper de la décoration de la maison. Elle avait trouvé en Mamie une aide enthousiaste.

— J'ai toujours dit qu'il fallait une femme, ici, déclara Mamie. Je fais ce que je peux mais ce n'est pas pareil. Lorsque la mère de Jim est morte, j'ai espéré que M. Garrett se remarierait. Mais il ne l'a pas fait. Et Jim tarde beaucoup. Je me souviens de lui, lorsqu'il était enfant... il posait toujours des questions sur les chevaux, il voulait tout savoir. Regardez-le maintenant. Demandez à n'importe qui, au ranch. On vous dira que Jim est fait pour vivre ici.

Suivant du regard le geste de Mamie, elle découvrit Jim, assis sur la clôture du corral, en train de surveiller des hommes qui passaient le licou à une pouliche.

— Il s'occupe de *Garrett Electronics* pour faire plaisir à son père. Mais je ne peux pas m'imaginer Jim assis derrière un bureau. Je ne sais pas comment il arrive à le supporter.

Mona l'approuvait. Elle non plus ne parvenait pas

à se représenter Jim en homme d'affaires. Et encore moins en mari de Claire. Elle ne pourrait que le rendre malheureux. Pourquoi ne s'en apercevait-il pas ? *Pourquoi ?*

— Jim est-il fils unique ?

— Il a une sœur. Elle est mariée et vit à El Paso avec ses trois enfants. Nous la voyons très peu. C'est dommage. J'aimerais tant m'occuper d'eux... Mais vous me redonnez espoir, ajouta-t-elle en lançant à Mona un clin d'œil entendu.

— Vous vous trompez, déclara Mona avec mélancolie. Jim et moi, nous ne sommes qu'amis. Il... sort avec ma sœur qui est partie pour Palm Springs.

— Vous ressemble-t-elle ?

— Elle est beaucoup plus belle.

— Je m'en moque ! s'exclama Mamie avec impatience. Je vous parle du caractère.

— Non, nous sommes très différentes.

— Nous verrons, conclut Mamie, songeuse. Jim a tellement changé, ces temps-ci. Il semble heureux, plus jeune. Depuis que vous venez en fait, et ce ne peut être une coïncidence.

Malgré elle, Mona regarda à nouveau en direction du corral. La vue de Jim la bouleversait d'émotion. Après le retour de Claire, ces week-ends à River View n'existeraient plus ! Cette pensée lui fit venir des larmes aux yeux. Quelle injustice ! Dire qu'ils se comprenaient si profondément qu'il suffisait d'un signe, d'un regard, pour savoir à quoi pensait l'autre ! Et le retour de Claire détruirait cette présieuse entente !

Confortablement allongée dans la chaise longue, Mona fermait les paupières pour écouter les échos d'une chanson langoureuse. Elle laissa la musique apaiser son esprit. Mona sentait en elle un étrange mélange de contentement et de tristesse. L'été s'achevait, et elle ne pouvait pas retenir le cours du temps.

Sans qu'elle s'en soit aperçue, Jim avait pris une place de plus en plus importante dans sa vie et dans son cœur. Elle aurait dû faire attention, se surveiller. Maîtriser les battements insensés de son cœur lorsqu'elle le voyait. Contrôler les frissons qui la parcouraient au son de sa voix. Mais le pouvait-elle ? Il fallait refuser de partir en week-end avec lui. La raison le lui avait dicté mais elle avait refusé de l'écouter.

Claire rentrerait bientôt. Que deviendrait-elle ? Il était désormais trop \ tard pour s'arrêter. Comment prendrait-elle cette décision alors que son désir de voir Jim balayait toute autre pensée ?

Claire ! Toutes les souffrances qu'avait éprouvées Mona dans sa vie avaient un rapport avec elle. Même si c'était souvent Mona qui se les imposait.

Un bruit de pas vint l'interrompre dans ses réflexions. L'instant d'après, Jim se trouvait près d'elle. Mona sentit sa main lui caresser les cheveux. Elle tressaillit vivement. En ouvrant les yeux, elle rencontra le regard de Jim.

— Le clair de lune inonde votre chevelure, murmura-t-il avec un sourire.

— Vous êtes poète, ce soir.

Jim s'inclina et lui tendit la main.

— Voudriez-vous danser sous la voûte étoilée ?

Il l'attira à lui sans attendre sa réponse et l'enlaça avec ferveur. Un émoi exquis s'empara de Mona.

— Je ne comprends pas pourquoi nous ne l'avons pas fait avant, chuchota tendrement Jim.

Le contact de ses mains posées sur sa taille éveillait en Mona de troublantes sensations. Si Jim ne l'avait pas tenue avec tant de force, elle aurait sans doute vacillé sur ses jambes tremblantes. Il la serra contre lui. Instinctivement, Mona posa la tête sur son épaule.

Tandis qu'ils évoluaient en rythme, Mona ne demeurait consciente que des mouvements de Jim, du corps de Jim. Le reste n'existait plus. Elle sentait son souffle chaud contre son front ; les lèvres de Jim effleuraient ses mèches lustrées. Cette proximité là ferait défaillir si elle se prolongeait. Et lui ? Que ressentait-il ? se demanda-t-elle.

Mona leva les yeux vers Jim. Elle crut lire une réponse dans son tendre regard gris. Le sourire qu'il lui dédia était d'une douceur triste qui lui serra le cœur. Elle avait l'impression de flotter dans un monde irréel.

— Vous êtes une merveilleuse cavalière.

La voix de Jim prolongeait sa rêverie.

— J'aurais dû le savoir. Vous excellez dans tout.

« Non, je ne parviens pas à me contrôler en votre présence », aurait-elle voulu avouer.

Mona se blottit dans ses bras. Elle voulait profiter pleinement de ce moment unique, le graver dans son esprit pour en conserver la mémoire à tout jamais.

La musique s'arrêta. Ils demeurèrent enlacés dans le silence. En revenant à la réalité, Mona s'écarta à regret.

— Merci, déclara-t-elle d'une voix tremblante qu'elle ne reconnut pas.

— Je vais remettre la musique. Voulez-vous danser encore ? s'enquit Jim avec douceur.

Oui, elle voulait danser avec lui toute la nuit. Elle voulait que cette nuit ne finisse jamais. Mona avait le vertige, comme si elle se trouvait au bord du précipice. Un pas de plus et...

Elle porta une main à sa tempe.

— J'ai... un peu... mal à la tête, Jim. Je crois que

je ferais mieux d'aller me coucher, si cela ne vous ennuie pas, balbutia-t-elle.

Mona ne mentait pas vraiment. Sa tête tournait dangereusement. Elle préférait mettre un peu de distance entre elle et cet homme qui la perturbait si profondément.

Jim paraissait sincèrement désolé.

— Voulez-vous un comprimé ?

— C'est inutile. Après une nuit de sommeil, il n'y paraîtra plus.

Seule dans sa chambre, Mona sentait encore le contact des mains de Jim sur sa taille. Elle lança un regard à son reflet dans le miroir, étonnée de se reconnaître. Elle avait si profondément changé, comment pouvait-elle paraître la même ?

La silhouette de Jim venait la poursuivre jusque dans son lit. Incapable de trouver le sommeil, Mona tenta de se raisonner. Jim aimait sa sœur. Tout amour entre eux était exclu, impossible. Pourquoi s'attarder encore sur les moindres détails de cette soirée enchanteresse ? Pourquoi n'avait-elle jamais ressenti une semblable émotion ? Il fallait justement que ce soit Jim qui la provoque. Le sort avait des ironies bien cruelles !

Mona s'éveilla au milieu de la nuit. Elle venait de rêver que Jim l'embrassait. Elle aurait pu dire où ses bras l'avaient serrée, où ses lèvres avaient rencontré les siennes. La sensation était aussi forte que si le baiser avait été réel.

Il fallait se reprendre. Elle ne pouvait pas se laisser submerger par un émoi aussi intense à chaque fois qu'il s'approcherait d'elle ! Il se lasserait de cette situation embarrassante et il mettrait fin à cette amitié à laquelle Mona tenait tant !

La porte s'ouvrit brusquement. Incrédule, Mona aperçut Jim qui se tenait sur le seuil.

— Mona ? s'enquit-il, la voix tremblante. Tout va bien ? J'ai cru entendre crier.

Incapable de proférer une parole, Mona ne pouvait se détacher de la vision qui s'offrait à elle : Jim, torse nu, dévoilait un corps aussi beau que celui qu'elle avait rêvé.

Jim se méprit sur son trouble et son silence. Il se précipita vers elle et s'empara de ses doigts.

— Mona, que se passe-t-il ? interrogea-t-il avec anxiété, en cherchant à déchiffrer son expression. On dirait que vous venez de voir un fantôme. Parlez-moi, je vous en prie.

Mona parvint à se ressaisir.

— Je... j'ai fait un rêve.

Jim se détendit et poussa un soupir de soulagement. Il se mit à rire.

— Dieu soit loué ! Ce n'était donc qu'un cauchemar. A vous voir, on pouvait imaginer... n'importe quoi.

— Un cauchemar, répéta Mona, encore troublée.

— Comme vous m'avez fait peur ! murmura Jim.

Il se rassit sur le lit et demeura quelques instants silencieux. Il détailla les traits harmonieux de Mona, les courbes gracieuses de son cou, et son regard descendit lentement.

— Mona, vous êtes si belle, s'exclama-t-il d'une voix rauque en posant une main sur son épaule. Votre peau est douce comme de la soie.

La jeune fille n'avait pas bougé. Elle vit Jim se rapprocher d'elle sans réagir. Leurs lèvres s'unirent. Incapable d'opposer la moindre résistance, Mona s'abandonna à l'ivresse du baiser qu'elle attendait depuis si longtemps.

— Mona, chuchota Jim avec passion. Vous êtes exquise.

Submergée de sensations inconnues, Mona demeurait muette. Elle se contenta de sentir le corps de Jim vibrer sous ses doigts. Un besoin impérieux de connaître à nouveau le contact de sa bouche l'envahit.

— Jim, embrassez-moi encore.

A nouveau, elle se livra entièrement à lui, répondant à son étreinte fougueuse. Longtemps après, Mona demeura dans cet univers sensuel qu'elle venait de découvrir.

Peu à peu, elle revint à elle. En ouvrant les paupières, elle vit distinctement... le visage de Claire. Aussi nettement que si Claire se trouvait dans la pièce. Horrifiée, Mona vit l'apparition s'avancer vers elle. Sa sœur arborait une expression de sarcasme et brandissait un doigt accusateur. Incapable d'en supporter davantage, Mona ferma les yeux. Lorsqu'elle les rouvrit, Claire avait disparu.

La vision avait été très désagréable ! Mona frissonna. Elle repoussa les mains de Jim qui se posaient sur son corps, soudain honteuse et révoltée. Que venait-elle de faire ? Que pouvait penser Jim d'une jeune fille qui se conduisait aussi librement avec l'ami de sa sœur ?

— Jim, pardonnez-moi. Je ne sais pas ce qui s'est passé, mumura-t-elle dans un souffle. Pardonnez-moi.

— Vous pardonner ? s'exclama Jim avec surprise. Mais de quoi ? D'être une femme ? Mona, je...

Il s'interrompit brusquement et caressa doucement sa nuque. Mona reconnut le frisson qui la parcourait. Ce serait si facile... si seulement il ne s'agissait pas de Claire. Si Jim connaissait une autre femme, sans visage, comme elle oublierait vite son existence. Mais Claire !

Le regard de Jim l'invitait à se laisser aller à ses désirs. Pourquoi pas ? semblait-il dire. Tout est simple !

Non, Mona parvint à se maîtriser. L'été ne serait pas éternel et Claire reviendrait. A quoi servirait-il d'aller plus loin ?

— Jim, avoua Mona, je ne peux pas. Il y a Claire.

Jim relâcha brusquement son étreinte. Le seul nom de Claire avait rompu l'enchantement. Mona tenta de le regarder dans les yeux. Mais il arborait un masque impénétrable. A quoi pensait-il ? Il demeura un long moment à la fixer, sans mot dire ; puis il se leva avec lenteur. Mona dut se retenir pour ne pas le retenir. Elle surveillait ses doigts tremblants pour qu'ils ne s'aggrippent pas à lui comme elle le désirait ardemment.

— Je suis désolé, Mona, déclara Jim d'une voix blanche. J'ai faillit gâcher quelque chose de précieux. Nous ferions mieux de nous rendormir et demain, tout ira bien.

Il sortit de la chambre sans se retourner. Désemparée, Mona laissa libre cours à ses larmes. Désormais, rien ne pourrait plus être comme avant.

Le lendemain, pour la première fois, Mona attendit avec impatience la fin du week-end. D'ordinaire, elle quittait River View à regret. Mais cette fois, la tension et le silence qui régnaient entre Jim et elle lui étaient insupportables. Jim paraissait préoccupé, absent, lointain. Mona, elle, se sentait fatiguée et mélancolique. Ils firent quelques longueurs dans la piscine, une promenade à cheval. Ils prirent leurs repas ensemble, plaisantèrent quelquefois mais quelque chose avait changé. Une fausse gaieté avait pris la place de leur chaleureuse amitié.

Une fois, en souvenir de leurs conversations toujours faciles et franches, Mona essaya d'aborder la question qui lui pesait.

— Jim, voulez-vous me parler? A propos de la nuit dernière, je…

Elle n'eut pas la force de poursuivre. Jim lui répondit d'un sourire tendre qui la fit souffrir davantage.

— Non, Mona. Je vous parlerai quand il sera temps. Je dois d'abord réfléchir.

Claire, bien sûr. Claire se tenait entre eux et il en serait toujours ainsi. Mona était de plus en plus profondément persuadée qu'elle avait eu raison, la veille, de mettre fin à leur folie passagère. A présent, elle attendait le retour de Claire. La situation en serait au moins plus nette. Mona ne penserait plus qu'à son travail et Jim redeviendrait lui-même. C'était là la plus belle preuve d'affection quelle pouvait donner à Jim : elle désirait avant tout son bonheur.

Lorsqu'ils quittèrent River View, le dimanche après-midi, des nuages menaçants commençaient à obscurcir le ciel. Jim remit le toit de la Mustang, au cas où l'orage éclaterait.

Il se décida le premier à rompre le silence.

— Je n'ai pas été très agréable, pendant ces deux jours, s'excusa-t-il. Je le sais et j'en suis navré. J'ai quelques problèmes à résoudre.

— Je comprends, se contenta de répondre Mona.

Que pouvait-elle dire d'autre? La journée avait été pénible. Une insupportable souffrance la tourmentait sans relâche.

— Vous me comprenez vraiment, la plupart du temps. Mais cette fois-ci, je ne sais pas si vous le

pouvez. En tout cas, je vous promets que le prochain
week-end sera différent.

Elle le considéra avec stupéfaction.

— Y en aura-t-il un autre, Jim ? lui demanda-t-
elle doucement.

— Evidemment ! Vous ne pensez pas que je veux
abandonner les moments que nous passons ensemble ! Laissez-moi un peu de temps, Mona, je dois
réfléchir.

— A Claire ?

Il parut hésiter.

— Oui, et à d'autres choses.

Mona poussa un soupir. Quel sens fallait-il donner
à cette réponse énigmatique ? La vie lui parut
soudain compliquée. Elle se rappela les amis qu'elle
avait invités chez elle et qui étaient tombés amoureux de Claire. Les avait-elle regrettés ? Non. Un
réflexe de défense l'en avait sans doute empêchée.
Lorsqu'elle les devinait envoûtés par sa sœur, elle
parvenait à les chasser de son esprit. Mona tenta de
se plonger dans la contemplation du paysage qui
défilait devant elle. Cette fois, songeait-elle avec
tristesse, ce ne serait pas aussi simple.

Des nuages noirs s'accumulaient à l'horizon lorsque la voiture s'arrêta devant la maison des Lowery.
Jim coupa le contact et se tourna vers Mona. La
jeune fille aurait voulu lui parler mais les mots ne
venaient pas. Elle avait également peur de ce que lui
pourrait lui avouer. Il faudrait bien qu'il lui confie la
nature de ses sentiments pour Claire avant la fin de
l'été et elle redoutait ce moment. Elle attendit mais
Jim demeurait silencieux. Incapable de supporter ce
silence lourd de sous-entendus, Mona se décida.

— Merci pour ce week-end.

C'était ce qu'elle lui avait toujours dis mais cette
fois, les mots prenaient un tout autre sens.

— Je vous en prie, répliqua Jim. Je sais que ce n'était pas agréable. Je ne l'ai pas fait exprès. Lorsque quelque chose me préoccupe, j'ai toujours tendance à me renfermer.

— Je vous ai dit que je comprenais.

Leurs regards se croisèrent. Comment pourrait-elle oublier ses yeux ? Cette simple rencontre faisait vaciller le monde autour d'elle. Mona tenta de scruter son visage. Jim avait à nouveau cette expression impénétrable. Quelque chose avait changé et elle se sentait responsable. Si seulement elle avait su maîtriser son trouble...

Plongée dans ses pensées, Mona ne s'aperçut pas que Jim se penchait vers elle. Lorsque sa bouche toucha la sienne, elle étouffa un cri. Il l'embrassa avec douceur. C'était leur premier contact physique depuis cette nuit, dans la chambre. Une agréable chaleur envahit Mona.

— Pourquoi ? demanda-t-elle d'une voix tremblante.

— Pour vous remercier de ce que vous êtes.

— C'est-à-dire ?

Elle s'obligeait à garder un ton neutre.

— Beaucoup de choses. Une amie, une compagne, une âme sœur. Une jeune fille extraordinaire. Je pourrais continuer encore longtemps.

Mona éprouva une nouvelle déception. Ces paroles gentilles n'étaient pas celles qu'elle attendait.

— Merci, se contenta-t-elle de murmurer.

— Vendredi, à la même heure ?

— Etes-vous sûr de le souhaiter vraiment, Jim ?

— Certain.

— Entendu, acquiesça-t-elle simplement.

Mona referma la portière de la voiture sans rien

laisser paraître de l'intense émotion qui la bouleversait.

Une heure plus tard, dans une élégante résidence du nord de Dallas, Jim regardait par la fenêtre la pluie dévaler les trottoirs et les pelouses de ce quartier résidentiel. Il espérait que River View recevrait autant d'eau. Le ranch en avait davantage besoin que cette ville où suinterait, le lendemain, une insupportable humidité.

Il alluma une cigarette. Le retour du dimanche soir dans cet appartement vide l'avait toujours rendu morose. Mais ce soir-là, sa tristesse était plus forte que d'habitude. Le week-end ne s'était pas aussi bien passé que les autres fois. Il en était le seul responsable. Pourquoi se renfermait-il toujours en lui-même lorsque quelque chose n'allait pas ? C'était un trait de caractère héréditaire. Son père réagissait de la même façon.

Jim sourit. Il éprouvait une grande affection pour Simon Garret et celui-ci la lui rendait bien. Il n'en avait pas toujours été ainsi. Ayant monté lui-même son entreprise, Simon connaissait les travers du monde des affaires. Le caractère plus paisible et moins combatif de son fils l'avait longtemps intrigué. Il ne comprenait pas pourquoi Jim éprouvait plus de joie à la naissance d'un veau qu'à la conclusion d'une affaire de quelques millions de dollars.

Jim savait que Simon avait craint qu'il abandonne soudain la ferme. Mais peu à peu, le jeune homme s'était résigné. Maintenant, il pouvait compter sur l'amour de Simon, même si Simon ne le lui avouerait jamais.

Si son père n'avait pas été si loin, en vacances au Nouveau Mexique, Jim lui aurait volontiers téléphoné. Il aurait aimé lui parler. Simon bavardait souvent de tout et de rien et sa conversation était particulièrement délassante.

C'était la première fois que Jim ressentait un besoin aussi intense de se confier à quelqu'un, de déverser tous ses doutes dans une oreille attentive ; il y avait seulement trois mois, son avenir était tracé. L'entreprise marchait bien, de temps à autres il y avait quelques problèmes à régler, sans plus. Au ranch, il avait accompli le travail qu'il s'était fixé. Les choses suivaient leurs cours. Et il pensait avoir trouvé la femme avec laquelle il souhaitait partager sa vie.

Claire Lowery lui paraissait être l'épouse idéale. Elle était belle, issue d'une famille respectable. Elle aurait été une parfaite maîtresse de maison, menant leur vie mondaine comme lui-même dirigeait *Garrett Electronics*. Ils seraient allés à la campagne de temps en temps, auraient figuré dans la chronique mondaine des journaux ; ils auraient donné ce qu'il fallait aux œuvres de charité. Ils auraient voyagé assez souvent. En leur temps seraient nés des enfants, qui auraient fréquenté de bonnes écoles.

Cette vie n'avait rien de déplaisant en soi. Mais ce qui donnait à Jim ce sentiment de vide et de lassitude, c'était ce côté prévisible. Tout était fixé d'avance, calculé. La fascination qu'il éprouvait pour River View était certainement due à la part d'imprévu qu'elle comportait. Rien n'était sûr. Au domaine, personne ne pouvait jamais s'asseoir sur une chaise et se frotter les mains en disant :

— Bien. Maintenant, tout est fini. Nous pouvons nous reposer.

Voilà ce qu'il aimait. S'il n'avait pas d'autres obligations, il resterait dans sa propriété tout le temps. Mais Claire Lowery, malgré sa beauté, son charme et toutes ses autres qualités, ne saurait pas s'adapter à ce mode de vie. Cela, Jim en était convaincu.

Il écrasa sa cigarette dans le cendrier avec un brusque geste de colère. Il ne fallait surtout pas penser à cette autre belle jeune fille aux cheveux bruns qui, elle, était faite pour cette existence-là.

5

UNE vague de chaleur inhabituelle s'était abat-
tue sur la ville de Dallas. Les premières
pages des journaux annonçaient chaque
jour des faits divers dus à l'accablante température.
Dès le matin, Dallas plongeait dans une torpeur
dont elle ne sortait que le soir.

Mona traversa péniblement le parking de l'université pour retrouver sa voiture. Incapable d'envisager
la moindre activité, elle décida de faire un détour
avant de rentrer travailler chez elle par la galerie de
Stephanie.

— Mona ! Je voulais t'appeler cet après-midi,
s'exclama Stephanie en l'accueillant. Je n'ai pas de
chance avec ton ami. Je lui ai téléphoné deux fois
déjà, sans succès. Il refuse de me prendre au sérieux.

Mona poussa un soupir d'impatience.

— Alan peut se montrer exaspérant !

— C'est une expérience neuve pour moi, observa
Stephanie. D'ordinaire, ce sont plutôt les artistes qui
viennent faire le siège de mon bureau !

Si Alan préférait sa vie oisive de séducteur à la
création artistique, qu'y pouvait Mona ? Elle ne
devrait pas s'en inquiéter. Cependant, un étrange
besoin la poussait à tenter une ultime démarche.

— N'abandonne pas, Stephanie, pas encore. J'irai chez lui et je lui volerai ses tableaux s'il le faut. Cette exposition est une occasion unique qui ne se représentera sans doute jamais.

Mona mit aussitôt son projet à exécution. Mais Alan ne se trouvait pas chez lui. Elle se heurta à Bentley, le sévère maître d'hôtel des Palmer.

— Il ne reviendra pas avant ce soir, Miss Lowery, lui déclara-t-il sans un sourire.

Hésitante, Mona demeurait sur le seuil de la maison. Un plan audacieux germa dans son esprit et, malgré l'aspect redoutable de Bentley, Mona se résolut à l'affronter.

— Bentley, commença-t-elle d'une voix peu assurée, Alan a certainement oublié... Je devais prendre quelques tableaux dans son atelier, cet après-midi. Pourriez-vous me laisser entrer ?

Bentley émit un grognement incompréhensible. Après quelques instants de réflexion, il s'effaça pour faire entrer Mona. Tandis que la jeune fille rassemblait les œuvres qu'elle désirait emporter, il l'observait avec un air de suspicion. Que craignait-il ? Lorsqu'elle repartit avec les quatre paysages qu'elle avait finalement choisis, Mona fit un effort pour remercier avec amabilité le domestique grincheux. De retour à sa voiture, elle put enfin rire à loisir du tour qu'elle avait joué à Alan.

Stephanie se trouvait dans l'arrière-salle de la galerie. Contrairement aux lieux d'exposition, cette pièce ne reflétait rien de l'organisation minutieuse qui caractérisait l'amie de Kitty. Des toiles jonchaient le sol. Des objets d'art étaient posés au hasard des étagères, sans souci esthétique particulier. Mona tendit son butin à Stephanie qui l'examina attentivement.

— C'est un véritable artiste, déclara-t-elle finalement, après une étude minutieuse. Comment as-tu réussi à le convaincre?

Mona exhala un long soupir. Le temps lui avait paru soudain très long.

— Je les ai volées! répliqua-t-elle joyeusement. Il ne sait pas que je les ai amenées ici. Je suppose que maintenant, il t'écoutera avec plus de considération.

— En tout cas, je ne peux pas les exposer sans son consentement, reprit Stephanie en continuant de détailler la scène champêtre qu'elle tenait en main. Sans toi, ces chefs-d'œuvre seraient restés dans un placard poussiéreux! Un tel artiste ne doit pas rester un amateur, ce serait honteux! Un tel sens de l'équilibre et de l'harmonie!

Mona songea avec étonnement qu'elle n'aurait jamais caractérisé Alan par ces mots. Sa personnalité profonde différait radicalement de l'image qu'il voulait présenter de lui au monde. Au fond, le connaissait-elle vraiment?

Et Jim? Elle se rappela le week-end dernier, le visage renfermé du jeune homme. A quoi pensait-il? Pourquoi ne s'était-il pas confié à elle? Elle commençait à douter également de le comprendre vraiment.

La voix de Stephanie vint l'interrompre dans ses pensées.

— Un peu de thé glacé?

La jeune fille accepta avec gratitude. Stephanie se dirigea vers une petite table, au fond de son atelier. Quatre chaises étaient disposées autour. Stephanie sortit les glaçons d'un petit réfrigérateur et versa le thé.

La conversation, après avoir porté sur la carrière future de Mona, en vint tout naturellement à l'inévitable sujet de cette fin d'été à Dallas, le temps.

— Cette chaleur est vraiment terrible, se plaignit

Stephanie. Les gens ne sortent plus de chez eux, ils préfèrent profiter de l'air conditionné et les affaires ne marchent plus.

— S'il ne pleut pas bientôt, renchérit Mona, ma mère va se désespérer lorsqu'elle verra l'état du jardin.

— Kitty et Ben rentrent-ils bientôt ?

— Dans trois semaines.

Trois semaines ! Les vacances se terminaient trop vite.

— J'allais oublier ! s'écria Stephanie en se frappant le front. Devine qui j'ai rencontré, l'autre jour, chez Neiman ?

— Je ne sais pas.

— Ta tante Beth.

Mona la considéra avec étonnement.

— De qui parles-tu ?

— Beth ! La sœur de Kitty.

— Mon Dieu ! s'écria Mona. En es-tu sûre ?

— Evidemment, répliqua Stephanie en haussant les épaules. Je connais Kitty et Beth depuis nos années d'école. Cela fait vingt ans que je ne l'ai pas vue mais je l'ai reconnue presque tout de suite. Elle n'a pas beaucoup changé. Mais... tu ne savais pas qu'elle était à Dallas ?

— Je ne savais pas que j'avais une tante, rétorqua Mona, songeuse. Bien sûr, je n'ignorais pas que ma mère avait une sœur. Mais je ne l'ai jamais rencontrée. Habite-t-elle Dallas ?

— Depuis un mois, acquiesça Stephanie. Et elle n'a pas prévenu Kitty ! C'est incroyable ! Kitty et Beth n'ont jamais été très proches l'une de l'autre. A vrai dire, leurs personnalités différaient trop. Mais de là à ne plus se parler...

— Cela m'a toujours paru étrange, convint Mona.

La jeune fille ressentait soudain le besoin de faire la connaissance de sa tante et de comprendre ce passé qu'on lui avait résolument caché.

— Comment s'appelle-t-elle ?

Stephanie fit un effort de mémoire avant de reprendre :

— Sinclair, je crois... Oui, c'est cela.

— J'aimerais bien la retrouver. Sais-tu où elle habite ou ce qu'elle fait ?

— Elle vient de divorcer. Mais je crois qu'elle ne travaille pas. Je dois l'appeler bientôt pour que nous déjeunions ensemble. J'ai noté son numéro de téléphone.

Stephanie prit son sac et commença à rechercher son carnet. Elle exhiba finalement une feuille de papier soigneusement pliée.

— Le voilà. J'ai également marqué son adresse.

Mona recopia ces précieux renseignements. Elle tenta de lutter contre son envie irraisonnée de voir sa tante, ne souhaitant pas ranimer d'anciennes querelles de famille. Cependant, le désir persistait, au-delà de tout raisonnement.

A quatre heures de l'après-midi, Mona gara sa voiture en face d'un immeuble d'une hauteur imposante. Après quelques minutes d'hésitation, elle se décida à sortir. Si Beth Sinclair avait eu réellement envie de voir sa famille, pourquoi ne pas avoir tenté de reprendre contact avec elle ?

Peut-être n'osait-elle pas, se répondit Mona. Cette pensée acheva de la rassurer. Elle descendit et pénétra dans la résidence. Après avoir trouvé le nom sur la liste des locataires, elle prit l'ascenseur jusqu'au huitième étage.

En proie à une intense émotion, Mona tentait de comprendre pourquoi elle tenait tant à voir sa tante.

N'aurait-il pas mieux valu lui téléphoner d'abord ?
Ou lui écrire un mot ? Sa démarche lui paraissait
maintenant bien audacieuse. Les paroles de Jim sur
sa témérité lui revinrent en mémoire.

La porte de la cabine s'ouvrit bruyamment. Mona
s'avança dans un couloir faiblement éclairé. Avant
de chercher l'appartement 8 A, la jeune fille s'arrêta
devant l'une des glaces disposées de part et d'autre
pour vérifier sa tenue. Elle défit un pli de sa robe
verte et se recoiffa rapidement. Satisfaite de son
apparence, Mona se dirigea vers une porte claire.
Rejetant une ultime réticence, elle appuya sur le
bouton de la sonnerie.

Une femme mince aux cheveux bruns vint lui
ouvrir. Elle dévisagea la nouvelle venue avec curiosité. De son côté, Mona fut aussitôt frappée de
l'aspect fragile de Beth Sinclair. Le temps ne l'avait
pas épargnée. De petites rides sillonnaient un visage
aminci.

— Madame... Madame Sinclair ? s'enquit Mona
d'une voix tremblante. Beth ?

— C'est moi.

— Je suis Mona Lowery.

Les yeux sombres de Beth s'agrandirent de
stupeur.

— Mona, murmura-t-elle, interdite.

Les deux femmes demeurèrent quelques instants
silencieuses, à s'étudier.

— Entrez ! proposa finalement Beth en s'effa-
çant.

L'appartement contenait des meubles d'une
grande valeur. Mona nota cependant l'absence de
toute décoration, peintures, coussins ou plantes. Il
avait certainement été loué meublé. Il ressemblait
davantage à une luxueuse suite d'hôtel qu'à une
habitation privée.

— Comment m'avez-vous retrouvée ? s'enquit Beth.

— C'est Stephanie Means qui m'a donné votre adresse. Je me suis brusquement décidée à venir. C'est stupide de ma part...

— Pas du tout ! interrompit brièvement Beth. Asseyez-vous. Je suis simplement surprise.

— Je vous comprends, répliqua Mona en s'installant sur le divan.

Elle croisa ses jambes puis, se sentant mal à l'aise, les décroisa. La situation n'était pas facile.

— Voulez-vous boire quelque chose ? Du café, du thé ou du Coca-Cola ?

— Non, merci.

Beth prit place en face de Mona. De sa main longue et fine, elle prit un briquet et alluma une cigarette. Mona aurait aimé en prendre également une, pour se détendre, mais elle n'osa pas en faire la demande à Beth.

— Votre sœur s'appelle Claire, n'est-ce pas ? Etes-vous l'aînée ou la cadette ? questionna-t-elle en souriant.

— La plus jeune.

— Comment va votre famille ? poursuivit Beth.

Mona perçut la légère hésitation de sa voix.

— Bien, du moins, je le pense. Ils sont tous les trois à Palm Springs pour la durée des vacances. Ils seront de retour dans quelques semaines.

La jeune fille baissa les yeux. Elle se décida à affronter le regard de sa tante.

— Vous le voyez, personne n'est au courant de ma visite.

Le sourire de Beth était maintenant empreint d'une certaine tristesse.

— J'ai espéré, un court instant, que vous étiez

venue avec leur approbation. Que Kitty était d'accord.

— Je ne sais pas si elle le serait.

— Pourquoi? s'enquit vivement Beth. A-t-elle laissé entendre quelque chose...

— Non, s'empressa de répondre Mona. Elle ne parle jamais de vous. Claire et moi savons que notre mère a une sœur grâce aux photos des albums de famille. Nous avons posé de nombreuses questions à votre sujet. Les réponses étaient toujours absurdes. On nous a dit que vous étiez partie sans plus donner de vos nouvelles. Comme nous étions des enfants, à cette époque, nous nous sommes contentées de cela. Mais je me suis toujours doutée que vous ne vous entendiez pas bien, Kitty et vous.

— Ce n'est pas cela, répliqua Beth en écrasant sa cigarette avec nervosité. Parlez-moi de vous, Mona.

— Que voulez-vous savoir?

— Tout.

— J'ai vingt ans, commença la jeune fille avec bonne humeur. Je termine mes études cette année. Je dois passer mes examens en janvier. C'est pour cette raison que je ne suis pas partie à Palm Springs, cet été. Je veux être décoratrice.

Beth émit un murmure d'approbation.

— Je vous envie d'être si jeune et de déjà savoir comment mener votre vie. Je suppose que mon appartement vous fait horreur.

— Non, protesta Mona avec sincérité. Il pourrait être charmant.

— Si je reste à Dallas, déclara Beth, je vous demanderai peut-être d'en faire la décoration.

— Pourquoi? N'êtes-vous pas sûre de rester ici?

Beth eut un haussement d'épaules. Elle paraissait lasse.

— Je ne sais pas. Je ne fais jamais de projets. Mais Claire, que fait-elle ?

— Rien, répliqua spontanément Mona, sans aucune intention ironique. Elle ressemble à ma mère. C'est-à-dire... ce n'est pas ce que...

Beth salua son embarras d'un franc éclat de rire.

— Ce n'est pas la peine de vous excuser. Alors, que devient Kitty ?

— Elle est toujours très occupée, très active. C'est elle qui soutient un certain nombre de bonnes œuvres dans la ville.

— Notre mère était ainsi, remarqua Beth. Est-elle toujours aussi jolie ?

— Plus que jamais ! Et mon père la gâte terriblement.

Mona crut voir le regard de Beth s'attrister. Etait-ce l'effet de son imagination ?

— Ben, comment va-t-il ?

— Il est en parfaite santé.

— Et ses affaires ?

— Elles prospèrent magnifiquement.

— Je suppose que c'est un très bon père.

Le visage de Mona s'illumina.

— Le meilleur ! s'exclama-t-elle avec conviction.

— Je l'ai toujours su, murmura Beth, comme pour elle-même. Kitty a beaucoup de chance. J'espère qu'elle s'en aperçoit.

Mona se sentait maintenant parfaitement à son aise. Comme avec Jim, les premiers jours, elle avait établi avec Beth une communication instantanée. La jeune fille regrettait profondément de n'avoir pas connu Beth plus tôt. Que d'années avaient-elles perdues !

— Pourquoi ne venez-vous pas nous voir ? interrogea-t-elle brusquement, désireuse de connaître enfin la vérité sur cette histoire.

Le regard de sa tante se perdit avec mélancolie dans le lointain.

— Mona! soupira-t-elle. Pour de nombreuses raisons. Des sottises... bien avant votre naissance.

— Une querelle familiale?

— Quelque chose de ce genre.

— Mais si longtemps après, pourquoi ne pas oublier? Je comprends que ma mère n'ait rien tenté. Elle a tendance à tout dramatiser. Mais mon père, qui tient tant à l'union de sa famille, pourquoi n'a-t-il pas essayé de vous réconcilier? Je trouve cela étrange.

— Le temps ne guérit pas toutes les blessures, déclara Beth avec lassitude.

L'expression triste de Beth décida Mona à ne plus aborder ce sujet. Il y avait là un mystère qui demeurait.

— Je vous ai tout dit. Parlez-moi de vous, maintenant, suggéra Mona d'une voix enjouée. Où avez-vous passé toutes ces années?

— J'ai beaucoup voyagé. Mais je suis souvent restée en Virginie.

Après quelques secondes d'hésitation, Mona s'autorisa à poser la question qui lui brûlait les lèvres depuis longtemps.

— Stephanie m'a dit que vous veniez de divorcer. Ne vous sentez-vous pas trop désemparée?

Beth éclata d'un rire sonore.

— Vous êtes réellement pleine d'audace!

Mona devint écarlate. Elle avait à nouveau dépassé les bornes de la bienséance.

— Excusez-moi. On me le fait souvent remarquer, fit-elle, l'air sombre.

Cependant, Beth ne parut pas en prendre ombrage.

— Je ne suis pas vraiment heureuse, répondit-elle

avec gravité, mais Steve et moi, nous nous sommes mariés sur de mauvaises bases. C'est mon second divorce. Pour le premier, on peut toujours accuser sa jeunesse et son manque d'expérience. Mais pour le deuxième, il faut bien reconnaître ses responsabilités. Je suis incapable de réussir un mariage et je n'ai pas l'intention de recommencer.

— Alors vous avez d'autant plus besoin de votre famille, murmura Mona avec compassion.

— C'est impossible. Et à votre place, je ne parlerais de cette visite ni à votre père ni à votre mère. Cela ferait sans doute plus de mal que de bien, ajouta-t-elle d'une voix plus dure.

Mona se sentit profondément bouleversée.

— Mais j'aurais tant aimé avoir une tante ! s'écria-t-elle avec sincérité.

Le sourire que lui adressa Beth la rassura pleinement.

— Et moi, une nièce ! Je ne vois pas pourquoi nous ne pourrions pas nous rencontrer de temps en temps. A votre âge, vous ne devez pas rendre continuellement des comptes sur vos faits et gestes.

Mona secoua la tête.

— Je suis libre d'agir comme je l'entends mais je n'aimerais pas devoir mentir à mes parents.

— Vous ne leur mentirez pas. Vous irez quelquefois déjeuner en ville avec une amie. Et c'est ce que nous serons, de bonnes amies.

Vendredi après-midi, la température s'était un peu rafraîchie.

— Une vague de froid, avait annoncé le commentateur à la radio, en énumérant les températures qui se situaient autour de 30 degrés.

Assise au salon, Mona guettait, comme chaque semaine, l'arrivée de la Mustang. Le temps lui paraissait d'autant plus long que ses cours du matin avaient été supprimés. Elle avait donc eu toute la journée pour penser à ce week-end qu'elle envisageait avec une certaine nervosité.

La semaine s'était écoulée avec lenteur. Les tableaux d'Alan et la rencontre avec Beth en avaient été les seuls moments marquants. Mises à part ces deux heureuses surprises, la vie courante n'apportait à Mona que soucis et inquiétude.

Elle tenta de se raisonner. Entre elle et Jim, il n'y avait rien de changé. Il lui avait téléphoné une fois pour lui dire qu'il attendait le week-end avec impatience. Mais au fond d'elle-même, Mona savait que, la semaine dernière, une profonde déchirure l'avait bouleversée. Pour la première fois, un homme avait éveillé sa sensualité. Comment pourrait-elle l'oublier ? Comment être à nouveau la même ?

Durant toute la journée, chaque jour, elle pensait à Jim. Si un homme riait, elle pensait aux éclats de rire de Jim. Un passant, par son allure désinvolte, lui rappelait les chevauchées à River View. Un film stupide et pathétique l'émouvait aux larmes.

Alan lui-même avait remarqué son trouble. Le soir où elle était venue terminer la terrasse, il lui avait brusquement demandé :

— Que se passe-t-il, Mona ? Tu n'es plus toi-même. Au début, je croyais que c'était à cause de ta conduite inqualifiable envers moi...

— As-tu des nouvelles de Steph ? l'interrompit Mona.

— Non, pas depuis qu'elle m'a appris le dernier de tes méfaits. Sais-tu que je pourrais te faire arrêter ?

— Tu n'oseras pas, riposta Mona en souriant. Steph trouve que tu as beaucoup de talent.

— Tu exagères ! gronda Alan. Et cela ne répond

pas à ma question. Que se passe-t-il ? Qu'est-ce qui te rend si mélancolique ?

— C'est ton imagination ! protesta la jeune fille.

Néanmoins, elle se surveilla davantage et tenta de montrer une bonne humeur à toute épreuve.

Depuis le commencement, elle savait que Jim était attaché à Claire. Jamais elle n'avait gagné les parties qu'elle avait jouées contre sa sœur. Pourquoi avoir essayé une nouvelle fois ? Elle poussa un soupir. Il fallait savoir aussi reconnaître ses défaites.

Que ferait-elle à la fin de l'été ? Jim reviendrait dans cette maison, pour voir Claire. Mona redeviendrait la camarade qu'elle avait été pour lui auparavant. Comment supporterait-elle cette situation ? C'était impossible à concevoir. Elle ne pourrait pas. Il lui faudrait quitter la maison de ses parents, trouver un appartement. Vivre seule.

Un bruit de pas vint l'interrompre dans ses réflexions. C'était le facteur, sans doute. Machinalement, Mona sortit jusqu'à la boîte aux lettres et en retira une enveloppe. Elle reconnut l'écriture de Kitty.

Chère Mona,

J'ai tenté de t'appeler avant-hier soir mais tes cours se terminaient plus tard. J'espère que tu n'as pas passé tout cet été plongée dans tes livres. Il faut aussi sortir, voir des gens, te consacrer à d'autres choses que la décoration intérieure. Les sentiments, par exemple.

Ce n'est pas ce conseil que je donnerais à Claire mais plutôt l'inverse. Ses nouveaux amis ont un aspect qui nous effraient, ton père et moi. Je ne serais pas étonnée qu'ils se droguent. Claire a besoin de stabilité. J'ai hâte qu'elle rentre et revoie Jim

Garrett. Il exerce une très bonne influence sur elle.
Je n'ai jamais voulu m'occuper de mariage, je trouve
stupide d'arranger l'avenir pour les autres. Mais
dans ce cas-là, j'avoue que je ferai tout pour que
Claire épouse Jim...

Mona n'eut pas le courage de terminer sa lecture.
Elle ne pouvait détacher son regard de cette phrase :
« *Je ferai tout pour que Claire épouse Jim.* »
La situation était encore pire qu'elle ne l'imagi-
nait. Si Claire, Kitty et Ben voulaient ce mariage, ils
l'obtiendraient. Et elle deviendrait la belle-sœur de
Jim !

Lorsque Jim arriva chez les Lowery, Mona subissait encore le contrecoup de la lettre de sa mère. En
voyant le jeune homme, son cœur se serra douloureusement. Il portait un pantalon noir et un polo
blanc, qui mettait en valeur son teint hâlé. Mona
avait, quant à elle, troqué son jean habituel contre
une robe blanche qui contrastait avec sa peau brunie
par le soleil.

— Les grands esprits se rencontrent ! commenta
Jim. Vous êtes charmante.

Mona eut un sourire de satisfaction. D'ordinaire,
au ranch, elle s'habillait comme tout le monde, en
jean et bottes. C'était en effet la tenue la plus
adaptée à la vie qu'elle y menait.

Cette fois, cependant, Mona tenait à ce que Jim
remarque qu'elle pouvait se montrer femme au
même titre que Claire. Aussi s'était-elle rendue dans
une boutique de vêtements pour acheter une tenue
pratique mais féminine, qu'elle puisse mettre à
River View tout en exerçant ses activités habituelles.

Le séduire ! Et si Mona y parvenait, qu'obtien-
drait-elle de plus ? Au retour de Claire, une insurmontable jalousie l'envahirait. Jim ne supporterait

plus de la voir et leur amitié s'achèverait ainsi. Il valait bien mieux abandonner ce projet stupide et garder leurs relations amicales.

Mona exhala un long soupir. La voix de la raison était claire, certes. Mais son corps lui démontrait à chaque instant qu'il n'était pas en mesure de l'écouter.

En venant rejoindre Jim à la piscine, Mona le trouva étendu dans la chaise longue, se séchant paresseusement au soleil. La vue de ce corps viril la fit tressaillir. Les yeux fermés, Jim paraissait se reposer paisiblement. Elle lui enviait cette paix.

— L'eau est bonne, lui annonça-t-il alors qu'elle approchait. Allez vous rafraîchir.

Elle plongea et s'abandonna au plaisir de la nage après une longue et chaude journée.

En sortant de l'eau, la jeune fille vint s'allonger près de Jim. Il lui avait souvent confié qu'il pouvait lire dans ses pensées. Mona espérait que ce n'était pas le cas, pas aujourd'hui. Son trouble et sa confusion étaient tels ! Quelle serait sa réaction si Jim s'approchait d'elle, si leurs corps se frôlaient comme l'autre nuit... Comment concilier ses désirs et ses principes ? Elle avait toujours déclaré que le premier homme qu'elle connaîtrait serait son mari, et qu'il serait le seul. Maintenant, elle savait la force du désir...

Mona exhala à nouveau un profond soupir.

— Que se passe-t-il ? s'enquit Jim en se tournant vers elle.

— Rien, répondit-elle d'un air désinvolte.

Mona vit l'heure du dîner arriver avec soulagement. Elle ne supportait plus la proximité de Jim qui la troublait fortement.

Lorsque Mona redescendit pour l'apéritif, elle sentit les yeux gris de Jim se poser sur elle. Il détaillait sa nouvelle robe aux couleurs pastel, dont le décolleté dénudait audacieusement ses épaules. « Irrésistible », avait dit le vendeur. Jim détourna la tête. Il ne paraissait pas réellement séduit par cette apparition.

Le repas préparé par Mamie était délicieux. Cependant, Jim et Mona demeurèrent le plus souvent silencieux. La jeune fille remarqua que Jim, après avoir pris trois cocktails, avait bu plusieurs verres de vin, beaucoup plus que d'ordinaire. L'expérience lui avait appris que les hommes buvaient surtout dans deux situations : une grande joie ou une insondable tristesse. Comme Jim ne paraissait pas particulièrement joyeux, Mona choisit la tristesse. A nouveau, elle songea à Claire. Son absence lui pesait-elle ?

Parce qu'ils n'en avaient parlé que deux fois, Mona s'était crue autorisée à estimer que Jim supportait bien l'absence de Claire. Mais peut-être lui manquait-elle tant qu'il ne souhaitait même pas parler d'elle ? Et Claire ne lui avait écrit que deux fois, cela, Jim le lui avait confié. Il devait en concevoir une profonde tristesse, encore ravivée par la présence de sa sœur. Peut-être regrettait-il son invitation à venir passer chaque week-end à River View !

Mona avait cru, auparavant, connaître les affres de la jalousie. Ce soir-là, elle en prit véritablement la mesure. Ses pensées, toutes dirigées vers Jim, se heurtaient obstinément à l'image de Claire, menaçante.

Après dîner, Jim proposa de regarder la télévision. Il y avait un film dont la distribution était excellente et qui promettait d'être une agréable distraction. Mais loin de correspondre à l'histoire annoncée, l'émission se révéla être une véritable incitation à la violence et à la débauche. Mona se trouvait embarrassée de la voir en compagnie de Jim.

— Ridicule ! s'écria-t-il en bondissant de son fauteuil pour éteindre le poste. Je croyais que cela s'améliorerait mais c'est de pire en pire.

— On ne peut pas dire qu'ils sombrent dans une mièvrerie excessive, fit remarquer Mona.

— Je suis d'accord avec vous. De toute façon, l'érotisme était plus suggestif lorsqu'il s'entourait de mystère, ne croyez-vous pas ?

Mona se tourna vers Jim avec lenteur.

— Comment le saurais-je ?

Il se mit à rire.

— Etes-vous donc si inexpérimentée ?

Elle acquiesça sans vouloir poursuivre davantage sur ce sujet. Jim lui sourit avec indulgence, comme si elle était sa sœur ou une enfant, songea la jeune fille avec amertume. Elle détestait ce sourire.

— Mona, reprit-il avec douceur. L'expérience ne sert à rien. Ce qui compte par-dessus tout, c'est l'amour et l'intuition. Voilà comment il faut se laisser guider, le moment venu.

— Le moment venu ? A quoi le reconnaît-on ?

— L'intuition, c'est la seule réponse que je puisse vous donner. Vous vous êtes déjà certainement sentie attirée fortement par quelqu'un, ne serait-ce qu'un instant.

— Vous êtes celui dont j'ai été le plus proche, répondit Mona en secouant la tête.

Jim retint son souffle. Ses yeux s'agrandirent de stupéfaction mais il se taisait. Une fois de plus, elle s'était engagée trop loin. Sa franchise avait dépassé les limites. La conversation avec Jim n'était plus aussi simple et facile qu'auparavant. Une ombre planait entre eux et rien ne parviendrait plus à la chasser.

— Je suis fatiguée, Jim. Je vais monter dans ma chambre et dormir, déclara-t-elle.

Ce n'était pas un vrai mensonge. Mais, si elle se sentait réellement épuisée, cette lassitude n'avait rien de physique. C'était un épuisement moral. Elle ne supportait plus cette situation absurde.

Jim la regarda d'un air incertain.

— Je vous souhaite une bonne nuit. Demain, nous ferons une promenade à cheval. Il faut que vous soyez en forme.

— Vous ne travaillez pas ?

D'habitude, Jim passait son samedi à nettoyer le ranch et à remplir les « corvées administratives », comme il les appelait.

— Non, pas demain, répliqua Jim. En ce moment, il y a peu à faire. Je demanderai à Mamie de nous préparer un pique-nique. Ainsi, nous pourrons partir pour la journée. Qu'en pensez-vous ?

Il lui sembla qu'il s'était encore rapproché d'elle. Elle percevait à nouveau son souffle sur sa nuque.

— C'est parfait, se contenta-t-elle de murmurer, en prenant soin de ne rien laisser paraître de son émotion.

— Bonne nuit, Mona.

— Bonne nuit, Jim.

Mona parvint difficilement à s'assoupir. De troublantes pensées venaient l'assiéger. Elle tentait de les chasser, sans succès. Elle dormait dans la pièce même où, il y a seulement quelques jours, Jim était entré parce qu'il l'avait entendue pousser un cri. Cette nuit-là, ils avaient été si proches... Elle avait eu tort d'y faire allusion au cours de la soirée. Toute l'attitude de Jim tendait à prouver qu'il cherchait justement à l'oublier.

Se sentait-il coupable vis-à-vis de Claire ? Elle tournait et retournait sans cesse les mêmes pensées. Le sommeil réparateur se refusait à elle. Pourtant, comme elle aurait aimé plonger dans la nuit de l'oubli !

Il faisait encore noir quand elle se réveilla une fois de plus. Une autre idée, plus effrayante que les précédentes, vint l'obséder impitoyablement. Jim souhaitait peut-être se distraire jusqu'au retour de Claire. Ensuite, il l'abandonnerait et ne souhaiterait même pas préserver leur amitié. Mona poussa un long soupir. Quelle que puisse être l'issue de ce week-end, que ses désirs soient réalisés ou non, elle avait peur.

Le lendemain matin, après le petit déjeuner, Jim alla seller Mandy et son cheval et il invita Mona à faire une promenade le long de la rive du Brazos. Il ne manqua pas de la complimenter, comme à son habitude, sur sa tenue en selle. Mona ne pouvait s'empêcher de la comparer à celle de Jim. Si elle était à son aise sur Mandy, Jim, lui, paraissait faire corps avec sa monture. Le naturel de son maintien forçait l'admiration. Mona choisit de demeurer un peu en retrait de Jim ; ainsi, elle pouvait l'observer à loisir sans qu'il s'en aperçoive.

La chaleur sévissait de nouveau en cette matinée du mois d'août. Jim trouva cependant un coin ombragé par de majestueux chênes au bord de la rivière. Ils descendirent tous deux de cheval. Jim étala une couverture où il diposa les vivres que Mamie leur avait préparé pour le déjeuner. Comme ils s'y attendaient, elle leur avait donné de quoi nourrir bien plus de deux personnes mais ils firent honneur au repas, malgré la chaleur accablante.

Avant de reprendre leur promenade, ils s'étendirent l'un à côté de l'autre pour prendre un peu de repos.

Leurs épaules se touchaient. Mona sentit la main de Jim contre la sienne. Emue, la jeune fille se raidit pour ne pas s'abandonner à poser la tête au creux de son épaule.

Mona ne parvenait pas à se détendre. La présence de Jim, qu'elle devinait simplement, car un large chapeau la protégeait du soleil, la bouleversait trop profondément. Elle devenait consciente de la moindre parcelle de son corps si Jim, par erreur, la frôlait. Mona se souleva, après avoir hésité, pour l'observer. Il était allongé, serein, la respiration calme et régulière. Il dormait. Mona songea avec amertume que sa proximité ne semblait pas le troubler outre mesure.

Elle s'accouda pour mieux l'étudier. Puisqu'il avait les yeux fermés, elle pouvait le contempler sans danger. A nouveau, elle détailla son visage anguleux aux traits volontaires, sa silhouette élancée, ses grandes mains capables de tant de douceur... Une vague d'émotion sensuelle l'assaillit qu'elle tenta en vain de refouler.

« Je suis obsédée par lui », pensa-t-elle.

Il ne fallait pas le voir. Tout éveillait en elle les sensations qu'elle cherchait à fuir. Elle se recoucha avec un soupir. Mona était cependant décidée à ne rien laisser paraître de son émoi. Si leur relation devait se transformer, c'était à lui d'en prendre la responsabilité.

Epuisée par une nuit agitée et la chaleur persistante, Mona fut bientôt envahie d'une étrange torpeur. Pour la première fois depuis le début du week-end, elle eut l'impression d'une grande détente.

Avec un sursaut, Mona s'aperçut qu'elle s'était assoupie. Elle repoussa le chapeau. Jim était assis auprès d'elle et la contemplait en souriant.

— Vous rêvez depuis des heures, lui assura-t-il. Mais ne vous inquiétez pas, j'ai pris soin de vous. J'ai fait attention à ce que vous soyez toujours à l'ombre.

— Pourquoi m'avez-vous laissée dormir si longtemps? demanda-t-elle d'une voix encore ensommeillée.

— Moi aussi, j'ai fait un petit somme. Lorsque je me suis réveillé, je vous ai vue. Vous paraissiez si paisible, si tranquille, que je n'ai pas osé interrompre votre sommeil. Je suppose que vous en aviez besoin.

— C'est vrai, admit-elle. Je ne me suis pas bien reposée, cette nuit.

— Aviez-vous mal à la tête?

Les mêmes mots que la dernière fois, songeait-elle. Il ne fallait pas que son cœur batte plus vite…

— Vous auriez dû me demander un cachet d'aspirine.

— Je ne crois pas que cela aurait fait disparaître ma douleur.

Elle leva les yeux vers Jim. Il arborait une expression étrange, indéchiffrable. Mona eut l'impression soudaine que quelque chose allait se produire qu'elle ne pourrait pas maîtriser. Effrayée, elle tenta de lire en lui, sans y parvenir. D'ordinaire, elle devinait sans erreur ses pensées. Le plus souvent, il lui confiait la moindre idée qui lui venait à l'esprit. A présent, il demeurait obstinément silencieux et son visage fermé ne livrait rien. Inexplicablement, Mona ressentit une peur irraisonnée. Elle se refusa cependant à lui faire part de ses réflexions.

— Quelle heure est-il ? s'enquit-elle sur un ton anodin.

Il consulta sa montre.

— Quatre heures et demie.

— Mon Dieu ! Nous sommes restés dehors toute la journée !

— Cela nous a fait du bien. Il faut se débarrasser, de temps en temps, de la poussière des villes qui encrasse nos poumons.

Mona fit un effort pour se lever mais sa torpeur était telle qu'elle se recoucha de tout son long.

— Oh ! Quel merveilleux été ! s'exclama-t-elle en s'étirant. Je vous en remercie. Je suis un peu triste qu'il touche à sa fin.

Le regard de Jim se posa sur elle avec douceur.

— Pourquoi cela devrait-il se terminer, Mona ? Septembre marque-t-il l'achèvement de toute chose ? J'aimerais tant que ces week-ends durent aussi longtemps que vous le souhaitez. J'aimerais tant que nous restions proches comme nous l'avons été jusqu'à la fin de nos jours.

Mona aurait voulu se laisser emporter par la tendresse de ses paroles. Amis à vie, pendant de longues années, pour l'éternité. Non, il y avait erreur, c'était faux, elle le savait. S'ils demeuraient amis, viendrait inévitablement le moment de la séparation. Une femme s'interposerait entre eux. Et ce serait vraisemblablement Claire. Aller voir Jim et rencontrer Claire, s'occuper de leurs enfants... Cette pensée lui était insoutenable. C'était au-dessus de ses forces, elle ne le pouvait pas.

— Vous oubliez Claire, parvint-elle à articuler nettement. Pensez-vous qu'elle vous laisse vous consacrer à sa sœur ?

Un silence pesant s'installa entre eux. Jim s'approcha soudain de Mona. Leurs visages se touchaient presque. Le cœur de Mona se mit à battre si fort dans sa poitrine qu'elle crut que Jim l'entendait.

— Mona..., commença-t-il d'une voix hésitante.

— Oui, répondit-elle, animée soudain d'un fol espoir.

— Mona, je...

— Jim, que se passe-t-il ?

Il ouvrit la bouche et la referma aussitôt. Mona nota l'assombrissement de son regard, le brusque durcissement de son visage. Il sauta sur ses pieds. Debout devant elle, il lui tendit la main pour qu'elle se relève :

— Rien, répondit-il avec indifférence. Venez, il est temps de rentrer.

6

Tout en paressant dans son bain. Mona se demandait quelle tenue elle choisirait pour le dîner. Elle se décida finalement pour une longue robe blanche. Avant de descendre au salon, elle s'inspecta dans la glace de l'armoire. La coupe harmonieuse révélait ses formes élancées de façon suggestive mais sans provocation. Un mois auparavant, elle n'aurait pas seulement envisagé d'essayer un habit de ce genre.

Jim l'accueillit d'un sourire.

— Vous devriez vous mettre toujours en blanc. Cette couleur vous va si bien !

Debout devant le bar, le jeune homme confectionnait deux cocktails. Il tendit un verre à Mona et s'approcha doucement d'elle. Il la fixait de son regard gris. Mal à l'aise, Mona eut le sentiment qu'il avait deviné qu'elle avait fait cet achat pour lui.

— Hier soir, en tenue d'été, aujourd'hui, habillée avec élégance, quelle extraordinaire vision vous m'offrez !

Il dégustait sa boisson sans cesser de l'observer.

— Merci, murmura Mona.

Elle souhaitait qu'il ne remarque pas le tremblement de sa main. D'un geste plus assuré, elle porta la coupe à ses lèvres et but une gorgée de liquide ambré pour se donner un peu de courage.

Le dîner se déroula normalement, malgré les craintes de Mona. Jim conversait de façon détendue et ne parut pas relever ce qu'il y avait d'inhabituel dans le comportement de Mona. Il parla de ses projets d'avenir pour River View et ne remarqua pas que la jeune fille ne lui répondait que par monosyllabes et qu'elle évitait de le regarder trop longtemps.

« Il faut te ressaisir, grondait une voix intérieure. Il te connaît bien, Mona. Tôt ou tard, il remarquera ton trouble. Si tu ne te reprends pas, tu risques de perdre tout, y compris son amitié. »

— Que diriez-vous d'un verre de cognac sur le patio ? proposa Jim à la fin du repas.

Il la prit par le bras pour la conduire dehors. L'atmosphère paraissait agréablement fraîche après la chaleur étouffante de la journée. La pleine lune déversait sa lumière argentée entre les branches des chênes. De temps à autre, le hurlement d'un coyote venait briser le silence. Peu à peu, Mona se laissa aller à goûter le calme qui l'entourait.

Comme elle appréciait cet endroit ! Si elle devait ne plus jamais revoir River View, elle en souffrirait profondément.

Habituellement, Mona aimait ce moment d'après-dîner car elle devisait paisiblement avec Jim de tout ce qui leur venait à l'esprit. Ce soir-là, ils demeuraient silencieux l'un comme l'autre. Mona avait beau chercher un sujet de conversation, elle ne trouvait rien. Rien, si ce n'est l'obsédante présence de Jim.

— Un autre verre ? suggéra-t-il.

Mona secoua la tête.

— Un peu de musique ? Voudriez-vous danser ?

Danser avec Jim ? Pour qu'il la serre contre lui de

ses bras vigoureux ? Risquer de perdre à nouveau le contrôle d'elle-même. Non, le jeu devenait trop dangereux.

— Je veux bien, s'entendit-elle répondre pourtant.

Jim disparut aussitôt à l'intérieur. Bientôt, une musique douce inonda la nuit calme. En se levant, Mona sentit ses jambes vaciller. Jim s'approchait d'elle, plus près encore, il la tenait blottie contre lui.

Guidés par le rythme du morceau, leurs mouvements s'harmonisaient aisément. Mona posa la tête contre l'épaule de Jim. Un merveilleux sentiment de sécurité l'envahissait. Voilà ce qu'elle avait attendu pendant toute la semaine. Sentir la chaleur de son corps contre le sien, une telle proximité... Involontairement, elle fit glisser sa main le long du dos de Jim.

Leurs jambes se frôlaient. Mona frissonna. Elle ferma les yeux pour mieux goûter la vague de bonheur qui la submergeait. Si cet instant pouvait durer éternellement ! S'ils pouvaient ne jamais cesser de danser dans la nuit, portés par la musique... Jamais elle n'oublierait cette senteur étourdissante, un mélange de parfum, de liqueur et de tabac.

Dans ses bras, Mona se métamorphosait en une créature sans esprit, guidée par ses sens éveillés. Une paix étrange descendit en elle. Les yeux clos, Mona suivait le moindre mouvement de Jim, ses mains autour de sa taille. Il la serra toujours plus fort.

La mélodie s'était arrêtée. Depuis combien de temps ? Mona avait perdu toute notion de durée. Jim n'avait pas desserré son étreinte. Ils n'avaient plus besoin du prétexte de la danse pour s'autoriser à rester enlacés. L'horloge déchira le silence en son-

nant quelques coups. Mais Jim et Mona demeuraient
perdus dans un autre monde.

Jim entoura les épaules de Mona pour l'attirer à
lui. La jeune fille tenta de résister. Son cœur se mit à
battre trop fort. Jim ne pouvait pas ne pas percevoir
le frisson qui la parcourait tout entière. Il fallait
reprendre ses esprits. Mona se raidit dans un effort
désespéré.

Etonné, Jim s'éloigna insensiblement. Il l'obligea
à lever les yeux vers lui.

— Que se passe-t-il, Mona ? lui demanda-t-il.

— Que... voulez-vous dire ?

— Vous le savez. Vous avez passé tout ce week-
end dans un état de tension permanente. Ne protes-
tez pas, je l'ai remarqué. Je me suis si souvent confié
à vous. Pourquoi refusez-vous d'en faire autant ?
Quelque chose vous préoccupe, je le vois bien. Je
vous en prie, faites-moi confiance, dites-le-moi.

— Jim...

Elle lui lança une prière muette. S'il savait lire en
elle comme il le prétendait, il comprendrait l'angoisse de son regard et détournerait la conversation.

— Je... je ne peux pas, murmura-t-elle.

— Vous ne pouvez pas... quoi ?

— Vous parler.

— Je croyais que vous aviez suffisamment
confiance en moi pour tout me dire.

Mona poussa un long soupir. Comment lui expliquer que sa présence lui était à la fois source de joie
et de souffrance ?

— Si c'était possible, je le ferais sans hésiter,
affirma-t-elle.

— Essayez, insista-t-il. Reprenez par le commencement.

— Laissez-moi m'asseoir.

Elle s'écarta de lui et se laissa tomber avec

découragement sur la chaise longue. A sa grande surprise, Jim s'avança vers elle et vint s'installer à ses côtés.

Avec Jim près d'elle, elle était incapable de penser. Mona tenta de maîtriser les larmes qui lui montaient aux yeux.

— Mon Dieu ! s'exclama Jim, ému. Que vous arrive-t-il, Mona ?

— Rien ! cria-t-elle.

— Je ne vous crois pas.

— Je n'y peux rien, rétorqua-t-elle avec séche-resse.

— Ai-je dit ou fait quelque chose qui vous a heurtée ? Répondez-moi, Mona. Si j'ai commis une faute, je tiens à la réparer. Je ne me pardonnerai jamais de vous avoir rendue malheureuse.

Mona eut un sourire amer. Pouvait-elle lui avouer que sa seule faute était d'être là ?

— Vous n'avez rien fait, se contenta-t-elle de répondre.

Elle entendait la respiration saccadée de Jim, elle sentit son corps se tendre.

— Alors, reprit-il doucement, ce doit être... je pensais... je ne voulais pas le demander.

Mona fronça les sourcils.

— De quoi parlez-vous ?

— De vos tenues éblouissantes.

Mona retint son souffle. Jim venait de prendre sa main. Il la porta à ses lèvres et y déposa un tendre baiser. Il l'obligea à lui caresser le visage. En croisant son regard, Mona y vit une lueur de désir.

— Mona, je vous croyais franche, en toute occa-sion. Ma chère Mona, est-il si difficile de me dire que je vous plais ? ajouta-t-il de sa voix chaude.

L'émotion lui serrait la gorge. Incapable de profé-rer une seule parole, Mona fut gagnée par la honte.

Sa conduite avait-elle été si maladroite ? En passant en revue tous les événements du week-end, elle jugea qu'une adolescente de quinze ans aurait sans doute montré plus de finesse. Comme Jim avait dû rire de ses tentatives si visibles pour le séduire !

Maintenant, il la contemplait de ses yeux gris pleins de compréhension et de sympathie. Ce n'était pas ce qu'elle attendait de sa part. Que pouvait-elle lui dire ? Il l'avait mise à nue, jamais elle n'avait ressenti une telle humiliation.

Mona le vit sourire avec tendresse.

— Quel mal y a-t-il à cela, Mona ? N'est-ce pas la conséquence naturelle de cet été que nous avons passé ensemble ?

— Jim !

— Moi, je puis vous l'avouer sans peine, poursuivit-il calmement. Vous me plaisez, j'ai envie d'être avec vous.

Mona tenta de maîtriser le tremblement de sa bouche.

— Pas avec moi, rectifia-t-elle. Avec quelqu'un, n'importe qui.

Jim lui saisit le visage et la força à le regarder dans les yeux.

— Vous vous trompez, Mona. C'est votre compagnie que je recherche. La vôtre seulement. Et je pensais qu'il en était de même pour vous. J'ai cru le comprendre aujourd'hui, tout en craignant que ce ne soit qu'une projection de mes désirs.

Mona se taisait. Elle aurait dû se douter qu'elle ne pouvait pas se cacher de lui. Il lisait en elle à livre ouvert. En outre, à certains moments, l'émotion la bouleversait si profondément qu'elle ne se contrôlait plus.

— J'étais sûr que vous me l'avoueriez avec votre franchise habituelle, poursuivit Jim. Mais je m'aperçois que vous hésitez. Pourtant, il n'y a rien de plus normal, entre un homme et une femme.

Emue aux larmes, Mona tenta de se ressaisir. Auparavant, la présence de Jim lui apportait l'apaisement. Mais depuis qu'elle avait découvert son amour pour lui, une tension permanente la tourmentait.

Mona décida de lui livrer toute la vérité. Même si les conséquences pouvaient en être douloureuses, elle préférait la sincérité à cette insupportable ambiguïté.

— Jim, je ne sais pas ce qui m'arrive. Jamais je ne me suis sentie aussi peu à l'aise...

Jim lui sourit avec tendresse.

— Peut-être vous est-ce déjà arrivé, mais pour des raisons différentes.

Mona secoua la tête.

— J'ai honte d'avoir agi aussi sottement.

— Honte ? Mais pourquoi ? Je vous avoue que je me sens très flatté de votre souci d'élégance.

Mona rougit. Il lui fallait accepter que Jim sache qu'il l'attirait irrésistiblement.

— Vous devez me comprendre, insista-t-elle. C'est la première fois que j'éprouve cette impression et je suis effrayée de la force avec laquelle...

— Pourquoi être effrayée ? s'enquit la voix caressante de Jim.

— Lorsque j'ai compris ce qui se passait, reprit Mona, plus calme, j'ai décidé de ne plus venir passer les week-ends à River View. Mais j'étais incapable de m'en tenir à cette résolution. Ensuite, je me suis persuadée qu'il n'y avait là rien d'important mais... mes sentiments à votre égard devenaient chaque jour plus forts...

Jim la prit dans ses bras et l'attira à lui. Il laissa ses

doigts se perdre dans la chevelure sombre de Mona et déposa un baiser léger sur son front.

— J'ai perçu un changement dans votre attitude, avoua-t-il, songeur. J'ai d'abord craint vous avoir blessée, cette nuit où je suis entré dans votre chambre. Peut-être pensiez-vous que j'étais un séducteur, prêt à tenter ma chance avec chaque femme que je rencontrais. Hier, j'ai cru que votre regard ne trompait pas sur vos véritables pensées. Mais une fois encore, je me suis demandé si je ne prenais pas mon désir pour la réalité. Mona, pourquoi ne m'avoir rien dit ? Vous m'avez laissé dans l'incertitude...

Elle l'étreignit timidement. Soulagée de l'immense poids qui pesait sur elle, elle se laissa aller au bonheur de se trouver tout près de lui.

— J'avais surtout peur de vous faire peur, et de perdre votre amitié. Au lieu de me confier à vous, j'ai préféré porter ces toilettes ridicules pour que vous me remarquiez.

— *Vous remarquer !* s'exclama Jim en riant. A chaque instant, je sais que vous êtes là. Et en votre absence, je ne fais que me rappeler les moments où nous étions ensemble.

— Dites-vous la vérité ?

— En doutez-vous ?

Non, à le voir si attentif à elle, Mona ne pouvait pas en douter.

— Jim ! murmura-t-elle. Je me demande comment vous avez pu conserver votre sérieux en me voyant parader ainsi.

Au souvenir de ses pensées de la veille et de son comportement, Mona sentit une irrépressible envie de rire monter en elle.

Jim ne répondit pas. Il la contempla avec une infinie tendresse. Il chercha avidement ses lèvres.

Son baiser fut si intense qu'elle en trembla de tout son corps. Comment oublier cette passion mêlée de douceur ? Encouragé par l'abandon de Mona, Jim s'aventura plus loin qu'il n'avait osé le faire jusqu'à présent. Il l'effleurait de ses mains brûlantes d'ardeur. Mona crut défaillir. Une puissante vague de désir l'entraîna dans un tourbillon effréné où elle perdit le contrôle d'elle-même. Chaque parcelle en elle le réclamait avec violence.

— Mona, l'entendit-elle murmurer comme dans un rêve, j'ai passé tous les jours de cette semaine à penser à vous, à me souvenir du week-end dernier dans ses moindres détails, à vous revoir, à recréer votre visage, vos courbes si gracieuses.

Pour toute réponse, Mona se laissa aller, à son tour, à apprendre de ses doigts le corps de cet homme qui l'émouvait tant. Lentement, elle prenait conscience de l'éveil de ses sens à chaque caresse plus audacieuse de Jim. Il commença à défaire sa robe, dénudant complètement ses épaules. Mona frissonna.

— Jim ! haleta-t-elle, pendant des semaines, j'ai imaginé ce moment. Je ne croyais pas qu'il arriverait. Et j'ai pensé vous séduire...

— Vous auriez trouvé une victime consentante, prête à se soumettre.

— J'en ai honte, maintenant.

— Vous ne devriez pas, lui assura Jim. Moi-même, j'ignorais où j'en étais. J'avais peur aussi de perdre votre amitié, lorsque je me suis rendu compte que je devenais amoureux. Je ne savais pas comment vous réagiriez, ce que vous sentiez, ce que vous désiriez. Si vous pouviez imaginer à quel point mon cœur s'est déchiré...

— Je l'imagine sans peine, lui sourit Mona. J'ai vécu cette semaine dans la douleur la plus profonde.

J'avais besoin de vous et ma raison me commandait de ne plus vous revoir !

Il leva les yeux vers elle. Son regard s'était enfin éclairci, délivré des nuages qui l'avaient assombri.

— Mona, ma chérie, murmura-t-il d'une voix voilée par l'émotion, ne l'avez-vous pas compris dès le commencement ? Cette communion si exceptionnelle entre nous ? Le sentiment que se bâtissait à chaque fois quelque chose de plus en plus solide ! Lentement mais sûrement !

Mona avait peine à croire ce qu'elle entendait, tant les paroles de Jim correspondaient exactement à ce qu'elle avait ardemment souhaité. Il m'aime, se répétait-elle, incrédule.

— Dites-le-moi, le pria-t-elle, comme s'il suivait la moindre de ses pensées.

Il la dévisagea en souriant, cherchant à lire en elle. Elle sut qu'il avait saisi.

— Je vous aime, Mona, je vous aime.

— Et moi, répondit-elle, je vous aime tant que je vais mourir de bonheur.

— Voulez-vous m'épouser ?

Maintenant apaisée, Mona inspira profondément. Le cours des événements se précipitait. Tout allait trop vite, c'était impossible, incroyable...

— Mona, m'avez-vous entendu ? s'inquiéta Jim en fronçant légèrement les sourcils.

— Oui, oui, chuchota-t-elle, bouleversée. Mais... êtes-vous sûr d'avoir bien voulu dire cela ?

— Voilà une bien étrange question, fit observer Jim en souriant.

— C'est que..., reprit Mona d'une voix hésitante, je ne veux pas que vous éprouviez ensuite du regret.

— Je suis sûr de moi, déclara Jim. Nous vivrons en ville, et après vos examens, vous pourrez travail-

ler comme vous l'entendez. Mais dans un avenir plus
ou moins proche, ce ranch sera notre foyer.

Elle se blottit contre Jim. Passer une vie entière
avec cet homme si séduisant, dans le ranch qu'elle
aimait tant ! Mona crut défaillir de bonheur.

Jim caressait à nouveau sa gorge dénudée. Une
nouvelle fois, elle connut la violence de son désir
pour lui. Un gémissement de plaisir s'échappa de ses
lèvres. Son corps se tendait.

— Que faisons-nous ? s'écria-t-elle soudain,
comme revenue d'un monde de rêves. Si quelqu'un
entrait…

Avec effort, il desserra son étreinte.

— Vous avez raison, allons dans ma chambre,
nous y serons mieux.

Une sourde angoisse s'empara de Mona. Ce
n'était pas les gestes amoureux de Jim qu'elle
craignait, ni le monde inconnu auquel il allait
l'initier. Il y avait autre chose. Une froide réalité qui
lui ouvrit brusquement les yeux. Mona se figea.

— N'ayez pas peur, ma chérie, chuchota Jim,
attentif à ses moindres tressaillements.

— Jim… c'est impossible… nous ne pouvons pas,
haleta Mona.

— Pourquoi ? Si nous le désirons l'un et l'autre !

Il l'entoura de ses bras. Ce contact chaleureux et
sécurisant eut presque raison de ses dernières
défenses. Mais l'autre chose s'imposa à elle avec plus
de vigueur encore.

— Ce n'est pas cela, reprit-elle, angoissée.
C'est… Claire.

Jim se raidit. Son regard se durcit et devint froid
comme une lame d'acier.

— Pourquoi parlez-vous toujours d'elle à chaque
fois que nous sommes ensemble ! gronda-t-il, soudain menaçant.

Décontenancée par cette brusque explosion de colère, Mona tenta de l'apaiser de ses yeux sombres et tendres.

— Tant que je ne serai pas rassurée sur vos relations avec Claire, je ne pourrai rien faire, déclara-t-elle avec douceur.

Jim la considéra, incrédule.

— Mona! Je crois rêver! Je viens de vous demander de m'épouser, et vous êtes la seule femme à qui j'aie jamais fait une telle proposition!

La jeune fille lui caressa la joue avec tendresse.

— J'en suis certaine, lui assura-t-elle. Mais Claire est partie depuis longtemps. Peut-être l'avez-vous oubliée. Elle rentre bientôt et je ne supporterais pas qu'à son retour, vous vous aperceviez de l'erreur que vous avez commise en croyant m'aimer.

Le visage de Jim s'était crispé sous l'effet de la fureur.

— Vous me prenez pour un monstre! s'exclama-t-il, ulcéré. Pensez-vous que j'irai de l'une à l'autre, sans me préoccuper de vous?

— Non, répliqua-t-elle en se maîtrisant, je suis sûre que vous souffririez de devoir me faire du mal. C'est une raison supplémentaire pour ne rien précipiter.

Jim l'attira à lui et la couvrit de baisers légers.

— Je n'ai jamais rien entendu d'aussi absurde!

— Jim! protesta Mona en se libérant de son étreinte. J'essaie de discuter avec vous de façon raisonnable.

— L'amour n'est pas raisonnable, rétorqua Jim avec un sourire.

— Ecoutez-moi! Vous ne savez pas de quoi je parle. Je connais Claire, j'ai vécu avec elle. J'ai observé la manière dont tous les hommes étaient envoûtés par sa présence.

— Des collégiens ! se moqua Jim. Moi, j'ai passé ce stade et je sais ce que je veux. Venez dans ma chambre avec moi et vous n'aurez plus de doutes !

Mona eut un rire léger.

— Je le désire autant que vous, avoua-t-elle doucement, mais je ne le pourrai pas, tant que vous n'aurez pas revu Claire.

Jim la repoussa avec tant de brusquerie que Mona faillit tomber.

— Vous et votre jalousie ! explosa-t-il. Me demandez-vous de sortir avec Claire avant de pouvoir vous prendre dans mes bras !

Mona tenta de réprimer le tremblement de ses lèvres. La seule pensée de Jim et de Claire ensemble la mettait dans un état proche de la démence. Mais elle avait besoin d'être pleinement rassurée. Et rien, pas même le regard courroucé que lui lançait Jim, ne la ferait changer d'avis.

— Cessez de me regarder ainsi ! J'essaie de considérer les choses avec réalisme. Si, après avoir vu Claire, vous vous apercevez que c'est elle que vous voulez, je vous épargne la peine d'une rupture avec moi. Comprenez-moi, je vous en prie ! Ma souffrance serait intolérable si nous nous séparions après avoir connu le bonheur ensemble !

Jim alla s'asseoir près du bar. Désemparé, il se cacha la figure entre ses mains et poussa un long soupir. Mona vint près de lui après avoir remis de l'ordre dans sa tenue. Elle posa une main sur son épaule.

— Jim, ce sera aussi difficile pour moi, vous le savez. Vous imaginer à la maison pour passer prendre Claire...

Elle ne put achever sa phrase, tant cette vision lui était insupportable.

— Alors épousez-moi maintenant, déclara-t-il en

la fixant d'un air déterminé. Je serai votre mari
avant le retour de Claire. Ainsi, vous n'aurez plus
d'inquiétude.

Mona lui sourit tristement en secouant la tête.

— Ce serait pire. Je me poserais toujours la
question. Croyez-moi, Jim, ma solution est la meilleure.

— Mona, s'écria Jim avec désespoir, pourquoi ne
parvenez-vous pas à exorciser ce démon ?

Elle baissa les yeux.

— Si vous revenez à moi après Claire, j'en serai
débarrassée à jamais.

Jim éclata d'un rire forcé.

— Quelles sont vos instructions ? interrogea-t-il
durement. Combien de fois dois-je sortir avec elle ?
Combien de baisers...

— Jim, je vous en prie ! coupa Mona.

— Jusqu'où doivent aller nos relations ? poursuivit-il ironiquement.

Luttant contre les larmes, Mona prit une profonde
inspiration.

— Aimez-vous donc tant me tourmenter ? parvint-elle à articuler d'une voix tremblante.

— Et vous ! rétorqua sèchement Jim. Vous me
demandez de venir chez vous, de voir votre sœur
alors que je devinerai votre présence et qu'il me sera
interdit de jeter un seul regard sur vous ! Et ici, à
River View, imaginez-vous ce que sera ma torture ?
Chaque objet évoque votre souvenir.

Mona se redressa et le fixa avec détermination.

— Malgré tout, c'est la seule possibilité, déclara-
t-elle. Si tout se passe bien, comme je l'espère, nous
oublierons bien vite cette période difficile, et Claire
n'en sera pas blessée. Vous ne pouvez pas savoir le
sentiment de culpabilité que j'éprouvais, à chaque
fois que l'un de ses amis me plaisait.

— Je ne connais rien à ce genre de choses, grommela Jim.

— Je vous en supplie... par amour, Jim. Cette situation ne durera qu'un temps.

Jim poussa un long soupir et la serra dans ses bras.

— Que devons-nous faire, désormais ? s'enquit-il. La fin de l'été, ces quelques semaines qui nous restent, comment allons-nous les passer ? Désirez-vous ne plus me voir ou rester ici ?

— Rester ici, répondit Mona sans l'ombre d'une hésitation. Mais je comprends que vous préfériez l'inverse.

— Des week-ends chastes où quelques baisers me seront permis alors que je brûle de passion pour vous, résuma Jim, amer. Vous exigez beaucoup.

— C'est à vous de décider, conclut-elle en lui caressant tendrement le visage.

— Je veux vous aimer !

— Je dois d'abord être sûre.

— Vous l'aurez voulu, trancha Jim avec lassitude.

Les semaines qui suivirent s'écoulèrent, pour Mona, comme une lente agonie. Elle redoutait la fin de l'été tout en sachant que son avenir en dépendait. Chaque mercredi, elle déjeunait avec Beth Sinclair et leurs rencontres l'aidaient à supporter le vide des jours en semaine. La jeune fille aurait souhaité apaiser la profonde tristesse qui se lisait parfois dans le regard de sa tante mais celle-ci était passée maîtresse dans l'art de détourner la conversation si elle prenait un tour trop personnel. Aussi se contentait-elle de profiter du plaisir que lui procurait son entente parfaite avec Beth.

Le reste du temps s'étirait avec ennui. D'ordinaire, Mona trouvait qu'il n'y avait pas assez d'heures dans la journée pour toutes ses activités.

Désormais, elle cherchait à remplir ces longues périodes qui se succédaient interminablement. Elle tenta d'y remédier par la lecture mais son esprit s'échappait rapidement du livre qu'elle tenait pour s'évader bien loin.

Mona attendait le vendredi avec autant d'impatience qu'auparavant. Cependant, les étreintes passionnées qu'ils échangeaient n'assouvissaient pas leur désir. En cherchant à éviter tout contact physique, ils créaient entre eux une tension qu'ils supportaient avec difficulté.

Le dernier samedi avant le retour de la famille de Mona, la jeune fille se dirigea vers l'écurie et demanda à Sam de lui seller Mandy.

— Vous prendrez bien soin d'elle, n'est-ce pas, lui fit-elle promettre, en flattant l'encolure de l'animal. Je ne viendrai pas pendant quelque temps.

« Ou plus jamais », acheva-t-elle en son for intérieur. Mona se morigéna pour avoir eu une telle pensée. Elle ne devait pas laisser entamer sa confiance en Jim. Il l'aimait réellement.

— Ne vous inquiétez pas, la rassura Sam. Tout ira bien. Jim vous a-t-il appris qu'elle sera mère ?

Mona acquiesça. La jument avant perdu l'allure altière qui la caractérisait auparavant. Elle allait bientôt mettre bas.

Mona conduisit Mandy loin de la maison, au bord de la rivière. L'orage de la nuit avait rafraîchi l'atmosphère et la température agréable qui s'ensuivait reposait enfin de la chaleur torride de l'été. Lorsque la tempête s'était déchaînée, que les éclairs avaient déchiré le ciel de longues zébrures sous les roulements menaçants du tonnerre, Mona avait songé avec nostalgie aux bras protecteurs de Jim. Comme elle aurait aimé passer cette nuit-là, blottie contre lui. A cette pensée, Mona avait versé des larmes de frustration.

Mona s'arrêta près d'un groupe de vieux chênes. Tandis que Mandy paissait avec insouciance, Mona s'assit sur la terre encore humide et demeura dans un état de semi-prostration. C'était terminé ! L'été dont elle avait rêvé touchait à sa fin. Demain, comme tous les autres dimanches, Jim la reconduirait en ville, et le lendemain, sa famille serait de retour.

— Dois-je appeler Claire dès lundi ? s'était enquis Jim, la veille.

Mona détestait son ironie. Jim ne l'avait jamais fait souffrir, auparavant.

— Jim, répondit-elle, désespérée, je n'en sais rien. Faites comme vous l'entendez.

Il secoua la tête.

— Vous vous trompez, Mona. Je ne fais rien de ce que je veux. Dites-moi, reprit-il, Claire met toujours beaucoup de temps à se préparer. Serez-vous là pour me faire patienter ?

— Non, si je puis l'éviter !

Maintenant, Mona cherchait l'apaisement en regardant s'écouler les eaux du Brazos. La rivière avait joué un rôle important dans l'histoire du Texas. Des Comanches avaient vécu à l'endroit où la jeune fille était assise. La première capitale de l'état, Washington-sur-Brazos, s'était édifiée sur ses rives. Des plantations de coton avaient prospéré...

Peut-être ne reverrait-elle plus jamais ces lieux. A cette pensée, Mona se sentit prise d'une douloureuse nostalgie.

Un bruit de galop vint l'interrompre. En levant les yeux, elle découvrit Jim qui se dirigeait vers elle, à cheval. Mona se releva précipitamment et brossa son pantalon.

— Je vous ai cherchée partout, lui reprocha-t-il.

— J'avais envie de sortir un peu, avoua Mona. Vous devez être content de cette pluie !

— Une averse ne suffit pas à arrêter les méfaits de la sécheresse, rétorqua Jim. Pour cela, il faudrait des jours et des jours d'humidité. Et regardez, aujourd'hui, le soleil brille à nouveau. Que faisiez-vous ici, toute seule, ajouta-t-il en la considérant gravement.

— Je pensais.

— Je crois deviner à quoi, déclara Jim avec un sourire entendu.

Il l'entoura de son bras et la serra contre lui avec tendresse. Mona se laissa aller avec bonheur à l'émotion qui déferlait en elle. Il y avait eu si peu de contacts physiques entre eux dernièrement, et elle ressentait un tel besoin de la chaleur de son corps contre le sien !

— Quel esprit pénétrant ! s'exclama-t-elle, moqueuse. Puis-je savoir à quoi je pense ?

— Vous songiez que c'était peut-être la dernière fois que vous voyiez River View.

— Vous me surprenez toujours, déclara-t-elle, réellement étonnée de sa perspicacité. Il est inutile que je vous cache quoi que ce soit, vous le découvrez toujours.

— Et vous vous trompez, lui murmura-t-il doucement. Ce n'est pas la dernière fois. Lorsque je reviendrai à vous, Mona, aucun doute ne subsistera plus dans votre esprit.

— Comme je souhaite que vous ayez raison !

Elle reçut le baiser qu'il lui donna comme une promesse de bonheur.

7

L E retour des Lowery fut aussi bruyant et mouvementé que leur départ. Les bagages étaient deux fois plus nombreux. Ben fulminait parce que l'un de ses sacs avait été abîmé à l'aéroport. Kitty, à peine arrivée, donnait déjà une avalanche d'ordres à Lettie et à Lucille.

Mona accueillit ses parents avec chaleur. Ils lui avaient réellement manqué et elle se sentait davantage liée à sa famille qu'elle ne l'avait pensé.

— Vous avez une mine splendide ! s'exclama-t-elle, ravie. Je suis heureuse de vous revoir.

— Et nous également, répondit Kitty.

La mère de Mona était vêtue d'un tailleur élégant et sa nouvelle coupe de cheveux la rajeunissait considérablement. Elle ne paraissait pas ses quarante-sept ans ! Kitty lança à sa fille un regard inquisiteur.

— Tu es bronzée, toi aussi. Je suis contente que tu aies passé un peu de ton temps à la piscine. J'avais peur que tu ne te calfeutres à l'intérieur avec tes livres pendant tout l'été !

— Oui, j'ai nagé, surtout le week-end, déclara Mona avec une légère hésitation. Je me suis un peu détendue.

— C'est bien. En tout cas, je suis contente d'être
de retour. Je n'aime pas que nous soyons séparés.
Raconte-moi comment cela s'est passé. J'ai vu dans
les journaux qu'il y avait eu une vague de chaleur.
Ce devait être épouvantable ! Tu dois être ravie que
cet été se termine.

« Si elle pouvait savoir à quel point c'est faux »,
songea douloureusement Mona.

— Je dois appeler le bureau, déclara Ben en se
dirigeant vers la bibliothèque.

— Dépêche-toi, cria Claire. Dès que tu auras fini,
je téléphone à Jim. Il doit attendre mon appel avec
impatience. L'as-tu aperçu pendant ces vacances ?
ajouta-t-elle à l'adresse de Mona.

— Très peu, parvint-elle à articuler.

Claire n'avait rien perdu de son charme. Le cœur
de Mona se serra. Comment Jim pourrait-il lui
résister ? Pourquoi lui avait-elle lancé ce stupide
défi ?

— Je serai enchantée de le revoir, poursuivit
Claire. C'est étrange. Je n'avais pas remarqué à quel
point je tenais à lui, avant de partir.

— Je te l'avais bien dit, intervint Kitty en souriant. Ne le laisse pas s'échapper. Il est exceptionnel.

Claire éclata de rire. Une lueur de malice dansait
dans son regard.

— Ne t'inquiète pas. Il a dû trouver quelqu'un
pour lui tenir compagnie pendant l'été, mais je me
débarrasserai vite de cette femme !

Elle avait offert Jim à Claire sur un plateau
d'argent. Voilà le résultat de ses hésitations. Une
insupportable douleur la tenaillait. Mona se reprit.
Jim et elle avaient été si proches l'un de l'autre. Ces
moments-là ne pouvaient pas s'oublier. Peut-être
seraient-ils assez forts pour résister à la beauté de
Claire.

Ben revint pour annoncer qu'il devait se rendre à son bureau, malgré les protestations de Kitty. Claire se précipita dans la bibliothèque. Quand elle en ressortit, un large sourire illuminait son visage.

— Je ne serai pas là, ce soir. Je dîne avec Jim. C'était si agréable d'entendre à nouveau sa voix !

Mona demeura immobile, comme frappée de paralysie.

— J'ai encore du travail, marmonna-t-elle.

Elle remonta précipitamment dans sa chambre. Comment survivrait-elle à cette soirée ? Claire se préparait avec le plus grand soin dans la salle de bains en fredonnant un air joyeux. Jamais Claire ne s'était montrée aussi enthousiaste pour un rendez-vous.

— Puis-je emprunter tes boucles d'oreille ?

— Bien sûr, sers-toi, répondit Mona, feignant d'être plongée dans la lecture de son livre.

— Et ton eau de Cologne ?

Mona fit un geste vague en direction de sa coiffeuse.

— Prends ce que tu veux.

Claire lança à sa sœur un regard inquisiteur.

— Quelque chose ne va pas ?

— Non, répliqua précipitamment Mona. Pourquoi ?

— On dirait que tu viens de perdre la personne qui t'est la plus chère au monde, lança Claire.

« J'ai bien peur que ce soit vrai », songea la jeune fille avec amertume.

Le dîner se révéla être une pénible épreuve. Ben et Kitty racontaient joyeusement leurs vacances à Palm Springs. Mona faisait semblant de s'y intéresser. Ses parents ne remarquèrent pas qu'elle avait peine à faire honneur au repas. Elle pensait aux dîners à River View, à la danse avec Jim.

A peine la table débarrassée, Mona prétexta son travail pour regagner aussitôt sa chambre.

— Mon Dieu ! s'exclama Kitty. Que d'ardeur pour ce diplôme. Il y a pourtant autre chose que cela, dans la vie !

Avec un soupir, Mona referma la porte, pour être sûre de ne pas être dérangée. Mais elle n'avait pas le cœur à l'étude. Ses examens pâtiraient certainement de cet été avec Jim. Comment l'expliquerait-elle alors que Kitty et Ben étaient persuadés qu'elle avait passé ces mois à les préparer ?

Il ne fallait pas descendre. Surtout ne pas voir Jim. Mais rien ne put l'empêcher d'entendre son coup de sonnette à sept heures et demie précises ni l'accueil empressé que lui réserva son père et le cri de joie que poussa Claire. La voix grave et profonde qu'elle aimait tant précipita les battements de son cœur.

Mona, en imagination, vit distinctement leur baiser, la lueur d'approbation dans les yeux de Jim, son sourire. Un frisson la parcourut tout entière. Hier, c'était hier seulement qu'ils s'étaient séparés sur une étreinte passionnée. En guise d'adieu ?

La porte d'entrée claqua. Mona se précipita à la fenêtre et écarta les rideaux. La Mustang attendait devant la maison. Jim ouvrit la portière. Claire monta dans la voiture après avoir noué ses bras autour du cou de Jim. Il lui sourit. Mona ressentit un douloureux coup au cœur. Les larmes jaillirent de ses yeux sans qu'elle cherche à les maîtriser.

Lentement, elle vit Jim lever les yeux vers elle. Il avait un étrange sourire. Il agita la main pour la saluer. Leurs regards se croisèrent et Mona ressentit à nouveau la puissance de la communion qui existait entre eux. « Est-ce là ce que vous désirez ? », paraissait demander Jim. Pour éviter de lui montrer son angoisse, Mona laissa retomber le rideau.

La nuit, elle ne parvint pas à trouver le sommeil. Elle demeura éveillée, guettant le bruit familier de la voiture et les pas de Claire dans l'escalier.

Si elle avait choisi la solution de Jim, elle serait désormais sa femme. Mais cela n'aurait rien résolu. Sa famille en aurait été bouleversée et elle n'aurait jamais su si Jim éprouvait du regret. Mona tenta de calmer les divagations de son esprit. Après tout, c'était elle qui avait insisté pour qu'il revoie Claire. Le lendemain, Jim lui téléphonerait et la rassurerait.

Mais il n'appela pas le lendemain, ni le surlende-main, ni les jours suivants. Mona osait à peine sortir de sa chambre de peur de rencontrer Jim. Elle était parvenue à l'éviter mais elle ne pouvait tout de même pas se cloîtrer indéfiniment. Combien de temps l'épreuve durerait-elle encore ? Pour éviter les commentaires de ses parents, elle décida de travail-ler à l'école jusqu'à la fermeture de la bibliothèque. Mais elle ne parvenait pas à se concentrer.

Jim était venu sept soirs sur neuf. Il devait savoir la souffrance qu'il lui faisait endurer. Peut-être lui était-ce maintenant égal. Après quelques jours sup-plémentaires de silence, Mona commença à s'impa-tienter puis à ressentir une véritable colère à l'égard de Jim. Lui était-ce si difficile d'appeler une fois pour la rassurer ?

Plus que l'absence de Jim, Mona supportait encore moins l'air radieux de Claire.

— Je crois que, cette fois, j'ai trouvé, l'entendit-elle dire à Kitty. Jim est tellement supérieur aux autres !

Jamais Mona n'aurait pensé que des mots pou-vaient faire tant de mal. Jim était-il définitivement

retombé sous la charme de Claire ? Avaient-ils déjà
passé la nuit ensemble ? Toutes ces questions
demeuraient sans réponse. L'incertitude la tenaillait
jour et nuit. Il ne lui restait qu'une seule défense
possible, éviter de voir Jim.

Il lui fallait encore supporter les spéculations de
Kitty sur l'avenir de Claire.

— Ton père et moi, nous espérons que ce mariage
se fera, lui confia-t-elle. D'ailleurs, j'ai vu son
regard. Il ne trompe pas, Jim est amoureux.

— Il est trop bien pour elle, s'écria spontanément
Mona.

Elle se mordit la lèvre, regrettant de n'avoir pas su
se maîtriser. Kitty écarquillait les yeux, incrédule.

— Quelle parole monstrueuse ! s'exclama-t-elle.
Pourquoi as-tu dit une chose pareille ?

— Parce que je la pense, rétorqua Mona, incapable de cacher ses véritables sentiments. Peux-tu
imaginer Jim Garrett marié à une femme dont
l'unique centre d'intérêt est de savoir ce qu'elle
portera comme vêtements ?

— Je ne te comprends pas, répliqua Kitty, visiblement choquée. Tu devrais te réjouir du bonheur de
ta sœur. Elle et Jim paraissent si heureux !

Mona subit cette nouvelle trahison sans un mot.
Jim était-il réellement content ? Un seul regard lui
aurait suffi mais elle n'osait pas le rencontrer, de
peur de découvrir la douloureuse vérité.

Mona finit cependant par se convaincre que Jim
avait choisi Claire. Elle tenta de se persuader que
c'était mieux ainsi, se félicitant d'avoir eu la sagesse
de proposer une nouvelle rencontre avec Claire en
préalable à leur union.

Pourtant, ses beaux raisonnements s'effondraient
sous le poids du chagrin qui l'envahissait. Comment
affronterait-elle la dernière entrevue avec Jim ? Il lui

annoncerait sa décision finale avec beaucoup de tact
et elle saurait le remercier d'un sourire.

Non, elle se mentait à elle-même. Comment
supporterait-elle cette scène alors que la pensée
seule de revoir Jim dans ces conditions la jetait dans
d'indicibles tourments ? Peut-être Jim craignait-il
justement sa réaction. Devait-elle faire le premier
pas ?

Kitty remarqua bientôt que sa fille changeait.
Mona fumait beaucoup, mangeait à peine et perdait
du poids.

— Si tu continues à ce rythme-là, je t'envoie chez
le médecin, déclara Kitty avec résolution.

— Mais je vais très bien, protesta Mona.

Combien elle aurait aimé qu'un docteur trouve un
remède à sa maladie !

— Habille-toi bien pour le repas de ce soir, ajouta
Kitty. J'ai invité Jim.

Horrifiée à la pensée de devoir affronter tout un
repas en sa présence, la jeune fille répliqua précipitamment :

— Je ne suis pas là, ce soir.

— Tu ne m'avais pas prévenue !

— J'ai oublié. Je dîne chez des amis.

Kitty lança un coup d'œil désapprobateur à sa
tenue.

— J'espère que tu ne porteras pas ce jean usé. Il
faut que tu prennes davantage soin de ta personne.
Cela ne m'étonne pas que...

Kitty s'interrompit à temps mais Mona compléta
sans peine sa pensée : Cela ne m'étonne pas que les
hommes ne te remarquent pas.

— Je vais me changer, reprit-elle simplement.

Dans sa chambre, elle se jeta sur son lit. Où passer
cette soirée ? Où aller ? Il fallait à tout prix éviter de
se trouver en face de Jim.

Ayant retrouvé son calme, Mona composa le numéro de téléphone de sa tante. Puis elle se souvint que Beth était en visite chez des amis, à Houston. Prise d'une idée soudaine, elle appela Alan Palmer.

— Mona ! s'écria-t-il, visiblement ravi.

— Si tu n'as rien d'autre à faire, nous pourrions passer la soirée ensemble, lui proposa Mona.

— J'allais justement te joindre !

— C'est ce qu'on dit toujours.

— Mais c'est vrai ! protesta Alan. J'ai de grandes nouvelles à t'apprendre. Et puisque tu es à l'origine de tout, je t'invite à mon club, ce soir. Il y a un buffet mexicain.

Mona accepta avec empressement, débordant de gratitude à l'égard d'Alan. Il était son seul véritable ami.

— Je passe te prendre à sept heures et demie.

C'était l'heure à laquelle Jim devait venir dîner.

— Non, déclara-t-elle d'un ton sans réplique. Je viens chez toi à sept heures et quart.

— D'accord, conclut Alan sans s'étonner de ce changement.

Mona se détendit dans son bain. Elle décida de prêter une attention toute particulière à sa tenue et à son maquillage. Ce n'était pas pour impressionner Alan mais plutôt pour s'encourager. Cela faisait longtemps qu'elle n'était pas sortie le soir. Elle prit cette soirée comme un signe : la fin de cette longue période de mélancolie.

Mona parcourut rapidement du regard sa garde-robe. Que choisirait-elle pour ce buffet mexicain ? Elle se décida pour une robe rose assez légère qu'elle n'avait encore jamais portée. Aucun souvenir ne lui était donc attaché.

Alan accueillit la jeune fille d'un large sourire. Il était vêtu d'un pantalon noir et d'une chemise beige

à col ouvert. Mona apprécia son élégance simple.
Un seul homme le surpassait dans ce domaine...

— Entre, je vais t'offrir quelque chose à boire.
Mona prit un cocktail vodka-orange.

— Tu es séduisante, ce soir, remarqua Alan
tandis que Mona dégustait son verre. Je n'aurai pas
honte de sortir avec toi.

— Merci pour le compliment, rétorqua Mona,
ironique. Tu me fais trop d'honneur.

Alan la mena à la terrasse maintenant achevée.
Mona contempla son œuvre avec satisfaction. Les
coussins imprimés de couleurs vives, les meubles en
rotin et les plantes en faisaient un lieu clair et
confortable. Les stores achevaient de donner à la
pièce son caractère d'intimité. Ils s'installèrent l'un
et l'autre dans un fauteuil.

— Quelles sont toutes ces nouvelles dont tu me
parlais? s'enquit Mona avec curiosité.

Alan fouilla dans une de ses poches et en tira un
papier qu'il tendit à Mona.

Mona le déplia et découvrit qu'il s'agissait d'un
chèque de la galerie de Stephanie Means.

— Alan! s'exclama-t-elle, émue.

— Tout s'est passé si vite, expliqua le jeune
homme. C'est le produit de la vente de deux
tableaux. Le Turtle Creek et le paysage de mer.

Mona battit des mains.

— Je t'avais dit que tu avais du talent! En es-tu
convaincu, maintenant?

— Etonné serait plutôt le mot, avoua Alan. Et te
rends-tu compte que ce chèque représente le premier argent que j'ai gagné par moi-même? J'ai
découvert que je préférais gagner moi-même de
l'argent plutôt que le posséder déjà. De plus, ajouta-
t-il avec excitation, le Turtle Creek a été acheté par
un psychiatre qui ouvre une clinique. Il me demande

de décorer le bureau de réception. N'est-ce pas extraordinaire ?

Emue par cette avalanche de bonnes nouvelles, Mona avait peine à trouver ses mots pour communiquer sa joie.

— C'est fantastique. Je suis si... fière de toi... J'ai l'impression d'avoir fait naître quelque chose.

— C'est la réalité, rectifia Alan. Sans toi, le Turtle Creek traînerait encore dans la poussière de mon atelier.

— Et à présent, que vas-tu faire ?

— Je ne sais pas, répondit Alan. Je vis au jour le jour. Une fois que j'aurai terminé mon travail pour cette clinique, je verrai. C'est tellement agréable de se lever chaque matin avec le désir d'accomplir quelque chose, ajouta-t-il en se tournant vers Mona. C'est à toi que je dois ce plaisir et je compte bien m'acquitter de cette dette.

— Tu ne me dois rien, protesta Mona. Je suis contente de pouvoir observer ton ascension, cela me suffit amplement.

— Si tu as besoin de quoi que ce soit, insista Alan, demande-le moi. Je serai heureux de pouvoir t'aider.

— Je m'en souviendrai, répliqua Mona en riant.

Lorsqu'elle eut terminé son cocktail, Alan la prit par le bras et la conduisit à sa voiture. Sur la route du club, elle vit la Mustang jaune garée devant sa maison. Jim savait-il qu'elle l'évitait sciemment ? Pensait-il quelquefois à elle lorsqu'il se trouvait chez ses parents ? Mona parvint à retenir les sanglots qui lui serraient la gorge. Elle n'allait pas gâcher cette soirée en pensant sans cesse à Jim !

Lorsqu'ils arrivèrent au club, Mona et Jim trouvèrent l'atmosphère animée et joyeuse des jours de fête. Une foule bigarrée se pressait devant le buffet.

Jugeant l'attente désespérément longue, Alan suggéra d'aller d'abord prendre une boisson.

— Attendons qu'il y ait moins de monde. J'ai horreur de manger lorsque des dizaines de regards se fixent sur moi et que les gens se demandent avec impatience quand ils pourront prendre ma place.

Au bar, ils furent accueillis par des amis communs qui leur firent place à la table où ils étaient installés. Alan était le point de mire de toutes les femmes qui écoutaient ses paroles avec ravissement. Mona observa avec amusement que certaines lui lançaient des regards d'envie.

L'apéritif dura plus longtemps que Mona ne l'aurait souhaité. Il lui fallait cependant reconnaître qu'Alan se révélait brillant en société. Il se trouvait dans son élément. « Comme Claire », songea-t-elle brusquement.

Enfin, Alan prit congé de ses connaissances et emmena Mona se restaurer.

— Je sens que je vais tout dévorer, ce soir, annonça Mona en prenant une assiette. Un *taco*, une *enchilada*, un *chile relleno*, voilà.

— Ce n'est pas un vrai dîner mexicain ! protesta Alan. Tu dois aussi te servir en riz et en boulettes. Il faut prendre un peu de tout.

Après quelques instants d'hésitation, Mona se décida à suivre l'avis d'Alan. L'alcool, bizarrement, lui avait ouvert l'appétit.

— Tu sais, Alan, déclara Mona alors qu'ils étaient attablés, je viens de penser que lorsque j'aurai ma boutique, nous pourrons travailler ensemble, Stephanie, toi et moi.

— Comment cela ?

— Tu exposeras dans la galerie de Stephanie et quand l'un de mes clients aura besoin d'un tableau, où crois-tu que je l'enverrai ?

Alan se frappa le front avec ostentation.

— Quelle femme d'affaires tu fais !

— L'artiste n'apprécie pas que l'on parle d'argent ?

— Pas du tout ! Ce chèque de Stephanie est la chose la plus importante de ma vie. Le plaisir que j'ai éprouvé dépasse de loin tout ce que j'ai ressenti au cours de mes croisières ou grâce à mes voitures de course. Désormais, je ne cherche plus à m'amuser, je suis simplement heureux de vivre.

— C'est bien.

Malgré son sourire, Mona se sentit soudain envahie d'une immense tristesse. A la fin du semestre, lorsqu'elle commencerait à travailler et qu'elle habiterait son propre appartement, peut-être serait-elle heureuse. Peut-être aurait-elle oublié Jim et River View, ce merveilleux été. La souffrance intolérable qui la tenaillait en ce moment aurait disparu...

Mona repoussa son assiette. Elle n'avait plus aucun appétit.

Alan avait également terminé son repas. Il jeta autour de lui un coup d'œil satisfait. Personne n'attendait de prendre sa place. Rassuré, il s'adossa confortablement à sa chaise et alluma deux cigarettes. Il en tendit une à Mona.

— J'aimerais te demander une faveur, commença-t-il.

— Quoi ?

— Poserais-tu pour moi ? Je voudrais faire ton portrait. Je n'ai pas essayé depuis longtemps et j'aimerais me remettre à ce genre de peinture.

— Je... bien sûr, je suis d'accord, répliqua Mona, flattée malgré tout. Mais pourquoi moi ? Il y a des centaines de sujets de plus grande beauté. Claire, par exemple.

— Non, c'est toi que je veux. Les séances se feront d'après ton emploi du temps.

Mona songea avec amertume que presque tout son temps était libre. Mis à part les cours le matin et les déjeuners du mercredi avec Beth, elle n'avait aucune autre occupation.

— D'accord, Alan, merci.

— Parfait ! s'exclama Alan avec satisfaction. Allons en bas, suggéra-t-il en se levant. Les soirs de buffet, je crois qu'il y a des danses. Si tu en as envie...

— Cela me fera du bien, approuva Mona. J'ai besoin d'un peu de mouvement pour digérer toute cette nourriture épicée.

Au sous-sol, le bar était éclairé de lumières tamisées. Au centre de la pièce, se trouvait une petite piste de danse. Sur un podium, quatre musiciens accompagnaient une chanteuse qui égrénait une plaintive ballade. Alan commanda une crème de menthe pour Mona et prit un verre de cognac.

Après avoir dansé, Mona et Alan se laissèrent tomber dans les fauteuils moelleux. La tête penchée sur le dossier, Mona écoutait la chanteuse blonde. Sa chanson d'amour était triste. Elle pleurait un ami perdu. Inévitablement, ses pensées volèrent vers Jim. Elle poussa un profond soupir.

— Que se passe-t-il ? s'enquit Alan en lui lançant un regard inquiet.

Mona haussa les épaules.

— Rien. Elle a une belle voix, n'est-ce pas ?

— Pas trop mal, admit Alan. Sa voix tremble tellement qu'on a l'impression qu'elle va fondre en larmes d'un moment à l'autre.

— C'est ce qu'on appelle un trémolo. Comme Judy Garland. Mon père l'adorait, il avait tous ses disques. Quand j'étais enfant, je les écoutais en me disant : si je pouvais chanter comme elle, j'aurais le monde à mes pieds.

Mona soupira à nouveau. Alan la dévisagea en fronçant les sourcils.

— Tu ne parais pas en forme, ce soir, remarqua-t-il.

— Excuse-moi, j'ai dû trop manger.

— Ou trop penser, rectifia-t-il. Je t'observe depuis le début de la soirée. Tu as l'air absent. A quoi penses-tu ?

— A tout et rien, répondit Mona en tentant de se ressaisir. A la vie, l'amour, les mystères de l'univers, les relations entre l'homme et Dieu, le problème de la sécheresse pour les éleveurs.

Alan éclata d'un rire sonore.

— J'avais raison, tu penses trop ! Il vaut mieux se concentrer sur une idée à la fois.

Il était difficile de rester triste en compagnie d'Alan. Sa gaieté et sa vitalité étaient contagieuses.

— D'accord ? A quoi allons-nous réfléchir ?

— A l'amour, peut-être.

Elle saisit l'occasion.

— As-tu déjà été amoureux ?

— Des dizaines de fois.

— Non, je ne parle pas d'aventures éphémères, mais du véritable amour.

— Je n'en sais rien, avoua Alan, perplexe. Et toi, Mona ?

Son regard se voila.

— Une fois, déclara-t-elle d'une voix lointaine, une seule fois. C'est d'un romantisme démodé, de nos jours.

Alan l'observa attentivement.

— Tu es vraiment d'humeur mélancolique, ce soir, remarqua-t-il. Que se passe-t-il ? Je ne t'ai jamais vue dans cet état !

Mona promena son doigt sur le bord de son verre. Elle ne se sentait pas la force d'expliquer ou de se confier.

— Il s'agit d'un homme, n'est-ce pas ?

Elle acquiesça, jugeant inutile de résister davantage aux questions d'Alan.

— C'était la première fois ?

— Oui.

— Il y en aura d'autres, lui assura-t-il d'une voix enjouée.

— Je souhaite que tu aies raison, déclara tristement Mona. Pourtant, j'ai toujours pensé qu'une véritable histoire d'amour se devait d'être unique. Je commence maintenant à changer d'avis. Peut-être vaut-il mieux vivre comme Claire. Elle aussi est tombée amoureuse des dizaines de fois.

Alan lança un coup d'œil vers l'entrée du bar, derrière Mona. Ses yeux s'écarquillèrent de surprise.

— Quelle coïncidence…, commença-t-il. Voilà ta sœur.

Mona faillit laisser tomber sa coupe. Son cœur se serra. Non, ce n'était pas possible ! Ils avaient décidé de terminer la soirée en ville ! Elle aurait dû y penser. Claire aimait danser et venir prendre un verre au club. Après quelques instants d'hésitation, Mona se retourna et trouva la confirmation de ses pires craintes. Claire et Jim se tenaient au seuil de la salle. Elle fit à nouveau face à Alan, souhaitant de tout cœur que Claire ne la voie pas. Pourquoi venaient-ils justement là ! Il y avait tant d'autres endroits où sortir !

— Alan, déclara-t-elle d'un ton déterminé, ne fais pas de bêtises. Ne leur demande pas de se joindre à nous.

Stupéfait, il la dévisagea en tentant de comprendre.

— Mais qu'as-tu, ce soir ? D'ailleurs, il est trop tard, Claire nous a repérés et elle s'avance vers nous.

Il accueillit la jeune fille d'un large sourire de bienvenue. Mona fit un effort pour sourire à son tour. Sa tête allait éclater. Elle se refusa à lever les yeux pour rencontrer le regard de Jim. Cependant, sans le voir, elle devinait sa présence, elle sentait ses yeux posés sur elle.

Alan s'était levé et proposait à Claire de prendre place. Claire le salua avec enthousiasme.

— Comment vas-tu ? Cela fait si longtemps qu'on ne s'est vus ! Mona ne m'a pas dit que c'était avec toi qu'elle sortait, ce soir ! Je te présente Jim Garrett, ajouta-t-elle en désignant Jim. Et voici Alan Palmer.

Jim et Alan se serrèrent la main. Jim l'observa avec attention. Son visage s'éclaira soudain.

— Je crois que nous nous sommes déjà rencontrés, déclara-t-il. C'était au *Petroleum Club,* au cours d'un déjeuner d'affaires.

— C'est exact, se souvint Alan. Quelqu'un fêtait sa retraite. Je suis heureux de vous revoir. Asseyez-vous, je vous en prie.

Alan ignora délibérément le regard de reproche que lui lança Mona. Il se poussa pour laisser de la place à Claire. Puis il se rapprocha d'elle. Jim n'avait plus d'autre possibilité que de se mettre à côté de Mona.

Les yeux de Claire pétillaient. Son expression animée s'ajoutait encore à son pouvoir de séduction.

— Mona, pourquoi ne m'as-tu pas expliqué que c'était avec Alan que tu avais rendez-vous ? Vous auriez pu dîner à la maison, tous les deux et nous serions venus ici ensemble terminer la soirée.

Mona ne répondit pas. Elle aurait préféré mourir sur place plutôt que de se trouver dans une telle situation. De plus, la banquette était étroite et il y avait peu de place pour eux quatre. Mona se heurtait sans cesse à Claire et la jambe de Jim serrait la sienne. A nouveau, elle pouvait sentir la chaleur de son corps. Mona rejeta l'idée que Jim faisait délibérément pression sur son genou avec insistance. La gorge nouée par l'émotion, Mona ne pouvait que remarquer une fois de plus combien elle était consciente de sa présence. L'odeur de son parfum, si familière, suffisait à lui faire perdre ses esprits.

— Bonsoir, Mona, fit Jim avec une obséquiosité qui ne lui était pas naturelle.

— Bonsoir, Jim.

Heureusement, Alan et Claire, de leur côté, étaient si occupés à se raconter leur vie depuis le temps où ils ne s'étaient pas vus qu'ils ne songèrent pas à observer l'étrange comportement de Jim et de Mona. De plus en plus mal à l'aise, la jeune fille se sentait incapable de proférer une seule parole. Pourtant, que de choses aurait-elle eu à demander à Jim ! Un sourire figé sur les lèvres, Mona feignit d'éprouver le plus grand intérêt pour les propos de Claire et d'Alan dont elle ne percevait pas un mot. Elle ne pouvait qu'entendre les battements précipités de son cœur, aussi puissants que le roulement du tonnerre.

Un garçon vint prendre les commandes. Alan demanda du cognac pour tout le monde.

— Mona, excuse-moi, ajouta-t-il. Peut-être préférerais-tu autre chose ?

Elle regarda la boisson qu'elle avait abandonnée. La couleur verte en était peu appétissante.

— Non, cela me va, parvint-elle à répondre d'une voix faible.

Alan et Claire poursuivirent leur conversation animée jusqu'à l'arrivée des verres de liqueur. Jim et Mona, quant à eux, demeuraient silencieux. Puis ils parurent s'absorber dans la dégustation de leur digestif. A la grande stupeur de Mona, Alan se leva et tendit la main à sa sœur.

— Claire, je vous invite à danser, annonça Alan avec amabilité.

Ils se dirigèrent l'un et l'autre sur la piste centrale.

N'avaient-ils pas remarqué que Jim et Mona évitaient de se regarder ? Mona eut l'impression que des dizaines de paires d'yeux se rivaient sur eux. Gênée, elle profita du départ d'Alan et de Claire pour s'éloigner précipitamment de Jim. Mais si la distance entre eux avait augmenté, le silence lourd persistait toujours.

— Voulez-vous danser ? demanda enfin Jim.

— Non ! s'écria Mona avec trop de véhémence.

Comment supporterait-elle qu'il la serre dans ses bras ?

— Souriez, Mona. Lorsque deux personnes se rencontrent, même si elles ne se connaissent pas, elles essaient généralement d'entamer une conversation polie, surtout lorsqu'elles se trouvent en public. Regardez-moi et, surtout, ne rougissez pas.

Mona rassembla les dernières forces que lui avait laissé cette épuisante soirée. Prenant une profonde inspiration, elle se tourna vers Jim. Il était inchangé et son regard clair exerçait toujours sur elle sa puissante fascination. Il était habillé d'un élégant costume gris et ressemblait ainsi à un homme d'affaires. Il arborait un sourire qu'elle reçut comme un défi. Mona tenta d'y répondre de façon semblable, sans y parvenir. Depuis des semaines, elle avait imaginé ce visage qui la bouleversait tant. Le revoir maintenant, dans ces étranges circonstances, lui fit l'effet d'un violent choc en plein cœur.

— Est-ce ainsi que vous me souriez ? reprit Jim d'une voix caressante. Vous semblez souffrante.

Que se passe-t-il ? Vous avez mauvaise mine et, si je ne me trompe pas, vous avez minci.

— Je vous remercie, rétorqua-t-elle ironiquement. Cela fait toujours plaisir à entendre. Vous, au contraire, paraissez en pleine forme.

— Réellement ? s'étonna Jim en levant le sourcil. Vous m'en voyez surpris. Que représente Alan Palmer pour vous ?

— C'est un ami, répliqua Mona avec sécheresse.

Il lui fallait maintenir cette froideur pour ne pas éclater en sanglots.

— Je m'en doutais, sinon, vous ne sortiriez pas avec lui. Mais jusqu'à quel point est-il votre ami ?

— Et Claire, jusqu'à quel point l'est-elle ? rétorqua Mona, furieuse.

Le regard de Jim se durcit. Ses yeux paraissaient deux lames d'acier. Jamais il n'avait semblé aussi menaçant.

— Parlons-en, explosa-t-il. Où donc étiez-vous, tout ce temps ? Où vous cachiez-vous dans cette maudite maison ?

Mona se sentit humiliée à l'idée que Jim pensait qu'elle l'évitait de cette façon, même si c'était la vérité, ou peut-être surtout parce que c'était vrai.

— Je ne me cachais pas ! protesta-t-elle, furieuse. J'étais très occupée. J'avais une foule de choses à faire.

— Mona, écoutez-moi ! ordonna Jim d'une voix brève qu'elle ne lui connaissait pas.

La colère déformait les traits de son visage.

— Souriez, Jim, conseilla Mona, sarcastique. Les gens bien élevés ne se disputent pas en public.

— J'ai à vous parler.

Elle savait trop bien ce qu'il avait à lui confier. Maintenant qu'elle avait fait tout son possible pour lui faciliter la tâche, Mona se sentait étrangement détachée. Elle leva les yeux et put l'affronter sans ciller. Mais la douleur revint aussitôt, plus poignante que jamais. Dans un dernier sursaut de volonté, Mona se promit que Jim ne saurait jamais à quel point il l'avait fait souffrir. *Jamais.*

— Parlez, fit-elle d'une voix apparemment calme.

La musique s'arrêta. D'un même mouvement, Jim et Mona se tournèrent vers la piste de danse. Alan et Claire se tenaient toujours enlacés et ne semblaient pas décidés à retourner à la table. Ils riaient et se remirent à danser dès qu'une mélodie s'éleva.

Jim fit à nouveau face à Mona.

— Pas ici, marmonna-t-il. Je veux vous voir réellement. Et vous comprendrez qu'il m'est impossible de vous rendre visite chez vous, maintenant. Pouvez-vous partir pour le week-end? Nous nous retrouverions à River View.

Mona eut peine à se ressaisir. Elle ne voulait pas revoir le ranch, ni Mandy! Elle avait même imaginé manquer une journée de cours pour se rendre à River View, lorsque Jim n'y serait pas, tant elle avait la nostalgie de cet endroit. Mais apprendre la nouvelle qui bouleverserait sa vie entière là-bas, était plus qu'elle n'en pouvait supporter. A River View ne se rattachaient que d'agréables souvenirs.

— Est-ce indispensable que ce soit à River View?

— Oui, déclara Jim d'un ton sans réplique. Mandy s'ennuie de vous, ajouta-t-il en souriant.

Mona poussa un soupir de résignation.

— Vendredi, d'accord. Je dirai que je passe le week-end chez une amie, pour mes révisions d'examen. Mais vous, que raconterez-vous à Claire?

— Laissez-moi faire, ne vous inquiétez pas. Je

serai à River View à quatre heures, cinq au plus tard, murmura-t-il.

Il lui adressa un salut de la tête et se leva juste au moment où Alan et Claire revenaient.

8

Lorsque Mona sortit du restaurant où elle avait déjeuné avec Beth, une pluie diluvienne se déversait sur les rues de Dallas, qui se prolongea durant toute la nuit et le lendemain. D'ordinaire, Mona ne prêtait guère attention au temps. Mais cette fois, elle se réjouit à la pensée que River View serait enfin arrosé de cette eau attendue depuis si longtemps :

Cependant, le jeudi soir, Mona commença à considérer le ciel avec inquiétude. De véritables torrents inondaient Dallas et la jeune fille espérait que sa mère ne prendrait pas prétexte des intempéries pour lui refuser la permission d'aller à la campagne chez son « amie ». Mais Kitty, en bonne citadine, ignorait tout des conditions climatiques. Aussi accepta-t-elle aussitôt l'absence de Mona sans protester. Elle eut un sourire en entendant Claire expliquer que Jim se rendait dans son « ranch malodorant » dès vendredi. L'instant d'après, elle redevenait mélancolique. Une fois cette histoire terminée, elle souhaitait bien ne plus jamais éprouver de déception aussi forte.

Que dirait-elle à Jim ? Elle l'aimait suffisamment pour vouloir l'aider à prononcer les paroles fatidiques qu'elle redoutait d'entendre. Mais elle ne lui montrerait pas sa douleur. Elle trouverait les ressources nécessaires pour la lui cacher.

— Je comprends, Jim, déclarerait-elle avec dignité. Vous n'avez pas besoin de vous excuser. J'aimerais que nous restions amis.

Puis elle se retirerait dans sa chambre où elle donnerait libre cours à sa souffrance. Le lendemain, elle repartirait chez elle.

Que se passerait-il ensuite ? Elle préférait ne pas y penser trop précisément. Elle se trouverait un petit appartement, près du campus, et éviterait ainsi de pénibles rencontres avec Jim. S'il épousait réellement Claire, sans doute déménagerait-elle dans une autre ville. Mais il lui faudrait recommencer une nouvelle vie, se créer un réseau de relations et abandonner l'idée de suivre les progrès de la carrière d'Alan.

L'important était de mettre la plus grande distance entre elle et Jim. La soirée au club avait confirmé ses impressions : elle ne supportait pas sa proximité.

Le vendredi, la pluie n'avait toujours pas cessé. Avec lassitude, Mona prit machinalement un jean et un chemisier qu'elle jeta dans son sac de voyage. Cela suffirait amplement puisqu'elle avait l'intention de repartir le lendemain. Alors qu'elle s'apprêtait à refermer la porte de l'armoire, son regard tomba sur la robe blanche décolletée qu'elle portait le soir où Jim lui avait avoué son amour. Prise d'une impulsion subite, elle la décrocha de son ceintre pour l'emporter.

Sur la route, il n'y avait presque aucune visibilité. Les essuie-glaces nettoyaient à peine le pare-brise qu'un gigantesque camion venait l'éclabousser et tout était à recommencer.

Mona se trouvait à quelques minutes du ranch de Jim lorsqu'elle vit un barrage de police. Un agent lui fit signe de se ranger sur le bas-côté.

— Jusqu'où allez-vous ? lui demanda-t-il.

— A une huitaine de kilomètres d'ici, cria-t-elle pour couvrir le bruit de l'averse torrentielle.

— En êtes-vous certaine ?

— Je vais à River View.

— D'accord, je connais l'endroit. Ce secteur est sinistré. A quinze kilomètres d'ici, la route est impraticable. Nous commençons à évacuer les habitants de la région. Enfin, si vous n'allez pas plus loin que le ranch, je vous laisse passer. Mais une fois arrivée, ne circulez plus. Nous recevons des informations très fréquentes et la situation s'aggrave de minute en minute.

Prise d'une panique soudaine, Mona songea à Jim.

— J'ai un ami qui doit arriver bientôt de Dallas, reprit-elle précipitamment. Pensez-vous qu'il pourra circuler sans problème ?

Le policier fit un geste vague.

— Je ne peux rien vous dire. La tempête fait surtout rage à l'ouest, pour le moment, mais cela change si vite ! Vous devriez vous dépêcher de repartir, si je puis me permettre de vous donner un conseil.

Mona remonta sa vitre et démarra. Elle roulait lentement, en tentant d'éviter les endroits trop inondés, ce qui se révéla difficile. Obsédée par la pensée de Jim, elle souhaitait de tout cœur qu'il ne trouve pas, à l'heure où il quitterait la ville, de conditions pires que celles qu'elle avait subies.

La barrière de River View était enfin en vue. Mona poussa un soupir de soulagement. Elle conduisit prudemment sur le chemin détrempé.

Lorsqu'elle arriva devant la maison, elle remarqua, à sa grande surprise, une voiture bleue qui lui était inconnue. Elle se gara derrière. Après avoir enfilé son imperméable, elle prit son sac de voyage et se précipita vers le porche.

Ce fut Mamie qui vint lui ouvrir.

— Mona ! s'exclama-t-elle, ravie. Que faites-vous ici ? Entrez, entrez ! Comme je suis contente de vous revoir !

— Quel temps ! déclara Mona en entrant avec satisfaction à l'abri : elle n'était restée dehors que quelques secondes mais son imperméable dégouttait d'eau. Je suppose que pour vous, c'est une chance, je...

Elle s'interrompit. Les deux femmes n'étaient pas seules. Dans le salon, se trouvait réunie toute une famille. Un homme assis sur le divan, deux petits garçons allongés par terre, qui regardaient la télévision, et une jeune femme mince à l'air triste qui tentait de bercer un bébé pour l'endormir. Mona tourna vers Mamie un regard interrogateur.

— Ce sont les Campbell, expliqua-t-elle. Ils n'habitent pas loin. Leur maison a été inondée et on les a fait évacuer. Le sheriff m'a demandé si je pouvais les loger. Tous les abris des alentours sont pleins, ce soir. J'ai accepté, bien sûr. Mais, j'y pense, ajouta-t-elle soudain en se frappant le front, puisque vous êtes là, je suppose que Jim vient aussi !

Mona acquiesça.

— Ne vous a-t-il pas prévenue ?

— Non, et ce n'est pas dans ses habitudes, répondit Mamie, perplexe. Je n'ai pas eu de ses nouvelles depuis des semaines.

— En effet ! Il m'a demandé de venir et m'a promis qu'il serait là avant cinq heures.

— Mon Dieu ! s'écria Mamie en levant les bras au

ciel. M. et Mme Campbell dormiront dans la grande chambre à coucher, et les enfants dans la chambre de Jim. Si j'avais su... Enfin, il faudra s'arranger autrement. Je ne pouvais tout de même pas les renvoyer.

— Bien sûr que non, renchérit Mona d'une voix apaisante. Ne vous inquiétez pas pour Jim et pour moi. Il reste encore le divan du salon. Et nous trouverons bien un sac de couchage.

Mamie jeta un coup d'œil dans la pièce où s'étaient réfugiés les Campbell.

— Ne restons pas ici. Allons dans la cuisine, nous pourrons y bavarder plus tranquillement, proposa-t-elle. Posez votre sac ici, en attendant que je décide de la répartition des gens. Mona, je suis tellement heureuse de vous revoir. Vous m'avez manqué.

— Vous aussi, avoua Mona avec chaleur.

Elles se dirigèrent vers le vaste domaine de Mamie. Mona y huma aussitôt d'alléchantes odeurs. Elle eut un sourire. On pouvait faire confiance à Mamie, elle avait toujours un repas prêt, quelles que soient les circonstances.

— Comment faites-vous face à cet assaut ? lui demanda-t-elle, amusée.

Mamie prit l'imperméable ruisselant de Mona et l'accrocha à la porte.

— Dieu merci, le congélateur était plein. La semaine dernière, j'y ai mis des piments et toute la récolte des légumes du potager. Heureusement, d'ailleurs. Car l'autre nuit, avec cet orage, tout ce qui restait dehors a été ruiné.

— Ce doit être le bœuf aux piments que je sens, déclara Mona d'un air gourmand. Le repas de ce soir promet d'être une merveille !

A ce moment-là, elles furent interrompues par l'arrivée des deux garçons. Ils couraient en riant et en poussant des cris. L'un d'eux se heurta à Mona tandis que l'autre improvisait une ronde dans la cuisine.

— Voulez-vous rester tranquilles ? Je vous ai dit de regarder la télévision, s'écria Mamie, exaspérée.

— Il n'y a que des bêtises, rétorqua l'un des enfants d'une voix fluette. Papa veut écouter les informations.

A ce mot, Mona se tourna machinalement vers la pendule. Il était cinq heures ! Un sentiment de peur l'envahit. Pourquoi Jim n'était-il pas encore arrivé ? Dehors, l'intensité de la pluie n'avait guère diminué. En outre, le ciel commençait à s'obscurcir en cette fin d'après-midi. Peut-être avait-on fermé des portions de route à la circulation. Sans compter les embouteillages de Dallas...

Mona tenta de chasser ces pensées de son esprit. Elle s'obligea à ne plus regarder l'heure. Cependant, les minutes s'écoulaient avec une insupportable lenteur.

Mamie était finalement parvenue à faire retourner les deux « petits diables », comme elles les appelait, au salon. Devant son soulagement si visible, Mona se mit à rire.

— Je croyais que vous souhaitiez enfin voir un peu de jeunesse dans cette maison, ne put-elle s'empêcher de lui rappeler.

— Les enfants sont difficiles à supporter, quand on n'est pas habitué !

— Je l'imagine sans peine. Et quand on en a l'habitude, ça ne doit pas être mieux.

La mère apparut alors dans la cuisine, tenant dans ses bras le bébé qui pleurait toujours.

— Mamie, c'est l'heure de son dîner. Puis-je le lui donner ici ? C'est l'émission de Harry, je crois que les garçons se tiendront tranquilles un bon moment.

— Je vous en prie, répondit Mamie. Je vais mettre le panier sur la table. Carol, je vous présente Mona Lowery, une amie de Jim.

Elles se saluèrent cordialement.

— J'ai appris votre malheur, ajouta Mona. J'en suis désolée.

— Nous ne sommes pas les seuls, soupira Carol avec lassitude. J'espère que nous pourrons sauver la maison. Sam a mis cinq ans pour la construire, il l'a terminée au printemps dernier.

Mona se souvint de la mine affligée de l'homme assis sur le divan. A présent, elle comprenait la raison de son regard morne ! Cinq années de travail effacées par un simple caprice de la nature !

Carol Campbell fouillait dans le panier pour en sortir les aliments pour le nourrisson. Comme elle y parvenait avec difficulté, Mona accourut à son aide.

— Je vais le tenir pendant que vous préparerez son repas. Vous n'avez que deux mains !

Carol la remercia d'un sourire reconnaissant. Elle ouvrit les petits pots et en versa le contenu dans une assiette tandis que Mona berçait doucement l'enfant, fascinée par ses yeux d'un bleu lumineux.

— Quel âge a-t-elle ?

— Deux mois.

— Et comment s'appelle-t-elle ?

— Susannah.

— Un beau nom pour une belle petite fille, conclut Mona en souriant.

Lorsque Carol eut terminé sa préparation, Mona lui rendit Susannah et ses yeux se tournèrent aussitôt vers la pendule. Elle se dirigea vers l'évier et fixa la fenêtre d'un air sombre. La pluie continuait de tomber. Elle ne savait plus que faire pour passer le temps.

— Vous pensez à Jim ? s'enquit Mamie d'un ton compatissant.

— Oui.

— Ne vous inquiétez pas, tout ira bien. Au lieu de regarder dehors et de vous tourmenter, venez vous asseoir avec moi. Je vous ferai du café… à moins que vous ne préfériez quelque chose de plus fort.

— Je… vais attendre Jim, répondit Mona, en retournant à sa place. Il m'a dit une fois que la terre demandait beaucoup d'eau. J'espère qu'il sera content, aujourd'hui.

Malgré son refus, Mamie lui tendit une tasse de café.

— Je ne crois pas qu'il souhaitait une tempête aussi violente. C'est beaucoup trop fort pour que les éleveurs ou les paysans puissent se réjouir. Et dire qu'il y a seulement un mois, la terre se craquelait à cause de la sécheresse !

— Cette maison est-elle en danger ?

Mamie haussa les épaules.

— Qui peut savoir ? En principe, nous ne craignons rien, nous sommes sur une hauteur. Mais si cela persiste…

— N'avez-vous pas peur ?

— Un peu, mais il faut prendre les choses comme elles viennent, décréta Mamie avec philosophie. Il y a déjà eu des inondations et nous en verrons encore !

Mona ne put s'empêcher d'envier son calme et sa résignation. Puis elle observa Carol en train de donner à manger à sa petite fille. Elle avait dû être belle, autrefois, mais elle paraissait maintenant frêle et fatiguée, vieillie avant l'âge. Avait-elle même trente ans ? Mona en doutait. Son visage était cependant marqué par l'inquiétude, sillonné de petites rides. Les femmes de la campagne n'avaient pas une vie facile. Jim pensait-il réellement transformer Claire en une vigoureuse paysanne ?

Non, certainement pas. Il était trop intelligent pour cela. Mona devinait sans peine ce qui se passerait. C'était lui qui s'adapterait. Il abandonnerait son rêve le plus cher, de vivre au ranch. River View ne serait qu'une distraction de week-end. Après tout, s'il le voulait, c'était son affaire. Mais Mona avait peine à croire que ce fût ce qu'il désirait réellement. Il lui avait confié tant d'espoirs et de projets heureux... Et Claire aurait plus d'importance que tout cela ?

Comme les autres, il ne valait pas mieux ! Mona songea avec amertume qu'elle s'était trompée sur son compte. Il s'était laissé envoûter comme les autres.

Elle allait à nouveau consulter l'heure quand elle perçut un bruit. Jim se tenait dans l'encadrement de la porte, couvert d'un poncho ruisselant. Mona poussa un cri de soulagement. Elle eut la tentation d'aller se jeter dans ses bras. Au dernier moment, un reste de bon sens l'en empêcha.

— Jim !

Il paraissait heureux de la voir.

— Vous avez réussi à venir !

Les deux garçons arrivèrent en trombe dans la cuisine pour chercher leur mère. Ils bousculèrent Jim qui fronça les sourcils. Il aperçut alors Carol Campbell et son bébé. Sans un regard pour Mamie, il fixa Mona avec détermination.

— Que se passe-t-il ici ?

Une fois Mamie, Carol et ses enfants sortis de la pièce, Jim se tourna à nouveau vers Mona.

— Ce n'était pas vraiment ce que j'avais prévu pour le week-end, grommela-t-il.

— Moi non plus, se contenta de répliquer Mona.

Elle savait qu'il leur serait impossible de parler sérieusement ce soir-là. Il lui faudrait donc rester encore un jour de plus.

— Mais les Campbell ne s'attendaient pas non plus à devoir évacuer leur maison, fit-elle observer après un instant de silence.

. Le regard de Jim s'était voilé, son visage avait une expression de déception mêlée de colère. Mona, elle, se contrôlait difficilement. Il lui paraissait évident que Jim était pressé d'en terminer avec elle et qu'il était contrarié de ce nouveau contretemps. Il devait craindre de présenter à des étrangers le triste spectacle d'une femme en pleurs. Mais il se trompait. Il n'y aurait pas de larmes, pas devant lui, pour rien au monde !

— Etes-vous là depuis longtemps ? reprit Jim.

— Non.

— Mamie a dû être contente de vous voir.

— Oui, en effet. Mais vous auriez dû la prévenir.

— Je sais, mais j'ai oublié. J'avais autre chose en tête.

— Avez-vous eu des difficultés sur la route ?

Elle eut l'impression qu'ils se parlaient comme deux inconnus qui venaient de se rencontrer, sur un ton à la fois poli et distant.

— Je n'avais pas beaucoup de visibilité, rétorqua-t-il d'un ton morne.

Il se dirigea vers un petit bureau situé au fond de la pièce. Au-dessus se trouvait un interphone qui reliait la demeure à l'une des dépendances. Jim appuya sur le bouton.

— Ici Jim, annonça-t-il. Browder est-il dans les parages ?

Quelques instants plus tard, Mona entendit la voix de l'intendant.

— Bonjour, Jim.

— John, mets-moi au courant des événements.

— Les terres basses de l'ouest sont inondées mais tout le reste est hors de danger pour l'instant. Le bétail se trouve sur les hauteurs, il n'y a donc rien à craindre. Mais la tempête de mercredi dernier a abîmé toute la récolte de luzerne. J'ai obtenu une communication avec les services météorologiques. Ils prévoient que la pluie s'arrêtera avant demain matin. S'il en est ainsi, le niveau de la rivière restera en-deçà de la cote d'alerte.

— Espérons qu'ils ne se trompent pas, conclut Jim.

Il tourna le bouton au moment où Mamie pénétrait à nouveau dans la cuisine, l'air préoccupé.

— Quelle grande maison, murmura-t-elle, s'adressant davantage à elle-même qu'à Jim ou Mona. Et pourtant, je me demande comment trouver une chambre pour chacun d'entre vous. Si les deux garçons dorment sur le divan du salon, cela libère une chambre pour Mona. Mais vous, Jim, où dormirez-vous ?

Jim se frotta les yeux avec lassitude.

— Ne vous inquiétez pas, Mamie. Je verrai bien.

Il grommela quelques mots inintelligibles. Mona scruta son visage pour tenter de deviner ce qu'il pensait mais il arborait une expression impénétrable. Lorsqu'il le voulait, il savait se réfugier dans des profondeurs qu'elle ne pouvait atteindre.

— Cela ne vous ennuie pas ? s'enquit Mamie avec inquiétude.

— Non, bien sûr, répliqua-t-il avec un air d'ennui qui démentait ses paroles. On ne peut pas refuser d'héberger une famille sinistrée. Si je me souviens bien, il doit y avoir des sacs de couchage quelque part, j'irai les chercher.

Mamie parut rassurée.

— Alors je vais m'occuper du dîner. Les enfants doivent être affamés !

— Je vais vous aider, s'empressa de proposer Mona.

— Non ! s'écria Jim avec brusquerie.

Mona se tourna vers lui, stupéfaite.

— Non, reprit-il plus calmement. J'aimerais boire quelque chose avant le dîner. Venez avec moi. Il est beaucoup trop tôt pour manger.

Mona reconnut qu'elle n'avait pas faim non plus.

— Cela ne vous ennuie pas, Mamie ? Je vous promets de tout débarrasser, après.

— Mais non ! Je suppose que Jim et vous souhaitez rester seuls, votre week-end est suffisamment gâché comme cela. Je m'occupe des autres, ne vous inquiétez pas.

Jim contempla la pluie qui se déversait sans relâche sur les prairies. Il étouffa un juron. Avisant l'imperméable accroché à la porte, Jim demanda à Mona si c'était le sien.

Elle acquiesça.

— Mettez-le.

— Pourquoi ? Où allons-nous ?

— A mon bureau.

Il alla prendre son poncho encore humide.

— Sous cette pluie battante ? s'étonna Mona.

— Il n'y a pas de danger. Nous ne risquons pas de fondre.

Le bureau de Jim se trouvait dans l'une des dépendances de la maison, derrière les corrals et la grange. Ce n'était pas très loin mais la distance était amplement suffisante pour se faire entièrement tremper. Pour prendre une telle décision, Jim devait avoir un besoin urgent d'intimité. Et une seule raison pouvait l'expliquer. Se préparant à l'inéluctable, Mona se dirigea vers la porte.

— Si nous ne sommes pas de retour dans une heure, surtout, ne venez pas nous chercher, cria Jim à Mamie, sans aménité.

Il poussa Mona sans ménagement vers la porte ouverte.

Mona considéra ses espadrilles avec perplexité. Jim portait des bottes mais elle, comment traverserait-elle la cour sans dommages ? Comme s'il avait lu ses pensées, Jim la prit dans ses bras et la souleva, s'efforçant de la protéger du mieux qu'il le pouvait. Ils parvinrent enfin derrière la grange.

L'atelier sentait un mélange de sciure et d'essence. Il faisait sombre à l'intérieur. Jim déposa doucement Mona et la guida silencieusement à travers un dédale d'outils et d'instruments médicaux. Parvenu à la porte du fond, Jim atteignit l'interrupteur et alluma la lumière.

Mona le suivit dans son bureau. Elle n'y avait pénétré qu'une seule fois. La pièce était austère, garnie de meubles fonctionnels. Des papiers gisaient, épars, sur le sol ou sur la table de bois : bulletins officiels, rapports, commandes, journaux et revues spécialisées, le tout sans ordre apparent. Une forte odeur de renfermé et de tabac flottait dans l'air. Mona avait peine à respirer.

Jim devait avoir senti également l'atmosphère viciée. Il alla aussitôt pousser les battants de la petite fenêtre et revint vers Mona.

— Donnez-moi votre manteau.

Elle le lui tendit sans un mot. Il l'accrocha, puis mit le verrou.

Ils étaient enfin seuls, pour la première fois depuis de longues semaines. Malgré elle, Mona se sentit frissonner.

— Avez-vous froid ?
— Un peu.

— C'est l'humidité. La température n'est pas basse. Asseyez-vous, je vais chercher de quoi vous réchauffer.

Cherchait-il à gagner du temps, se demanda Mona tout en l'observant ouvrir un tiroir et en sortir une bouteille de whisky et deux verres.

— Rations d'urgence en cas de guerre ! s'exclama-t-il avec une grimace.

C'était son premier sourire depuis qu'ils s'étaient retrouvés.

Jim prit des glaçons dans le réfrigérateur et en déposa un dans chaque verre. Puis il versa le whisky, trop généreusement, au goût de Mona. Ils trinquèrent ensemble.

— A votre santé !

Mona lui répondit sans enthousiasme. Que signifiait cette cérémonie préparatrice ? Elle se sentait angoissée comme elle ne l'avait jamais été. Elle trempa cependant les lèvres dans le liquide doré. L'alcool était fort mais il lui fit du bien.

Jim ne cessait de l'observer et son regard posé avec insistance sur elle la troublait profondément. Mona chercha désespérément quelque chose sur quoi fixer son attention, dans la pièce, mais il n'y avait rien qui fût digne d'intérêt. Jim lui avait confié qu'il avait parfois passé la nuit ici, lorsque l'abondance de travail l'y obligeait. La couchette était rudimentaire mais, autant Jim se montrait d'une élégance raffinée en ville, autant, à River View, il menait la vie rude de la campagne. Et ce Jim Garrett-là ne pouvait pas s'intéresser à des femmes comme Claire. Mais l'autre Jim existait également, et celui-là, le président d'une entreprise au capital de plusieurs milliards, s'accommoderait très bien d'une épouse modèle que Claire ne manquerait pas de devenir.

Jim parut se détendre, peut-être sous l'effet de la boisson. Il parlait d'un livre qu'il venait de lire, d'une émission de télévision, ce dont Mona se moquait éperdument. Il lui tendit une cigarette qu'elle regretta aussitôt d'avoir acceptée. Ses mains tremblaient tellement qu'elle pouvait à peine la tenir. Jim feignit de ne rien remarquer. Il fumait avec délices tout en poursuivant son bavardage anodin.

Pourquoi toute cette mise en scène ? Ne pouvait-il pas en terminer tout de suite ? Peut-être espérait-il l'apaiser en devisant ainsi de choses indifférentes. Sans doute avait-il bravé les éléments pour lui offrir la sécurité d'un endroit retiré où elle pourrait laisser libre cours à ses larmes. Il se trompait ! Il n'y aurait aucune explosion d'émotion.

Mona écrasa sa cigarette dans le cendrier avec lenteur, cherchant toujours à éviter le regard de Jim. Cependant, elle sentit qu'il l'observait à nouveau. Son cœur se mit à battre à se rompre.

— Cela a-t-il suffisamment duré ? s'enquit-il avec calme.

— Comment ?

Elle s'était attendu à tout, sauf à ce début.

— Je voudrais savoir si cela a suffisamment duré, répéta-t-il, si nous pouvons enfin cesser ce jeu ridicule.

— Je ne comprends pas.

— J'en ai assez, Mona, s'écria-t-il d'une voix tremblante de colère. Etes-vous convaincue, maintenant ? Possédez-vous les preuves suffisantes ? J'espérais toujours que vous m'appelleriez mais, apparemment, vous pouvez tenir plus longtemps que moi. Je vous aime, Mona, et je crois que je vais devenir fou !

Incrédule, Mona le fixa longuement, encore incapable de réagir à ce qu'elle venait d'entendre. Soudain, elle sentit que tout vacillait.

— Mon Dieu! balbutia-t-elle en se jetant dans les bras de Jim. J'étais persuadée que vous m'aviez fait venir ici pour m'expliquer que vous aviez choisi Claire... J'ai répété pendant des jours la réponse pleine de dignité que je vous ferais...

Mona riait et pleurait à la fois.

Jim resserra son étreinte et elle se laissa aller à cette chaleur qui lui avait manqué depuis si long-temps.

— Mona, murmura-t-il d'un ton de reproche. Comment avez-vous pu douter de moi? Je vous aime tant. Si vous ne vous étiez pas dérobée à ma vue, vous auriez tout de suite compris. Il suffisait de descendre de votre chambre et de me regarder. Vous avez eu raison de m'obliger à revoir Claire. Je n'en ai que mieux compris la profondeur de mon amour pour vous.

Pourrait-elle résister à tant de bonheur? Les paroles coulaient en elle comme du miel.

— Non, chuchota-t-elle, j'ai eu tort. J'ai vécu l'enfer, pendant toute cette période. Je vous imagi-nais avec elle, je redoutais de vous perdre, jusqu'au jour où j'en ai été convaincue.

— Vous auriez dû savoir que ce n'était pas vrai.

Il l'allongea doucement sur la couchette. Puis il se coucha à côté d'elle et chercha avidement ses lèvres.

Leur soif violente s'apaisa bientôt et se transforma en sensualité tendre. La passion de Mona resurgit, intacte, et l'envahit brutalement. Timidement, elle effleurait la nuque, les épaules de Jim, qu'elle redécouvrait avec un plaisir nouveau. Elle l'avait désiré, auparavant, mais elle ressentait à présent une sensation neuve, un enthousiasme vibrant, délivré de toute crainte.

Jim lui lança un regard plein d'adoration. Il la caressa avec douceur et commença à défaire lentement les boutons de son chemisier. Avec une exclamation sourde, Jim se pencha sur sa gorge qu'il couvrit de baisers passionnés. Mona laissait ses doigts se perdre dans la chevelure sombre de Jim. Elle murmura son nom.

— Pour la dernière fois, je vous le demande. Voulez-vous m'épouser ?

— Oui, répondit Mona dans un souffle, oui.

— Mona ! s'écria-t-il, éperdu de bonheur. Pendant toutes ces journées, toutes ces nuits, j'ai rêvé de ce moment. Je me souvenais de ce soir où je vous ai tenue dans mes bras... L'autre nuit, au club, j'ai cru mourir. Je désirais si ardemment vous avoir près de moi ! C'est là que j'ai pris la décision d'en terminer.

— Il vous a fallu si longtemps ! Comme vous continuiez toujours à voir Claire, je pensais que vous aviez fait votre choix !

— Peut-être ai-je mal agi, avoua Jim. Je voulais vous prouver que j'avais donné toutes ses chances à Claire. Je voulais effacer en vous jusqu'à l'ombre d'un doute. Et comme c'était votre idée, j'attendais que vous m'appeliez, ma chérie. Je suis si heureux que tout soit fini ! Vous ai-je jamais dit que votre parfum était troublant ? ajouta-t-il. On croirait la senteur des roses.

Pour toute réponse, Mona commença à défaire la chemise de Jim.

— Combien de temps faudra-t-il encore attendre ? s'enquit Jim en soupirant.

— Il n'y a plus à attendre.

— Pour notre mariage ?

— Non, je vous ai expliqué que je ne désirais

qu'une chose, être rassurée. Je le suis pleinement. Je vous aime, Jim, et je veux être à vous.

La tête posée sur sa poitrine, elle pouvait entendre les battements précipités de son cœur.

— Je vais chercher une couverture dans le petit cabinet.

Il se redressa et parut se raviser, en lui jetant un regard éperdument amoureux.

— J'avais imaginé tout autre chose pour la première fois. La lueur des chandelles, du champagne, un déshabillé de soie...

Il désigna d'un geste éloquent la couchette inconfortable où ils se trouvaient.

— Quelle importance, Jim? murmura Mona. Seul compte notre amour.

— Vous avez raison, reconnut-il en souriant. Je vais chercher ce plaid.

Il déposa un tendre baiser sur ses lèvres. Soudain, il se raidit et se leva brusquement. Mona le considéra avec stupéfaction.

Tout à coup, il ne restait plus rien de l'atmosphère de douce tendresse qui les avait enveloppés. Jim étouffa un juron furieux.

Mona se redressa instinctivement et referma frileusement son chemisier. Elle lança à Jim un nouveau regard étonné.

— Que se passe-t-il?

Il se retourna vers elle et Mona remarqua son air absent.

— J'ai de l'eau jusqu'aux chevilles! s'exclama-t-il d'une voix sourde.

Mona flottait encore dans le rêve de passion qu'elle venait de vivre. Aussi ne comprit-elle pas immédiatement les paroles qu'elle venait d'entendre. Lentement, elle revint à la réalité et la vérité se fit jour dans son esprit. Elle se pencha pour regarder en bas et poussa un cri terrifié. Le plancher était inondé et le niveau de l'eau montait !

Jim parvint jusqu'à la fenêtre. Mona percevait avec horreur le clapotement de ses bottes au fur et à mesure qu'il avançait. Il regarda dehors pour mesurer l'étendue du désastre et grommela une violente exclamation.

Jim revint vers Mona, l'expression sombre.

— Nous allons devoir sortir d'ici, déclara-t-il à regret.

9

IL n'y avait aucun doute, il leur fallait sortir au plus vite du bâtiment. Pendant qu'ils avaient mis leur imperméable et qu'ils remontaient vers la sortie du sombre atelier, l'eau avait encore monté d'un centimètre. Au-dehors, la pluie tombait avec une violence nouvelle. Le vent soufflait avec force, les éclairs zébraient le ciel noir, de plus en plus rapprochés, et le tonnerre grondait avec fracas. Instinctivement, Mona se serra contre Jim.

La grange et les corrals paraissaient flotter au milieu d'une grande mare d'eau sale qui menaçait sans cesse de s'étendre. Devant eux, la maison surgissait, telle une forteresse entourée de douves.

« Et pas même un pont-levis pour passer », songea Mona absurdement.

Jim se pencha vers elle et lui cria à l'oreille, pour couvrir le bruit de la tempête qui faisait rage :

— Mona, prenez-moi la main et agrippez-vous, quoi qu'il arrive. Nous allons être malmenés par les rafales et l'orage, il ne faut surtout pas nous perdre.

— Je ne vous lâcherai pas, promit Mona.

— Nous allons longer la haie des corrals. Tenez-la de votre autre main. Et faites bien attention aux pierres et aux débris de toute sorte charriés par ces eaux. Je vous en prie, Mona, ne me quittez pas, accrochez-vous bien à moi.

La jeune fille acquiesça machinalement. Il serra fermement ses doigts et ils commencèrent à affronter les éléments déchaînés. Mona s'aperçut qu'il était difficile de se tenir à Jim. La peau devenait glissante, à force d'humidité. Elle augmenta tellement son étreinte que ses ongles s'enfoncèrent dans sa paume.

L'eau leur arrivait à présent à mi-jambe. Ils s'enfonçaient dans le sol comme s'ils marchaient sur des sables mouvants. Il n'y avait plus rien de solide ! Tout était arrivé si vite ! Le courant tourbillonnait avec violence les obligeant à lutter de toutes leurs forces pour avancer d'un pas. Le vent les freinait encore, si bien que Mona eut l'impression qu'ils restaient sur place.

Jamais elle n'avait encore vu une telle tempête. Un éclair illumina le ciel, aussitôt suivi d'un fracassant coup de tonnerre. L'orage se trouvait maintenant juste au-dessus d'eux. Mona ne se souvenait pas avoir déjà ressenti une frayeur aussi intense.

Jim se cramponnait d'une main à la haie et tentait, de l'autre, de la tirer à lui. Mona tomba une première fois. Une pierre avait roulé à ses pieds et l'entraîna dans une chute. Le flot boueux l'emportait déjà mais Jim, mû par d'excellents réflexes, parvint à la rattraper. Sa cheville était douloureuse, peut-être s'était-elle fait une entorse, mais ce n'était pas grave.

Jim continua donc d'avancer et Mona retrouva suffisamment de ressources en elle pour le suivre. Elle tomba une seconde fois. La force centrifuge des eaux et le grondement du vent les étourdissaient. Jim vacilla et Mona lâcha prise. Sa tête se heurta à un poteau en bois. Etourdie sous le choc, elle se sentit glisser sans pouvoir réagir. Elle eut conscience que Jim la soulevait et tenta désespérément de reprendre ses esprits. Trempée jusqu'à la taille, elle avait un goût de sang dans la bouche. Elle avait dû se mordre la lèvre. Miraculeusement, malgré le bourdonnement de ses oreilles et sa douleur intense, elle se trouvait à nouveau sur pieds.

Ils parvinrent à faire quelques pas. Le niveau montait encore et parvenait jusqu'aux genoux. Avec effroi, Mona vit un tronc d'arbre flotter vers eux à toute allure. Elle l'évita de justesse. Jim s'arrêta soudain, ils avaient atteint la limite du corral. Il la serra contre lui et se pencha en criant :

— Nous repartons bientôt. Ce sera encore difficile mais nous serons vite sortis de cette eau et je pourrai vous porter. Tenez-vous à ma taille. Continuez à bien me suivre !

Les flots boueux tourbillonnaient à une vitesse de plus en plus grande. Pour avancer d'un seul pas, il fallait dépenser une énergie surhumaine. La petite colline sur laquelle était bâtie la maison paraissait à Mona aussi infranchissable que le mont Everest. Elle se sentait lourde, et le trajet depuis l'atelier semblait durer depuis des heures. Reprenant courage, elle tenta de fixer les lumières aux fenêtres pour se donner un but.

Enfin, ils avaient franchi le passage le plus dangereux. A présent qu'ils étaient au sec, Jim souleva Mona dans ses bras. Un sentiment de sécurité l'envahit. Même s'il fallait encore gravir la pente sous une pluie diluvienne, elle était à l'abri.

En les voyant arriver, Mamie poussa un cri d'horreur. Le spectacle avait en effet de quoi effrayer. Mona était couverte de boue, de feuilles, et dégoulinante.

— Vous êtes trempée ! Donnez-moi vite vos vêtements, je vais vous préparer quelque chose de chaud.

Mona essaya de se mettre debout. Sa douleur à la cheville était si cuisante qu'elle s'effondra en criant. Elle entendait la voix de Jim, de très loin...

— Je redoutais surtout les serpents, qui ont dû remonter trouver un abri. Mona, qu'avez-vous ? Vous paraissez si pâle...

Elle chercha à se relever sans y parvenir. Soudain, sa vue se voila et elle plongea dans les ténèbres de l'inconscience.

Mona se réveilla, allongée sur le divan du salon. Quelqu'un épongeait sa tête et tenait un glaçon contre ses lèvres. Elle tenta d'ouvrir les yeux. Sa vision, peu à peu, s'éclaircit. Sa première sensation fut une vive douleur à la cheville, aux jambes, à la tête. Le moindre mouvement lui demandait un effort épuisant.

Elle reconnut la personne qui la contemplait avec attention : c'était Jim.

— Combien de doigts voyez-vous ? s'enquit-il d'une voix tendue par l'angoisse.

— Deux. J'ai l'impression que mon crâne va éclater.

— Ce n'est pas étonnant. Vous avez une énorme bosse. Vous sentez-vous bien ? N'avez-vous pas de maux de ventre ?

Mona, incapable de parler davantage, fit signe que non. Un nouvel élancement la contracta. Elle tenta de reprendre son souffle.

— Combien de doigts ? répéta Jim.

— Trois.

— Et maintenant ?

— Un.

Les traits de Jim se détendirent.

— Dieu merci ! Vous n'avez pas de commotion. Vous m'avez fait une telle frayeur, en vous évanouissant !

— Je ne comprends pas ce qui s'est passé. Cela ne m'est jamais arrivé, auparavant. Je ne suis pas faite pour vivre à la campagne ! s'exclama-t-elle avec un faible sourire.

Jim la considéra avec affection. Il effleura ses lèvres.

— Jim ! Pourquoi ai-je si mal ?

Mona se redressa sur un coude et s'aperçut que son pied droit était surélevé par trois oreillers et que le bas de sa jambe était recouvert de glace. Jim déplaça délicatement le sac glacé pour lui montrer l'importance du choc. Mona ne put retenir un cri. Sa chair, violacée, était démesurément enflée. Elle se recoucha.

— Je suis maladroite ! grommela-t-elle.

— Vous ne pouviez pas l'éviter, lui assura Jim d'un ton réconfortant. Mais il vous faudra du repos...

— Jim, l'interrompit-elle, frappée d'un souvenir subit. L'orage... Tout va bien ? Les animaux... Mandy !

— Calmez-vous ! ordonna Jim d'une voix douce. Ecoutez ! Qu'entendez-vous ?

Elle tendit l'oreille.

— Rien.

— Rien. La pluie s'est arrêtée. Le niveau d'eau est assez élevé mais ici, nous ne risquons rien. Quant aux autres bâtiments, je ne saurai que demain s'il y a eu des dégâts.

— Mandy ! s'écria Mona, inquiète.

— Ne vous en faites pas. John et les autres ont sorti les animaux des écuries, Mandy va bien.

Soulagée, Mona reposa la tête sur l'oreiller.

— Où sont-ils ? Mamie, la famille ?

— Les Campbell sont partis se coucher. Quant à Mamie, elle vous attend à la cuisine avec un bon repas.

Mona lui prit la main et la posa sur sa joue. Comme il était doux de pouvoir l'embrasser !

— Je dois être effrayante !

— Pour moi, vous êtes toujours belle, ma chérie, déclara Jim avec un sourire. Je vais vous chercher un peu de thé. Si vous allez bien, vous pourrez prendre aussi un peu de soupe. Mais pas de bœuf aux piments aujourd'hui !

Elle le regarda partir avec attendrissement. Demeurée seule, Mona tenta de s'asseoir. Elle s'aperçut alors qu'elle portait sa robe de chambre. A son retour, elle demanda à Jim s'il l'avait déshabillée.

— J'allais le faire, mais Mamie paraissait si choquée que je l'ai laissée prendre ma place. Elle est en train de laver nos vêtements. Ils étaient dans un triste état !

Mona buvait son thé à petites gorgées.

— Comment vous sentez-vous ?

— Bien, fit-elle.

— Je vais vous donner de la soupe et ensuite, il sera grand temps de vous rendre au pays des rêves. Après une nuit de sommeil, vous irez beaucoup mieux.

— Où allez-vous dormir, Jim ?

Il désigna la partie vide du divan.

— Ici.

Mona fronça les sourcils.

— Mamie va être scandalisée.

Il se mit à rire.

— Elle sait bien que je ne peux pas vous faire violence au milieu de ce salon, avec une maisonnée pleine d'étrangers ! Et l'état dans lequel vous vous trouvez ! Je m'installerai sur les couvertures et tout habillé. Mais je préfère rester près de vous, pour m'assurer que tout va bien.

Mona partagea sa soupe avec Jim. Elle lui parut délicieuse. Lorsqu'ils terminèrent de manger, il était déjà tard. Mamie remporta le plat dans la cuisine et leur souhaita une bonne nuit.

— Venez, Mona, je vais vous porter dans la salle de bains, proposa Jim.

— Quelle idiote, vraiment !

— Pas du tout ! protesta Jim. Vous êtes une belle demoiselle en détresse.

Une fois arrivé, il la déposa délicatement à terre.

— Surtout, ne faites pas porter votre poids sur cette cheville, lui rappela-t-il. Et appelez-moi lorsque vous serez prête.

Mona lança un coup d'œil en direction de son reflet, dans le miroir qui se trouvait au-dessus du lavabo. Elle eut un haut-le-cœur. Ses cheveux en désordre et sa lèvre enflée lui donnaient un air presque diabolique. Jim l'avait vue ainsi ! Elle se dépêcha de faire sa toilette.

— Vous avez vite fait ! approuva Jim.

— J'étais bien obligée. Je ne pouvais pas supporter de me voir dans la glace.

— Vous n'espériez tout de même pas sortir de la tempête bien habillée et bien coiffée !

Il la transporta jusqu'au salon et la mit doucement au lit.

— Est-ce suffisamment confortable ?

— Oui, mon chéri, merci.

Jim revint bientôt, sentant bon le savon. Il installa la couverture et l'oreiller qu'il avait apportés. Il retira sa ceinture et ses chaussures, éteignit la lumière. Lorsqu'il se coucha, Mona se tourna vers lui et s'endormit entre ses bras.

— Je voudrais vous embrasser mais j'ai peur de vous faire mal.

Sa voix lui parvint comme dans un rêve. Elle tendit les lèvres.

— Une soirée romantique gâchée, murmura-t-elle.

— Il y aura d'autres soirs, des milliers et des milliers. Nous sommes ensemble, c'est l'essentiel.

Lorsqu'ils s'éveillèrent, un soleil radieux brillait dans le ciel. Seule la terre boueuse témoignait encore de l'orage de la veille. L'eau, en se retirant, avait laissé quelques flaques isolées, des débris et des ordures. Tout le monde fut mobilisé pour s'atteler à la gigantesque tâche de réparer les dégâts qu'avait causé la tempête. A midi, les informations leur apprirent que les routes des environs étaient à nouveau praticables. Les Campbell plièrent bagage et reprirent leur camion, pressés de retrouver leur maison et d'y travailler.

La journée s'écoula lentement pour Mona. A cause de sa cheville, elle devait rester à l'écart des activités. Cependant, en fin d'après-midi, l'enflure avait considérablement diminué de volume. La douleur était désormais supportable. Mona demanda à Mamie la permission de se lever un peu. Après s'être fâchée, elle finit par accepter et par lui procurer une canne.

Avec cette aide précieuse, Mona parvint à faire quelques pas.

— Que puis-je faire, Mamie ? Je me sens inutile.

Mamie leva les yeux au ciel.

— A peine remise, vous voulez déjà vous mettre

au travail ! Marchez un peu et reposez-vous, c'est tout !

— Comment va ma lèvre ? s'enquit Mona, amusée de l'affolement de Mamie.

La vieille femme se livra à un examen minutieux.

— Honnêtement, c'est à peine visible. Avec un peu de rouge à lèvres, il n'y paraîtra plus. Allez vous préparer pour ce soir. Je vais vous concocter un repas dont vous vous souviendrez !

Mamie avait rangé toutes les affaires de Mona dans la chambre où elle avait dormi tout l'été et qui recelait tant de souvenirs précieux. Tout en se déplaçant lentement et difficilement, Mona parvint cependant à prendre une douche et un shampooing, à se maquiller et à s'habiller. Elle décida de porter la robe blanche décolletée. Un coup d'œil à son reflet la rassura pleinement. Le maquillage cachait habilement son teint un peu pâle. Se sentant comme régénérée, Mona se dirigea vers le salon. Elle était assise sur le divan et feuilletait un magazine lorsque Jim revint à cinq heures.

Il poussa un sifflement admiratif.

— Quelle métamorphose ! s'exclama-t-il en déposant un baiser délicat sur sa bouche. Vous sentez-vous mieux ?

— Beaucoup mieux !

— Vous avez une mine superbe !

— Et vous, fatigué.

— Pourtant, je ne le suis pas. Mais je ne dois pas sentir très bon ! déclara-t-il avec une grimace. Laissez-moi un quart d'heure pour me laver et me changer et je vous paraîtrai plus agréable à regarder.

Mona salua cette affirmation d'un rire joyeux.

Jim réapparut, une demi-heure plus tard. Comme il l'avait promis, il semblait débordant de vitalité. Son pantalon marron mettait en valeur ses jambes

musclées et s'accordait à merveille avec la chemise
crème qu'il portait ouverte. En souriant, il lui fit part
des dernières conséquences de la tempête. La
grange avait été gravement inondée, si bien qu'ils
avaient passé une grande partie de la journée à faire
sécher le foin. Ils avaient perdu deux veaux, empor-
tés par la rivière en crue. Finalement, les dégâts se
révélaient peu importants.

Mona écoutait en s'efforçant de bien comprendre
les problèmes que lui exposait Jim. Cependant, son
attention était accaparée par la silhouette de Jim, sa
présence, et son esprit revenait avec délices au début
de la soirée de la veille, dans le bureau. Cette nuit-
là, elle avait dormi avec une sérénité qu'elle n'avait
pas connue depuis longtemps : la proximité de Jim
lui procurait un merveilleux sentiment de sécurité.

Mamie entra au salon pour annoncer que le dîner
était prêt. Jim conduisit Mona à la salle à manger.
Le repas fut digne des promesses de Mamie : une
viande de bœuf tendre nappée d'une onctueuse
sauce aux champignons, un soufflé de pommes de
terre, de petites carottes et une salade verte délicieu-
sement relevée d'une vinaigrette aux herbes. Mona y
fit honneur, heureuse de retrouver enfin de l'appétit.

Mamie revint pour débarrasser la table. Jim
suggéra alors à Mona de terminer leur verre de vin
au patio.

— C'est un véritable été indien que nous avons,
ce soir, lui annonça-t-il.

En effet, une agréable brise vint caresser la
chevelure de Mona lorsqu'elle sortit sur la terrasse.

— On a peine à croire qu'hier, l'orage se déchaî-
nait, remarqua Mona. Heureusement, ma cheville
est là pour me le rappeler !

Jim plaça deux fauteuils l'un à côté de l'autre et installa confortablement Mona.

— Savez-vous ce qu'on dit, à propos du climat du Texas ? S'il ne vous plaît pas, attendez un instant !

Ils dégustèrent leur vin en silence, prêtant l'oreille aux bruits de la forêt qui montaient dans le soir.

Jim se tourna vers Mona.

— Etes-vous heureuse ?

— Au-delà de tout !

— Moi aussi. Et je veux bâtir des projets. En combien de temps pourrons-nous être mariés ?

— Je n'en sais rien, ce sera mon premier mariage...

— Je souhaite en terminer avec cette situation le plus rapidement possible, décréta Jim.

Mona ne répondit pas tout de suite. Une inquiétude sourde commençait à la tourmenter.

— Il reste un problème, Jim, déclara-t-elle avec lenteur, que nous avons soigneusement omis de mentionner jusqu'à présent.

— Claire ?

Elle acquiesça.

— Je ne pense pas l'avoir encouragée outre mesure mais le fait est qu'elle croit notre relation plus forte qu'elle ne l'est. Je vais devoir lui avouer la vérité et ce ne sera pas facile, convint Jim.

— Je sais, répliqua Mona avec calme. Elle parle sans cesse de vous. C'est pour cela que je pensais que vous l'aimiez.

— Je ne vous comprends pas, Mona. Je suis tombé amoureux de vous dès le premier week-end que nous avons passé ensemble. Je savais que j'étais destiné à passer le reste de ma vie avec vous.

Mona lui prit la main.

— Jim, s'il s'agissait de n'importe qui d'autre... Je

ne veux pas causer de perturbations dans ma famille. Ma mère vous voit déjà à l'église avec Claire !

— Vous connaissez votre sœur, la rassura Jim. Elle aura fait la rencontre d'un autre homme d'ici une semaine et elle aura oublié jusqu'à mon nom.

— Je l'espère ! soupira Mona, sans conviction.

Si les choses avaient suivi leur cours normal, Claire aurait déjà dû se détacher de Jim. Or, son intérêt pour lui persistait.

Jim remarqua l'air préoccupé de Mona.

— Vous avez le droit de penser à vous !

— C'est ma sœur !

Ce fut tout ce qu'elle trouva à répondre.

Jim reposa son verre et s'avança vers Mona. Il lui demanda de lui faire un peu de place dans le fauteuil où elle se trouvait. Il chercha ses lèvres et lui donna un long baiser. Envahie par une nouvelle vague de désir, Mona en oublia Claire. Elle se laissa aller au plaisir qu'éveillaient en elle les caresses tendres de Jim. Elle se blottit contre lui et explora son corps de ses doigts. Jim suivait doucement la courbe de son cou, descendait plus bas.

— Cette robe, murmura-t-il d'une voix émue, vous l'avez mise exprès ce soir.

— Jim ! s'exclama Mona, heureusement surprise. Vous en souvenez-vous ?

— Comment aurais-je pu ne pas m'en souvenir ?

Il commença à la défaire, lui dénudant l'épaule.

— Il me semble vous avoir déjà vue ainsi, remarqua-t-il en souriant.

Un frisson la parcourut tout entière. Jim s'aventurait plus loin encore, créant en elle les sensations les plus troublantes. Un gémissement lui échappa. La force de la passion qui la submergeait déferlait avec tant de violence qu'elle chercha à étouffer ses cris dans la chevelure noire de Jim.

Il releva la tête. Ses yeux gris lurent en elle toute son ardeur.

— Voulez-vous rentrer ? s'enquit-il dans un murmure.

Mona hésita l'espace d'un instant.

— Vous savez bien que oui, chuchota-t-elle.

Jim se leva avec difficulté et tira doucement Mona. Avec précaution, il la porta dans ses bras, traversa le hall et pénétra dans la chambre. Il en referma la porte de la pointe du pied et la déposa tendrement sur le lit. Il lui enleva sa robe et ses vêtements avec des gestes d'une délicatesse infinie. Après avoir défait les draps, Jim installa Mona. Il se tenait debout, devant elle. A la vue de cette puissante silhouette, Mona sentit une nouvelle vague de désir l'envahir.

— Mona, vous êtes ravissante ! La perfection en personne ! s'écria-t-il.

Sa voix se voilait d'émotion. Son regard la parcourut tout entière. Il s'agenouilla et entreprit de ses doigts un long voyage amoureux. Il dessinait son corps de ses mains, en suivait les courbes, le tracé harmonieux, la couvrait de baisers. Frissonnante de plaisir, Mona ferma les yeux.

Jim vint s'allonger tout contre elle.

— Chérie, chuchota-t-il, nous ne pouvons plus nous arrêter. Ne regrettez-vous rien ?

— Non ! s'écria Mona. Je vous aime.

— Après cette nuit, nous serons unis à jamais, reprit Jim, bouleversé.

Il se releva et commença à se déshabiller. Il révéla d'abord son torse vigoureux et hâlé, puis ses jambes longues et musclées. Mona l'avait déjà vu ainsi mais ce soir, il semblait différent. Comment expliquer cette impression ? Il lui paraissait plus grand et plus fort. Lorsqu'il fut entièrement nu, le cœur de Mona battit plus fort. Jim respirait la vitalité. Il était si beau !

Il vint la rejoindre. Mona tressaillit au contact de sa peau. Une intense chaleur l'envahit.

— Je vous aime, dit-elle.

Et ces mots prenaient désormais tout leur sens.

— Mona, murmura Jim. Je vous attends depuis si longtemps, et pourtant, il me semble vous avoir toujours connue.

Mona enroula ses doigts dans la chevelure de Jim. Insensiblement, elle s'aventura plus loin. Les épaules... Elle suivait le tracé des muscles, fermement dessiné, puis la forme de ses bras, celle de son torse. Plus bas encore, Mona le prit à la taille pour l'attirer à elle. Ils étaient tout près l'un de l'autre mais pas suffisamment proches. Elle le couvrit de baisers passionnés, perdant le contrôle d'elle-même.

— Chéri, je vous aime tant, haleta-t-elle.

Consumée de désir, elle souhaitait que son exploration se prolonge plus loin, toujours plus loin. Mona ferma les yeux, ne désirant qu'une chose, appartenir à Jim.

Lentement, il la mena jusqu'aux rivages du plaisir. Combien de temps restèrent-ils enlacés ? Mona perdit conscience de ce qui l'entourait. Seuls au monde, Jim, elle et leur bonheur.

Allongés l'un près de l'autre, ils connaissaient la sérénité après le déchaînement de leurs sens et l'assouvissement de leur soif. Jim entoura Mona d'un bras protecteur. Cette nuit-là, Mona eut peine à trouver le sommeil. Elle s'éveillait sans cesse pour regarder Jim dormir. Elle ne pouvait résister à la tentation de l'embrasser sur les lèvres.

Jim ouvrit les yeux avec difficulté.

— Ne partez pas, marmonna-t-il d'une voix ensommeillée.

— Où voudrais-je aller ? s'enquit Mona en souriant. Pourquoi partirais-je ?

Jim se réveilla tout à fait.

— J'espérais que je n'étais pas en train de rêver.

— Ce n'est pas un rêve, l'assura-t-elle. Je suis réellement à vos côtés.

Il poussa un profond soupir.

— Je garde un merveilleux souvenir de notre première nuit, lui confia Jim.

Mona se blottit contre lui pour toute réponse. Rien ne devait les séparer à l'avenir.

10

L E lundi soir, Mona quitta la maison immédiatement après dîner pour se réfugier à la
bibliothèque de l'école jusqu'à l'heure de
fermeture. Elle ne voulait surtout pas être présente
lorsque Jim viendrait parler à Claire comme ils
avaient décidé qu'il le ferait. Un sentiment de
culpabilité la tenaillait dont elle ne parvenait pas à se
défaire. Même si elle savait que, dans le cas inverse,
Claire n'aurait éprouvé aucun remords.

Mona tentait de se concentrer sur ses livres. Sa
préparation aux examens avait grandement souffert
des événements de cet été et il lui fallait redoubler
d'efforts. Cependant, elle ne pouvait s'empêcher de
revivre en pensée ces deux jours merveilleux.

Avant de retourner en ville, Jim et Mona avaient
bâti des projets d'avenir. Ils habiteraient l'appartement de Jim et Mona aurait la possibilité d'y
travailler, à moins qu'elle ne veuille acheter la
boutique qu'elle convoitait depuis longtemps. River
View serait leur résidence de week-end et de
vacances. Mona considérait déjà le ranch comme
étant sien, plus que tout endroit au monde. Un jour,
il deviendrait leur seule maison, mais ce serait dans
un temps lointain.

Ni Jim, ni Mona, ne tenaient à une grande cérémonie. Ils souhaitaient un mariage simple en présence de leur famille. Quant à leur voyage de noces, il se réduirait à quelques semaines idylliques passées à River View. Mona prévoyait déjà la déception de Kitty, si avide de réceptions. Elle ne comprendrait pas pourquoi sa fille laissait échapper une occasion unique de rassembler quelques centaines d'invités. Kitty vivait encore avec les idées d'une autre époque.

Mona préférait ne pas trop s'attarder à la pensée de la réaction de ses parents, à l'annonce du mariage. Le cas de Claire présentait déjà suffisamment de complexité. Sa sœur comprendrait, et la séparation ne lui poserait guère de problèmes. Elle se mettrait en quête d'une nouvelle victime qu'elle ne tarderait pas à trouver.

Les lampes de la bibliothèque s'éteignirent et se rallumèrent plusieurs fois : c'était le signal de la fermeture. Mona rassembla ses notes et ses livres. Elle poussa un soupir : elle avait beaucoup plus rêvé que travaillé. Dehors, Mona traversa le parking pour parvenir à sa voiture. Elle conduisit avec lenteur pour rentrer chez elle. L'appréhension augmentait au fur et à mesure qu'elle se rapprochait. Avec un peu de chance, tout le monde serait couché à son retour, et Mona pourrait monter dans sa chambre et plonger aussitôt dans un sommeil réparateur. Le lendemain matin, Jim lui expliquerait comment la soirée s'était passée.

En se garant dans l'allée, Mona pria pour que personne ne soit éveillé. Son vœu ne fut pas exaucé. A peine parvenue dans le hall, elle entendit des voix qui venaient du salon, dont une entrecoupée de sanglots. Le cœur de Mona se mit à battre précipitamment. S'armant de courage, elle se dirigea vers le salon.

Le spectacle qui s'offrit à ses yeux la consterna. Claire était assise sur le divan, entre ses deux parents, effondrée, en larmes. Ben et Kitty lui parlaient avec compassion, l'air inquiet. Mona sentit son cœur se transpercer. Demeurant sur le seuil de la pièce, elle avait la gorge serrée et ne pouvait prononcer un mot. Si elle l'avait pu, elle se serait enfuie mais la douleur la figeait sur place. Kitty l'aperçut enfin.

— Mona ! s'exclama-t-elle, tournant vers sa fille un visage angoissé. Nous avons reçu un choc... Il semblerait que... Jim ait... rompu...

Elle accompagna ses paroles hésitantes d'un geste de désespoir.

Claire releva la tête et tourna ses yeux rougis de larmes vers Mona.

— Une autre femme ! cria-t-elle. Te rends-tu compte ? Une autre femme ! Et il veut l'épouser, elle !

Elle ne pouvait accepter de perdre. C'était la première fois qu'un tel affront lui était fait et elle se trouvait incapable de supporter le choc.

« A cause de moi, songea Mona, bouleversée. Je n'ai pas le droit de la faire autant souffrir ! »

Claire s'était levée et parcourait le salon de long en large, avec nervosité.

— Une autre femme ! Je lui ai demandé de me dire son nom mais il n'a pas voulu. Il a prétendu que, dans mon état, cela ne me ferait aucun bien ! Qui est-il, pour juger de mon état ! ajouta-t-elle rageusement.

— Claire, je t'en prie, s'écria Ben avec un accent de sincérité dans la voix. C'est sans doute une dernière aventure avant que Jim ne se stabilise. Tu sais bien qu'aucune autre ne peut t'égaler.

Claire ne prêta aucune attention à ses paroles. Peu à peu, sa douleur se transformait en rage froide. Mona l'observa avec appréhension. Lorsqu'elle était furieuse, Claire devenait capable de tout !

— Je la retrouverai, marmonna-t-elle. Il ne pourra pas me la cacher longtemps. Peut-être vit-elle avec lui ? En tout cas, je saurai qui c'est.

— Claire ! protesta Kitty. A quoi cela te servira-t-il...

Mais elle s'interrompit aussitôt. Claire ne l'écoutait pas. Elle se tourna vers son père :

— Combien coûte d'engager un détective privé ?

Mona se sentait au bord de l'évanouissement.

— Tu ne veux pas..., commença Ben en fronçant les sourcils.

— *Combien ?* Je veux savoir !

— Je n'en ai pas la moindre idée, mais je suppose que je pourrais...

— Renseigne-toi, ordonna-t-elle d'une voix aiguë qui effraya Mona encore davantage que ses sanglots. Je le ferai suivre. Je connaîtrai ses moindres faits et gestes. Et si une femme de la rue...

— Claire ! coupa Kitty, choquée.

Claire la foudroya du regard. Ses yeux lançaient des éclairs et ses traits se déformaient sous l'effet de la colère. Mona songea qu'elle n'était même plus jolie, tout en regrettant aussitôt d'avoir eu cette pensée.

— Quelle autre raison y aurait-il ? Elle a dû lui céder ! Par quel autre moyen pourrait-on me l'enlever ?

— Ce n'est pas impossible, concéda Kitty. Mais de toute façon, nous ne pourrons rien changer ce soir. Allons nous coucher, cela nous fera du bien à tous. Toute la famille te soutient, Claire. Jim nous fait horreur maintenant, n'est-ce pas, Mona ?

Mona ne répondit pas. Kitty n'attendait d'ailleurs aucune réplique. Ben se caressait pensivement le menton.

— Je suis déçu, finit-il par déclarer. Jim paraissait si mûr. Je pensais qu'on pouvait lui faire confiance. Il n'est pas homme à se laisser séduire par une...

L'expression de Claire et de Kitty le découragèrent de poursuivre davantage.

Murmurant des mots incohérents, Mona se précipita dans sa chambre et s'enferma à clé. Sa tête la faisait horriblement souffrir. Elle se jeta sur son lit et scruta ses mains tremblantes d'un air absent.

Qu'avait-elle provoqué ? Et comment agir, désormais ? Elle ne pouvait avouer à personne qu'elle était cette autre femme. Ni ses parents, ni Claire, ne l'accepteraient. Elle avait perdu le contrôle de la situation.

Jamais elle n'aurait imaginé que Claire puisse réagir de cette façon. Elle avait cru que Claire, par orgueil, aurait annoncé à Ben et Kitty que c'était elle qui avait rompu. Mais jamais elle ne l'aurait jugée capable de ce déferlement de folie furieuse.

Elle ne chercha pas à retenir les larmes brûlantes qui jaillissaient de ses yeux. Une femme qui s'offrait sans scrupules, voilà à quoi ils pensaient. C'était tellement sordide... Et pourtant, leur amour paraissait d'une telle pureté !

Mona ressentit intensément le besoin de se confier. Elle composa le numéro de téléphone de Jim, priant le Ciel qu'il soit chez lui. Elle entendit la sonnerie s'interrompre avec un immense soulagement.

— Jim !

— Mona !

— Jim ! C'est terrible ! Jamais je n'aurais cru...
Claire était d'une pâleur... Elle vous insulte, injurie
l'autre femme...

— Je sais, répliqua sombrement Jim. Je suis
désolé de vous faire subir cette épreuve. J'ai tenté de
procéder calmement mais Claire s'est tout de suite
emportée. Elle s'est juré de tout dramatiser.

— Je ne sais pas comment tout cela va finir, je ne
vois pas d'issue.

— Ne parlez pas ainsi ! rétorqua Jim d'une voix
dure.

— Quelle solution proposez-vous ? s'enquit
Mona, amère.

— C'est simple, Mona. Faisons tout ce que nous
avons prévu.

Mona éclata d'un rire nerveux.

— Soyez raisonnable. Vous savez que c'est
impossible.

— Ne vous découragez pas, reprit Jim avec
calme. Vous avez votre vie à mener. Claire se
remettra. Elle ne supporte pas d'avoir perdu, mais
elle sera bien forcée de l'admettre. Nous avons toute
une vie à construire ensemble, c'est sur cela qu'il
faut vous concentrer.

Les paroles apaisantes se déversaient en elle
comme un baume. Si seulement elle pouvait le voir,
s'endormir dans ses bras protecteurs !

— Jim, je veux être avec vous.

— Venez tout de suite.

Mona jeta un coup d'œil au réveil sur la table de
nuit. Comme elle aurait souhaité se rendre auprès de
lui. Mais comment pouvait-elle justifier une sortie si
tardive ?

— Non, ce n'est pas possible. J'ai eu ma part de
mensonges aujourd'hui et je ne pourrais pas partir
sans explication. Il faut attendre.

— D'accord. Demain matin, si vous voulez. J'irai au bureau plus tard.

— Je manquerai ma première heure de cours et je serai chez vous vers neuf heures.

Elle allait raccrocher quand elle se souvint brusquement qu'elle n'avait pas son adresse. Jim la lui donna en riant.

— Essayez de dormir, à présent, conclut-il d'une voix tendre. Et cessez de vous tourmenter. Vous n'avez rien fait de mal. Souvenez-vous que je vous aime. A demain, mon amour.

Sommeil, repos. Les mots que prononçaient Jim paraissaient si simples ! Pourtant, elle ne parvenait pas à retrouver son calme. Quel énorme gâchis elle avait causé ! En croyant bien faire, en incitant Jim à revoir Claire, elle avait achevé de nourrir les illusions de sa sœur au sujet de Jim. Maintenant, elle s'en rendait parfaitement compte.

Mona frissonna. Elle pensait ses ennuis terminés, voilà qu'elle découvrait qu'ils commençaient à peine.

Au petit déjeuner du lendemain matin, Kitty parlait encore de la « crise » que traversait la famille. Cela satisfaisait son sens du drame.

— Claire a passé une mauvaise nuit, déclara-t-elle à Ben et à Mona. Je ne l'ai jamais vue dans une telle agitation. Les hommes sont d'une perfidie ! Que cela te serve d'exemple, Mona, sois prudente avant de donner ton cœur.

Mona s'absorba dans la contemplation de ses œufs au plat.

Ben toussa légèrement. Il paraissait un peu embarrassé.

— Je te trouve bien sévère, observa-t-il. Jeter l'anathème sur tous les hommes parce qu'un seul de leurs représentants a commis une faute ! En outre, je me flatte d'être un peu psychologue et je doute que Jim soit un séducteur ou un monstre.

Kitty lança à son mari un regard indéchiffrable.

— En tout cas, déclara-t-elle avec fermeté, Jim Garrett ferait mieux de ne plus apparaître ici. Enfin ! Le soutien de sa famille réconfortera Claire. Car souviens-toi bien, Mona, la famille ne t'abandonne jamais !

Mona se leva brusquement, incapable d'en supporter davantage. Un sentiment de culpabilité pesait sur elle de plus en plus lourdement.

— Je dois partir.

— Mais tu as à peine entamé ton petit déjeuner, protesta sa mère.

— Je n'ai pas faim.

Elle monta dans sa chambre chercher ses livres et sortit précipitamment.

Mona trouva sans peine l'appartement de Jim. Il vint lui ouvrir et elle se jeta dans ses bras. Ils demeurèrent enlacés un long moment, émus de se retrouver après ce qui leur semblait une interminable séparation.

— Asseyez-vous pendant que je prépare du café, proposa Jim après l'avoir passionnément embrassée. Comment va votre cheville ?

— Très bien.

Mona prit place sur le divan et examina l'appartement de Jim. Il reflétait la personnalité de l'homme qui l'habitait, élégant, masculin, sans être austère. Le tout était décoré avec goût.

Jim surgit de la cuisine avec une tasse de café brûlant. Il remarqua son air attentif.

— Pensez-vous à la façon dont vous l'auriez aménagé ? Je peux vous donner à nouveau carte blanche !

— Non ! protesta Mona. Je pensais justement que c'était un endroit charmant. Je n'y changerais rien !

— De votre part, je le prends comme un compliment.

Il lui tendit la tasse et s'assit auprès d'elle. Il admira sa tenue, simple mais élégante. Son tailleur vert sombre s'accordait à merveille avec le chemisier beige où tranchait une chaîne en or. Ses longs cheveux noirs ondulaient avec souplesse. De légers reflets roux venaient s'y jouer.

— Je passerais des heures à vous contempler, murmura Jim.

Le café avait un excellent arôme mais Mona ne l'apprécia pas à sa juste valeur. Son esprit était trop préoccupé.

— Je me sens mal, avoua-t-elle.

— Ma chérie, j'aimerais effacer les ombres de votre regard.

Mona se prit la tête entre les mains.

— J'ai passé une nuit terrible. Si j'avais pu, je serais venu vous rejoindre tout de suite. Vous me manquiez tellement !

Jim l'enlaça tendrement. Elle se blottit contre son épaule.

— Jim, les choses tournent mal. Claire est malheureuse et furieuse. Je l'ai déjà vue à l'œuvre. Et, croyez-moi, lorsqu'elle garde rancune à quelqu'un, elle est capable du pire.

Jim la caressa doucement.

— Elle m'a surprise, murmura-t-il. Jamais je n'ai entendu une femme me parler en termes si... colorés. Je ne vous répéterai pas ce que j'ai entendu !

Mona le fixa avec anxiété.

— Comment puis-je leur expliquer, Jim ? Donnez-moi une solution réaliste. Mes parents sont convaincus que vous vous êtes laissé séduire par une femme de mauvaise vie. Ils ne sont pas si loin de la vérité, ajouta-t-elle en souriant faiblement.

— Mona ! Nous nous aimons ! protesta Jim.

— Je le sais. Je me sens perdue. Je m'attendais à ce qu'aujourd'hui soit le jour le plus beau de ma vie, que tous les problèmes soient résolus. Je me rends compte, maintenant, de ma naïveté. J'aurais dû me douter que ce ne serait pas si simple.

— Ecoutez, Mona, nous devrions continuer nos projets, nous occuper des papiers pour le mariage. Je vais appeler mon médecin pour prendre rendez-vous cet après-midi pour les analyses nécessaires.

— Pas aujourd'hui ! s'exclama Mona, effrayée. Je ne peux pas l'annoncer à ma famille !

— Il le faut, affirma Jim avec fermeté. Vous trouverez un moyen. Allons-y ensemble, ce sera plus facile.

Les yeux de Mona s'écarquillèrent.

— Vous ne comprenez pas ! Kitty est furieuse contre vous. Elle pardonne difficilement. Ben se montrerait plus compréhensif, mais elle est intraitable.

— Cela ne me fait pas peur.

— J'ai eu tort d'insister pour que vous revoyiez Claire ! C'est ma stupide jalousie qui m'a poussée ! Tout est de ma faute !

Jim l'attira à lui avec tendresse.

— C'est à cause de moi. Je n'aurais pas dû prolonger autant nos rencontres. Je voulais en terminer dès le premier soir mais j'ai craint qu'une seule soirée ne vous persuade pas ! De toute façon, il ne sert à rien d'imaginer ce que nous aurions dû faire. Mais il faut tout avouer, Mona, il le faut.

Mona prit sa main et la caressa doucement.

— Jim, mon père a un sens très poussé de la

famille. Nous devons éprouver les uns envers les autres une solidarité sans faille. Il ignore tout de mon hostilité à l'égard de Claire. Si je vais leur expliquer maintenant que je vais épouser l'homme qui... personne ne me pardonnerait ma trahison, ajouta-t-elle en frissonnant.

Jim se raidit.

— Mona, je me doute que ce doit être terrible pour vous. Je vous comprends, malgré ce que vous croyez. Mais nous allons nous marier bientôt et vos parents doivent le savoir.

— Jim...

— Le plus vite sera le mieux, affirma Jim avec fermeté. Claire ne souffrira pas longtemps. Elle ne m'aimait pas réellement. Elle pleure simplement une défaite.

— Nous le savons bien, mais Ben et Kitty...

Mona ne put poursuivre. L'esprit confus, elle ne parvenait plus à réfléchir méthodiquement. Il devait pourtant y avoir une solution.

La chaude protection des bras de Jim lui redonna un peu de courage. Elle irait tout leur avouer. Ce serait fait.

Le réconfort qu'elle avait un instant éprouvé disparut aussitôt. Seule la présence de Jim lui insufflait la force nécessaire. Affronter les siens solitairement, sans le soutien de Jim lui paraissait une entreprise impossible. Kitty pouvait se montrer si froide, quant à Claire... Dieu sait de quoi elle serait capable ! Mona s'aperçut que ses mains tremblaient.

— Je ne pourrai jamais travailler, aujourd'hui.

— N'allez pas à vos cours, restez ici avec moi.

Les lèvres de Jim s'emparèrent des siennes. Ils échangèrent un long baiser, insupportable de douceur. L'infinie tendresse se transforma en avide passion. Jim laissa ses doigts errer sur le corps de Mona qui sentit un intense frisson de désir la parcourir.

Elle lui jeta un regard éperdu. S'étaient-ils réellement séparés deux jours auparavant ?

— Jim, murmura-t-elle, lorsque je suis dans vos bras, je ne me contrôle plus.

— Nous nous appartenons, Mona. Il ne nous reste que des formalités à remplir mais notre véritable mariage a eu lieu la nuit de samedi.

— L'amour résout beaucoup de problèmes mais pas celui-ci, constata tristement Mona.

— Je n'en suis pas si sûr, murmura Jim en l'installant plus confortablement sur le divan.

Au contact de Jim et de son extraordinaire vitalité, Mona oublia ses doutes et ses inquiétudes. Ils demeurèrent enlacés, farouchement unis l'un à l'autre. Rien ne pourrait les séparer, la force de leur passion était d'une trop grande intensité. Brûlant de la flamme du plaisir, Mona sentit son corps s'éveiller avec ardeur aux caresses de Jim. Le monde se limitait à l'exceptionnelle intimité qui les unissait l'un à l'autre.

Mona se sentit soulevée, portée dans les bras de Jim et conduite à sa chambre. Le lit était encore défait. Ils se glissèrent entre les draps. Un intense émoi la submergea.

Mona avait cru connaître les sommets de l'extase à River View. Mais le feu qui la dévorait à présent différait profondément, par son âpre violence, de leur tendre union à River View. Etonnée de la profonde harmonie qui régnait entre eux, Mona perdit bientôt la conscience de ce qui l'entourait. Seul existait Jim, elle ne vivait que pour lui et pour la béatitude qui suivit.

Mona rentra chez elle en milieu d'après-midi, fermement décidée à accomplir le nécessaire. Jim et elle ne pouvaient plus attendre. Lorsqu'ils étaient ensemble, le désir les consumait l'un et l'autre et ils n'avaient pas de goût particulier pour entamer une liaison secrète. Avant son départ, Jim lui avait déclaré :

« Il faut que votre mère sache que nous nous marierons avant la fin de la semaine prochaine. Présentez-le-lui comme vous le voudrez. Ensuite, nous fêterons l'événement. Que préférez-vous ? Une timbale de foie gras au restaurant français ? De la nourriture mexicaine ? Un repas américain ?

Ils se décidèrent finalement pour un dîner intime chez Jim.

Mona avait les mains moites et la gorge sèche, en arrivant chez elle. Elle parcourut toutes les pièces avant de trouver Kitty en haut, dans le petit salon qui se trouvait près de sa chambre à coucher et qu'elle appelait son bureau. Elle aimait s'y réfugier de temps à autre.

Mona aurait préféré commencer par Ben mais il lui était difficile de trouver un moment où son père aurait été seul. Quant à affronter ses parents ensemble, Mona trouvait la tâche trop écrasante. Il lui fallait donc se résoudre à parler d'abord à sa mère. Ainsi, la suite lui paraîtrait plus facile.

Kitty arborait une expression inquiète. Elle semblait fatiguée, peut-être à force de chercher une solution aux ennuis de Claire. Silencieuse, Mona était en proie aux tourments du remords. Kitty aimait vivre dans la sérénité. Comment allait-elle lui expliquer que c'était elle qui avait causé la tempête que sa famille traversait ?

Assise à son petit secrétaire, Kitty leva les yeux vers Mona.

— Tes cours se sont-ils bien passés, aujourd'hui ? s'enquit-elle machinalement.

— Je n'y suis pas allée, je ne me sentais pas bien.

— Je comprends, admit Kitty. Nous sommes tous bouleversés par ce qui arrive à Claire. Pauvre enfant ! Supporter une rupture alors que leurs projets étaient si avancés...

— Où se trouve-t-elle ?

— Elle passe l'après-midi avec Becky Thornton. Cela lui fera du bien de se confier à une amie. Si je pouvais tenir ce Jim Garrett, je ne sais pas ce que je lui ferais ! s'exclama Kitty avec violence. J'ai essayé d'écrire quelques lettres mais je ne parviens pas à me concentrer.

Mona était sur le point de parler mais elle se ravisa. Elle avait l'impression que les mots ne sortiraient jamais de sa bouche. Se dirigeant vers la fenêtre, elle souleva le rideau et regarda au dehors. Le monde paraissait paisible. La pluie avait redonné vigueur aux pelouses. Insensiblement, elle dirigea ses pensées vers River View, les inoubliables moments de ces deux mois, la rivière Brazos, qui courait de pierres en pierres, le chant des oiseaux dans la forêt. Surprise, elle s'aperçut que son cœur s'emplissait de nostalgie pour « sa » maison.

Mona laissa retomber la tenture. Il ne servait à rien de se plonger dans ses souvenirs. Il fallait trouver le moyen d'expliquer à Kitty à la fois la force de son amour pour Jim et l'authenticité de sa douleur à faire souffrir Claire. Comment parvenir à ce que sa mère comprenne et compatisse au tourment qui la déchirait ?

Elle ne pouvait avouer qu'une chose, la vérité. Le plus rapidement possible. Mona se tourna vers Kitty et avala péniblement sa salive.

— Je suis l'autre femme, parvint-elle à articuler avec effort.

Mona vit sa mère se raidir brusquement. Kitty leva lentement les yeux vers sa fille et enleva ses lunettes. Elle la scrutait sans aucune expression d'indulgence.

— Je te demande pardon, Mona, qu'as-tu dit ?

Mona prit une profonde inspiration avant de répondre d'un ton déterminé :

— La femme que Jim veut épouser... C'est moi.

Kitty lui jeta un regard incrédule. Son silence lui parut durer une éternité. Kitty se carra confortablement dans son fauteuil et croisa ses doigts.

— Quand est-ce arrivé ? s'enquit-elle enfin avec froideur.

— Cet été.

— Pourquoi Jim n'a-t-il pas prévenu Claire dès son retour ?

Ses questions avaient la sécheresse et la précision d'un interrogatoire.

Mona baissa les yeux.

— J'ai insisté pour qu'il la revoie. Je voulais m'assurer que c'était moi qu'il aimait vraiment. Il n'avait pas vu Claire depuis des mois... J'ai tant de fois perdu d'amis qui se laissaient séduire par elle ! Je pensais avoir raison. J'ai compris trop tard que je commettais une erreur.

Kitty conserva le silence pendant un long moment. Elle semblait parfaitement calme, essayant d'analyser ce que sa fille venait de lui révéler.

— Assieds-toi, Mona, et raconte-moi tout depuis le commencement.

Mona s'installa dans un vieux fauteuil qui se trouvait près de la fenêtre. Elle le ramena en face du bureau de Kitty. La jeune fille se sentait soulagée d'un grand poids. Quelqu'un connaissait enfin la

vérité ! Peut-être sa mère trouverait-elle la solution à
ce dilemme qui l'épuisait. Cependant, un regard sur
le visage fermé de Kitty l'en fit douter.

Lentement, Mona entreprit de narrer son histoire
comme si elle résumait un film ou un livre. Avec un
détachement apparent, elle évoqua les week-ends à
River View, son amour, les doutes, les raisons pour
lesquelles elle tenait à ce que Jim n'ait aucun doute
au sujet de Claire, le dernier week-end où Jim lui
avait demandé de l'épouser. A la fin de son récit,
elle se sentit étrangement apaisée. Comme le jour
où elle avait admis sa passion pour Jim, elle éprouvait le sentiment d'une délivrance.

Kitty n'avait pas interrompu sa fille. Elle avait
attentivement suivi ce que Mona lui avait confié sans
la quitter un seul instant des yeux. Mona releva la
tête. En apercevant l'expression de Kitty, son sang
se figea. Elle marquait un intense bouleversement,
un choc dont elle ne parvenait pas à se remettre.

Stupéfaite, Mona tenta de se ressaisir. Elle avait
prévu la surprise de Kitty mais certes pas cette
immobilité effrayante. Kitty parut enfin revenir
lentement à la vie. Elle se prit la tête entre les mains.
Puis, reprenant peu à peu le contrôle d'elle-même,
elle se redressa et fit un mouvement pour parler.

— Mona, tu te rends compte, n'est-ce pas, que
c'est impossible, *absolument* impossible. Comment
as-tu pu faire une chose pareille ? Comment pourrais-tu demander à ton père la permission d'épouser
l'homme qui a plongé ta sœur dans l'affliction ? Je
serais terriblement déçue que tu envisages même
une telle éventualité.

— Et tous ces amis que j'invitais ici et qui, le soir
même, n'avaient d'yeux que pour Claire ? Personne
n'en a pris ombrage, à cette époque, me semble-t-il,
jeta Mona d'un ton de défi.

Kitty parut se radoucir.

— Je l'ai remarqué, Mona, plus que tu ne le crois. Et si cela t'avait réellement bouleversée, je serais intervenue. Mais tu ne semblais pas y accorder beaucoup d'importance. J'ai d'ailleurs toujours admiré ta capacité à surmonter les petites déceptions quotidiennes. Tu es beaucoup plus solide que ta sœur, sur ce plan.

Mona lança à sa mère un appel muet. Jamais elle ne s'était sentie autant en détresse.

— Je ne parle pas d'une passade sans importance, protesta-t-elle. Jim et moi, nous nous aimons réellement. Il est le premier et le seul que je puisse aimer.

— Ne fais pas de mélodrame !

— *Moi* ! s'exclama Mona, hors d'elle. Et Claire ! Son détective privé ! On croirait qu'elle vient de perdre l'unique amour de sa vie. Combien de fois a-t-elle déjà été amoureuse ? Jim est réellement le seul être qui compte, pour moi. Tant pis si cela paraît trop pathétique. S'il avait choisi Claire, je me serais inclinée devant sa préférence. Car je souhaite son bonheur avant tout. Mais c'est moi qu'il aime.

Kitty esquissa un sourire ironique.

— La plupart des hommes ignorent qui ils aiment réellement. Ils agissent sous l'impulsion de leurs sens et ne songent jamais aux conséquences de leurs actes.

Elle parut regretter de s'être laissée emporter.

— Je ne changerai pas d'avis, reprit-elle d'un ton ferme. Et il n'est pas question d'en toucher un seul mot à ton père. Est-ce suffisamment clair ? Si cet amour entre toi et Jim est tellement fort, il saura résister encore quelques mois. Il faut donner à Claire le temps de surmonter sa douleur. Autrement, tu déchireras ta famille et tu créeras un dommage irréparable. Ben ne te le pardonnera jamais. Les jeunes gens ne pensent qu'au présent. Pensez aussi à votre vie future. Désires-tu la passer loin de tous les tiens ?

Mona sentit le désespoir la submerger. Elle ne parvenait plus à se contrôler.

— Tu ne comprends pas... Ce qui existe entre nous est si exceptionnel...

Kitty leva la main pour l'interrompre. Elle paraissait agacée.

— Je ne veux plus rien savoir, Mona. Il faut attendre, c'est la seule solution. Préviens Jim. Et dis-lui également que Claire et Ben persistent à vouloir engager un détective privé.

— Quelle absurdité !

— Je suis d'accord. Mais Claire vit dans l'obsession de trouver l'identité de cette femme. Ben a cédé. Il ferait n'importe quoi pour l'une ou l'autre de ses filles. Je n'ai pas besoin de te faire remarquer combien il serait malséant que Claire apprenne de ce détective que c'est sa propre sœur qui est... l'amie de Jim.

Mona voyait brusquement ce que sa mère cherchait à lui signifier.

— Non seulement nous ne devons pas nous marier mais tu voudrais qu'en plus, nous ne nous voyions plus ! Te rends-tu compte de ta cruauté ?

— Et déchirer ceux qui te sont proches, serait-ce moins cruel ?

Mona poussa un profond soupir.

— Tout ce gâchis pour satisfaire un stupide caprice de Claire. Je ne peux pas m'éloigner de lui, je ne le supporterai pas.

Kitty ne parut pas émue de cette déclaration. Que pensait-elle réellement, en son for intérieur ? Il était impossible de le savoir. Elle prenait soin de ne rien laisser paraître de ses véritables sentiments.

— Tu y parviendras, répliqua-t-elle avec une calme froideur. La maturité d'esprit permet d'accomplir son devoir. Ton père et moi avons également fait quelques sacrifices au nom de la famille. Et nous ne l'avons jamais regretté, ni lui ni moi.

Mona tenta d'intervenir à nouveau pour plaider sa cause mais, découragée, conserva le silence. Jamais elle n'avait autant ressenti son impuissance. Seules deux solutions lui venaient à l'esprit, aussi désespérantes l'une que l'autre. Entrer en opposition ouverte avec les siens, ce qui signifiait des années de brouille et d'éloignement. Ou bien prier Jim d'attendre que Claire se soit remise pour pouvoir se marier avec l'assentiment de tous. Mona ne pouvait se résoudre à en choisir aucune. Les deux éventualités menaient à une impasse.

— Mona ! appela Kitty d'un ton radouci. Je te fais confiance. Je suis sûre qu'en méditant mes paroles, tu te rendras compte que j'ai raison. Désormais, ne me parle plus de cette affaire, j'ai assez gâché ma journée, à présent. N'y reviens plus jamais. Et rappelle-toi, il est hors de question d'apprendre quoi que ce soit à ton père.

Mona acquiesça lentement. Son être tout entier était envahi d'une immense lassitude.

— Parfait !

Kitty remit ses lunettes. Mona comprit qu'elle lui signifiait aussi son congé. Il était inutile d'insister. Sa mère n'accepterait plus de reparler de cette histoire.

— J'ai quelques lettres à écrire, conclut-elle d'un ton sans réplique.

Mona tourna les talons et quitta le bureau sans un mot. Elle se dirigea avec lenteur vers sa chambre, encore étourdie par le choc qu'elle venait de recevoir. Elle s'enferma à clé et se jeta sur une chaise, épuisée par la scène qui s'était produite.

Si une partie de ce qu'avait déclaré Kitty était prévisible, le reste demeurait un mystère impénétrable. Pourquoi Kitty insistait-elle tellement sur le fait que Ben ne devait rien savoir ? Ce n'était pas naturel. Il y avait là-dessous quelque raison secrète que Mona ignorait. Il comprendrait peut-être, il aurait un autre point de vue. Et si, lui, imaginait une solution ? Kitty désirait-elle qu'il n'y en ait pas ?

Mona poussa une exclamation de rage. Elle retournait les mêmes pensées dans son esprit sans parvenir à aucun résultat. Elle se tourmentait inutilement.

Tentant de reconsidérer le problème, Mona se trouva confrontée à un choix douloureux. Il y avait d'un côté Jim, de l'autre, sa famille. Et les deux lui étaient nécessaires. Comment faire pour résoudre ce dilemme ?

Pourrait-elle vivre sans Jim ? Mona en doutait. Pourtant, la fidélité inébranlable envers sa famille qui lui avait été inculquée depuis son enfance la conduisait à cette solution. Dès que Kitty avait commencé à parler, elle avait deviné que sa mère demanderait une séparation temporaire. Mais combien de temps durerait-elle ? Et combien de temps était-elle capable de supporter l'absence de Jim ? Avant le dernier week-end, peut-être aurait-elle pu davantage accepter. Mais maintenant qu'elle connaissait la puissante passion charnelle qui l'attachait à Jim, outre leur étroite communion d'esprit...

Mona se sentait vide, incapable même de pleurer. Les larmes l'auraient peut-être soulagée mais elles se refusaient à couler. La gorge serrée, le cœur lourd, elle fixa un point dans l'espace, ignorant combien de temps elle demeurait ainsi, immobile, sans envie, sans pensées. La vie lui devenait tout à coup insupportable alors qu'un horizon merveilleux s'était ouvert à elle quelques jours auparavant, à River View. Comme le week-end paraissait lointain, à présent ! Les événements s'étaient précipités.

Il fallait agir. Elle ne devait pas se laisser entraîner à la dérive dans cette passivité qui ne produirait rien de bon. Elle se leva, sortit de sa chambre pour retrouver sa mère dans son bureau. Sa décision était prise. Elle observa Kitty en demeurant sur le pas de la porte. Celle-ci écrivait ses lettres, tête baissée. Sa silhouette paraissait familière et rassurante. En songeant au réconfort que Kitty aurait pu lui apporter si elle avait cherché à la comprendre, Mona sentit son cœur se serrer.

Toute la scène qu'elle avait vécue jaillit à nouveau. L'incompréhensible obstination de Kitty la frappa une fois encore.

« *Il est hors de question d'apprendre quoi que ce soit à ton père.* »

Telles avaient été ses paroles. Kitty les avait prononcées d'un ton sans appel. Pourquoi ? Quel secret, quelle douleur passée révélaient-elles ? Mona se souvint également de l'allusion de Kitty à des sacrifices qu'elle et Ben auraient accompli pour la famille. Y avait-il un rapport entre les deux faits ?

Mona s'avança au seuil de la pièce. Elle s'éclaircit la voix.

— Je dois dîner ce soir avec Jim, annonça-t-elle d'un ton mal assuré. Je... Je lui parlerai, reprit-elle après avoir pris une profonde inspiration.

— Merci, ma chérie, répondit Kitty sans se retourner.

Elle n'avait même pas cessé d'écrire.

11

MONA choisit, pour retrouver Jim à dîner, une toilette de crêpe bleue qui moulait merveilleusement bien ses formes élancées. Elle venait de mettre ses boucles d'oreille et se regardait dans le miroir lorsqu'elle aperçut avec surprise le reflet de Claire.

— Belle robe ! remarqua celle-ci d'un air indifférent. As-tu un rendez-vous important ?

Mona haussa les épaules, feignant le plus grand détachement.

— Un simple repas avec un ami.

— Amuse-toi bien ! lança Claire en partant.

Ce sentiment de culpabilité qui revenait, toujours plus puissant. Comment s'en défaire ? Mona avait atteint le fond du désespoir.

Malgré les encombrements, Mona parvint à l'immeuble de Jim à cinq heures précises. Jim lui ouvrit en souriant, l'enlaça tendrement et l'embrassa avec passion. Il se recula pour mieux l'admirer.

— Je ne vous ai jamais encore vue en bleu, commenta-t-il.

— Quel extraordinaire esprit d'observation ! s'exclama Mona, admirative. Je ne porte pas très souvent cette couleur.

— Vous devriez. Elle vous va à ravir. Faites ici comme chez vous, ma chérie. Les steaks n'ont plus qu'à être grillés et le champagne est au frais. Et si nous faisons une salade un peu plus tard, notre repas sera un véritable délice ! Pas comme ceux de Mamie, cependant ! Nous ne sommes pas à River View. Je vous offre à boire, pour commencer la soirée.

Son insouciance et sa gaieté atteignirent Mona au plus profond d'elle-même. Il croyait tous les problèmes résolus. Comment lui annoncer qu'il n'en était rien ? Elle n'avait pas le cœur de briser la joie spontanée qu'il manifestait.

— Jim, commença-t-elle d'une voix hésitante. Je dois vous parler.

— Je le sais. Buvons d'abord un verre.

Il l'observa attentivement et parut remarquer son inquiétude.

— L'après-midi s'est mal passé, souffla-t-il.

— Pas très bien, avoua Mona.

Il déposa sur sa joue un baiser léger.

— J'en suis navré. Installez-vous, je reviens tout de suite.

Assise sur le divan, Mona écoutait Jim préparer l'apéritif dans la cuisine. Il sifflait un air entraînant. Et pourtant, il fallait tout lui dévoiler.

Jim lui tendit un porto et prit place à ses côtés.

— Je devine, d'après votre air, que vous avez tout révélé à votre mère, reprit Jim avec sympathie. Je suis désolé de vous avoir imposé cette épreuve.

Mona avala une gorgée et soupira. Essayant de se donner une contenance, elle croisa les doigts. Elle voulait parler mais les mots se refusaient à sortir.

— Mona ! s'écria Jim d'une voix inquiète. Cela a donc été si terrible !

Elle lui lança un regard douloureux.

— Ma mère a eu une réaction très bizarre. Je n'ai pas encore compris pourquoi.

— Ne me faites pas languir ! Que vous a-t-elle dit ?

Mona prit une profonde inspiration.

— Que notre mariage ne pouvait se faire maintenant et qu'il faut attendre.

Jim reposa son verre.

— J'espère que vous lui avez bien précisé que nous n'avions pas l'intention d'attendre !

Mona demeurait silencieuse, les yeux baissés.

— Mona, insista Jim. Vous lui avez dit que nous ne pouvions pas attendre, n'est-ce pas ?

Mona redressa la tête et lui lança un regard plein de détermination.

— Non, Jim, je n'ai pas pu.

Jim la saisit brusquement par les épaules et l'obligea à le fixer. Ses doigts s'enfonçaient cruellement dans sa peau. Il avait le même air farouchement menaçant que la nuit où elle lui avait demandé de revoir Claire avant de décider de l'épouser. Bouleversée, Mona parvint cependant à garder un calme apparent.

— Mona, je vous avais prévenue…

— Je suis navrée, Jim, l'interrompit-elle d'un ton tranquille. Si j'avais pu, je l'aurais fait. Mais je me suis trouvée devant un choix : être patiente ou rompre l'harmonie de la famille et me brouiller avec mon père.

— Alors, décidez si vous préférez être ma femme ou la fille de votre père, s'écria Jim, hors de lui.

Mona, blessée, ne put trahir sa déception. Il n'essayait même pas de comprendre.

— Comment pouvez-vous proférer de telles injustices ?

— C'est ainsi, déclara-t-il avec lassitude.

Elle posa la main sur son bras. La communion qu'ils avaient toujours ressentie allait-elle se rompre ?

— Jim, vous êtes mon unique soutien. Ces dernières semaines n'ont pas été faciles, pour moi. J'ai besoin de vous, ne m'obligez pas à vous combattre.

— Et moi, n'ai-je pas besoin de votre support ? s'enquit-il avec amertume.

— Je vous croyais plus fort. Vous m'avez toujours paru si solide.

— Vous vous trompez, répartit Jim. Sans vous, je n'ai aucune force.

Il se carra contre le dossier et frappa le divan du poing, en étouffant un juron.

— Vous me semblez bien calme, remarqua-t-il avec amertume.

— Vous ne savez plus si bien lire en moi, rétorqua Mona avec brusquerie. Je sais combien vous êtes déçu, ajouta-t-elle en se radoucissant aussitôt. Je le suis comme vous. Vous pensez que je n'ai pas suffisamment essayé de convaincre ma mère mais vous n'étiez pas là. Elle a dressé un obstacle dès ses premières paroles en faisant allusion à des sacrifices que mon père et elle avaient accompli pour le bien de la Famille. Notre mariage conduirait à une rupture avec eux. Je n'ai pas pu lui répondre que cela m'était égal.

— Combien de temps faudra-t-il attendre ? gronda Jim.

Mona eut un geste vague.

— Je n'en sais rien. Jusqu'à ce que Claire soit en état de le supporter. Elle est plus bouleversée que vous ne pouvez l'imaginer. Elle oscille entre la douleur et la fureur.

Jim s'était levé et parcourait la pièce de long en large.

— D'après ce que vous laissez entendre, il ne s'agit pas de jours mais de semaines, ou peut-être de mois !

— Je ne sais pas, répéta Mona avec lassitude. Pas si longtemps, je ne crois pas.

Jim s'arrêta soudain de marcher. Il considéra Mona en silence pendant un instant qui lui parut durer une éternité.

— Et si vous étiez enceinte ?

Mona crut que son cœur allait cesser de battre. Elle leva les yeux vers Jim, incrédule.

— Mais c'est impossible !

— On ne sait jamais, riposta Jim en haussant les épaules. Et l'arrivée d'un bébé permet souvent de régler ces problèmes avec diligence.

Pour la première fois depuis le début de la soirée, Mona eut envie de sourire.

— Vous plaisantez !

— Je n'en suis pas si sûr, Mona. Il est vrai que nous pouvons nous installer dans une situation d'attente, avoir une liaison. Mais j'espérais tellement plus pour nous deux ! Penser que vous viendrez ici et que vous devrez repartir… Se cacher en plein jour… J'imagine que je suis un peu démodé pour ces choses-là.

Mona sentit sa gorge se serrer. La part la plus difficile était encore à venir. Elle se prépara à l'explosion qui ne manquerait pas de suivre.

— Jim… il n'y aura pas de liaison, j'en ai peur. Je devrai m'éloigner de vous, le temps que cette affaire soit réglée.

Il lui saisit violemment les mains. Son corps se raidit et il lui lança un regard étincelant de fureur.

— Qu'avez-vous dit ? gronda-t-il avec dureté.

— Vous l'avez entendu, répliqua-t-elle, au bord du désespoir. Claire a loué les services d'un détective privé. Elle vit dans l'obsession de découvrir l'identité de cette autre femme et a décidé de vous surveiller partout. Je ne peux pas prendre le risque d'aller à River View ou de vous rencontrer dans un lieu public. Imaginez qu'elle apprenne la vérité par ce moyen !

Jim s'était relevé et arpentait la pièce comme un animal en cage. Ses yeux lançaient des éclairs, il avait le visage empreint d'une vive colère.

— Pour qui se prend-elle ! cria-t-il. Depuis quand est-ce Claire Lowery qui décide de mes actions ? Elle envahit ma vie privée ! C'est un motif d'arrestation, vous savez ! Quant à cet agent, votre père et votre famille entière, qu'ils aillent au diable !

— Jim ! protesta Mona, vous ne savez plus ce que vous dites.

— Si, je le sais, tonna-t-il.

Il sortit du salon en claquant violemment la porte.

— Où allez-vous ?

— Me servir à boire. Un alcool fort, cette fois !

Mona se leva et le suivit jusque dans la cuisine. Elle l'observa se verser généreusement du whisky, prendre les glaçons avec brusquerie et boire le tout d'une seule traite.

— Désirez-vous donc devenir ivre ? s'enquit-elle avec lassitude.

— Peut-être.

Mona soupira.

— A quoi croyez-vous que cela serve ?

— A oublier le nom de Lowery.

— Et moi aussi ?

Jim reposa le verre avec violence et se retourna vers Mona, l'air déterminé.

— J'en ai assez, Mona. Tout ce que je veux, c'est épouser la femme que j'aime. On croirait que j'exige l'impossible. On me demande d'abord de revoir

Claire, pour m'assurer que c'est bien Mona que je veux. Puis Claire est bouleversée, alors il faut attendre. Après, ce sera le tour de votre mère, puis de votre père ! Je n'en peux plus !

Mona le laissa poursuivre jusqu'au bout puis elle franchit d'un pas décidé la distance qui les séparait. Elle l'entoura de ses bras et le serra contre elle. Mona eut la désagréable sensation d'embrasser une statue de marbre.

— Mon chéri, murmura-t-elle doucement, je suis aussi malheureuse que vous. Je vous promets que ce sera le dernier obstacle, et que ce nouveau délai ne durera pas plus qu'il ne sera nécessaire. Vous êtes tout pour moi, vous le savez.

Jim ne se laissa pas attendrir.

— C'est faux, contra-t-il. Ou vous ne m'obligeriez pas à souffrir autant.

Mona se blottit contre lui et commença à le caresser tendrement pour le détendre. Malgré toute sa colère, elle savait qu'il l'aimait avec la même intensité que la passion qu'elle éprouvait à son égard.

Il ne répondit pas tout de suite à sa tendresse mais peu à peu, ses traits se détendirent et son corps se laissa aller à une douce sensualité.

— Je vous l'ai dit, chuchota Mona. Je ne peux pas vivre sans vous.

Il scella son aveu d'un long baiser.

— Restez avec moi, ce soir. Vous ferez comprendre à votre famille que vous pouvez vivre votre vie. Tant pis si vous leur causez momentanément du souci. Plus tard, ils se rendront à vos raisons.

— Et s'il n'en est rien ?

— Il faudra s'y habituer.

Jim l'étreignit passionnément. Comme il était tentant de s'abandonner à lui et d'oublier le reste !

Pourquoi était-il si compliqué de trouver le bonheur ?

— Jim, peut-être suffit-il d'attendre une ou deux semaines. Ne pensez-vous pas que ce serait plus raisonnable ? Si votre père ne voulait pas de moi, pourriez-vous supporter de ne plus le voir après notre mariage ?

Jim ne répondit pas tout de suite. Il paraissait soucieux.

— Ce serait une terrible douleur, avoua-t-il en soupirant. Je lui dois beaucoup et je tenterais tout pour me réconcilier avec lui. Cela provoquerait peut-être des tensions entre nous.

— Exactement.

Jim la regarda avec une infinie tendresse.

— Que faisons-nous, ce soir ?

— Passons ensemble une soirée inoubliable, s'écria Mona. Ensuite, je me convaincrai que vous partez pour un voyage d'affaires ou…

— Mais vous saurez qu'il n'en est rien et que je serai là. Serez-vous capable de rester loin de moi ?

— Il le faudra, conclut Mona avec tristesse. Aidez-moi à le supporter. N'oubliez pas que nous sommes deux à souffrir.

— Entendu, Mona, vous m'avez convaincu. Mais, je vous préviens, c'est la dernière fois. Ne mettez pas trop longtemps à apaiser votre famille. Je vous comprends jusqu'à un certain point. Mais si je m'impatiente, je suis capable de venir vous enlever chez vos parents !

— Merci, Jim. Vous êtes merveilleux.

— Merveilleux ! explosa Jim. Je suis prudent. Je ne peux pas affronter seul les redoutables Lowery !

Il l'attira à lui et chercha avidement ses lèvres.

Les jours passaient lentement. Mona repensait sans cesse aux paroles de Jim. Elle était consciente que sa patience ne durerait pas éternellement. Leur séparation devait être la plus brève possible. De son côté, elle supportait difficilement son absence. Le souvenir de la soirée qu'ils avaient passée ensemble ne suffisait pas à assouvir ses désirs.

Cependant, malgré la souffrance qu'elle éprouvait, Mona s'efforçait de paraître vivre une vie normale. Sa mère cherchait à l'épargner. Mona remarqua qu'elle ne mentionnait jamais Jim en sa présence. Si Ben ou Claire y faisaient allusion, elle détournait aussitôt la conversation. Elle-même tempérait ses critiques à propos de Jim. Mona lui en fut reconnaissante.

Le pire était que Claire, pour quelque raison inconnue, avait décidé de faire de sa sœur sa confidente.

— C'est un mystère, lui avoua-t-elle un jour. Le détective a suivi Jim pendant des jours et des jours et il n'a rien trouvé. Il prétend qu'il ne voit pas d'autre femme. Or, toi et moi savons bien qu'il y en a une. Pourquoi Jim mentirait-il là-dessus ? Personne ne vient lui rendre visite chez lui ou à son appartement. Jim part de chez lui à neuf heures chaque matin, déjeune à son bureau ou à la cafétéria avec ses vice-présidents. Il rentre à cinq heures et ne ressort plus jusqu'au lendemain matin.

Le détective a même questionné la femme de ménage. Elle assure que personne n'a jamais habité chez lui. Tout cela est absurde !

Mona plaignit en silence la vie monotone que Jim était forcé de mener.

— Je soupçonnais sa secrétaire, poursuivit Claire, mais elle a cinquante-cinq ans et travaillait déjà avec son père. Je me demande si son amie ne vit pas dans une autre ville.

Mona poussa un soupir d'exaspération.

— Pourquoi ne pas abandonner, Claire ? C'est l'initiative la plus stupide que tu aies jamais prise. Continue à vivre. Regarde, Roger vient te voir chaque jour. Pourquoi ne lui donnes-tu pas sa chance ?

Claire lui lança un regard furieux.

— Je la trouverai ! s'écria-t-elle. Si elle habite ailleurs, Jim ira la voir un jour ou l'autre !

Mona se campa en face de sa sœur et lui jeta d'un air de défi :

— Et si tu découvres qui elle est, que feras-tu ?

— Je ne sais pas exactement. Mais je gâcherai certainement son existence et celle de Jim.

— Claire ! Crois-tu que cela fasse revenir Jim à toi ?

— J'inventerai un moyen de le reprendre, siffla-t-elle entre ses dents.

— Tu n'y parviendras pas, explosa Mona.

Les yeux de Claire se rétrécirent. Elle considéra sa sœur avec une expression soupçonneuse.

— Qu'est-ce qui t'en rend si sûre ?

Mona détourna la tête pour ne pas trahir son trouble.

— Une intuition, répliqua-t-elle, embarrassée. Il aime quelqu'un d'autre, il faut l'accepter.

Claire considéra sa sœur avec hauteur.

— Que sais-tu de ces choses-là ? Tu ne sors jamais, tu n'as jamais été amoureuse de personne. Tout ce que tu connais de l'amour vient des romans dans lesquels tu es sans cesse plongée.

Une fulgurante douleur assaillit Mona.

— Tu es tombée amoureuse une infinité de fois, répliqua-t-elle en s'efforçant de garder son calme. Et tu le feras encore, je te le promets. Tu ne te préoccupais pas vraiment de Jim avant de savoir que tu le perdrais. Pourquoi ne le laisses-tu pas tranquillement profiter de son bonheur.

— Depuis quand te soucies-tu du bonheur de Jim Garrett ? lui lança-t-elle avec froideur.

Mona se mordit la lèvre. Elle était allée trop loin, emportée par sa passion pour Jim.

— Restons-en là, Claire.

En un éclair, Mona eut conscience que Claire prenait plaisir à faire durer la situation. Elle se complaisait à susciter la compassion de ses parents, elle aimait se trouver au centre des préoccupations des autres. Cela pouvait se prolonger éternellement !

Heureusement, il restait à Jim et à Mona le téléphone. Etait-ce un instrument de torture ou de délices ? Mona ne pouvait en décider. Il lui fallait toujours appeler, elle, et attendre d'être seule à la maison. Mona raccrochait, parfois déçue, parfois soulagée.

Ce soir-là, après sa conversation avec Claire, Mona éprouvait le besoin d'être rassurée.

— Je n'attendrai pas plus longtemps ! s'exclama Jim, hors de lui. Je viendrai chez vos parents et...

— Je vous en prie, Jim, pas de précipitation.

— Que se passe-t-il, là-bas ? Le problème est-il sur le point d'être résolu ?

— Mon Dieu ! gémit Mona. Claire est plus hystérique que jamais. Et elle me confie tous ses états d'âme. Je ne supporte plus ses aveux !

— Mona, mon amour, comment vous faire comprendre que cela n'a aucune importance ? Ce qui compte, c'est nous, nous seuls ! Je vous préviens...

— Patience, je vous en prie, plaida Mona. Demain soir, je vais à une réception avec Claire. Elle tient à ce que je l'accompagne. Peut-être rencontrera-t-elle quelqu'un.

— Quelle sorte de soirée ! s'exclama Jim avec sécheresse. Je ne veux pas que d'autres hommes vous regardent alors que je ne peux pas vous voir !

Jugeant inutile de s'indigner, Mona préféra expliquer calmement :

— Ce sont les parents de Becky Thornton, qui célèbrent les noces d'or de ses grands-parents. Des centaines de personnes sont invitées. Claire trouvera certainement quelqu'un à son goût. Quant à moi, ne vous inquiétez pas, j'ai déjà celui que je veux.

— Vous feriez bien de venir rapidement le chercher ou...

Mona sentit le cœur lui manquer, comme à chaque fois que Jim terminait la conversation sur une menace, même si elle savait qu'il n'en pensait rien.

— Ou quoi ? questionna-t-elle.

Après un silence, Jim poussa un soupir de lassitude.

— Rien, fit-il avec résignation. Si seulement une autre femme pouvait résoudre mon problème... Mais je ne désire que vous.

— Bientôt, promit doucement Mona.

Mona n'avait aucune envie d'assister à la fête des Thornton. Elle détestait ces grandes réunions mondaines, contrairement à Claire, qui s'y sentait toujours parfaitement à l'aise. Mais elle aurait tout fait pour aider Claire à se débarrasser de l'obsession de Jim dans laquelle elle vivait. Elle se força à parler de la réception avec enthousiasme. Malheureusement, Claire n'était pas décidée à se montrer coopérative.

— Je ne suis pas sûre de vouloir y aller, confia-t-elle à Mona, quelque temps avant l'heure.

Mona avait remarqué l'humeur morose de Claire. Celle-ci avait passé l'après-midi dans sa chambre à écouter des chansons mélancoliques.

A ces mots, elle sentit l'impatience la gagner.
Combien de temps durerait encore ce tourment ?
Elle parvint cependant à se maîtriser.

— Mais si, tu veux y aller, s'exclama Mona d'un
ton faussement enjoué. Tu verras une foule de vieux
amis et tu rencontreras de nouveaux visages. Becky
sera vexée si nous ne venons pas. Il faut sortir,
Claire. Tu brilles toujours dans ces soirées !

— Je ne me sens pas d'humeur à paraître en
société, déclara Claire d'un ton maussade.

— Allons ! Fais un effort ! De toute façon, je t'y
emmène de force !

Les Thornton appartenaient à la haute société de
Dallas et les invités seraient certainement du même
rang social. Voilà qui devrait parfaitement convenir
à Claire et qui lui redonnerait peut-être le goût de
fréquenter à nouveau le monde.

L'immense maison bourdonnait du bruit de
conversations animées et de musique, lorsque Claire
et Mona arrivèrent. Elles furent présentées aux
grands-parents de Becky qui paraissaient apprécier
la joyeuse atmosphère de fête qui régnait.

— Reste avec moi, supplia Claire.

Mona la considéra avec stupéfaction. Sa sœur,
vers qui convergeaient toujours tous les regards,
désirait rester à l'écart !

— Certainement pas ! protesta-t-elle vigoureuse-
ment. Comment veux-tu rencontrer quelqu'un d'intéressant si ta petite sœur est à tes côtés ? Mêle-toi
aux autres ! Utilise les charmes que tu sais si bien
déployer ! Et si un beau jeune homme te propose de
te raccompagner, ne le lui refuse pas !

Claire n'esquissa pas l'ombre d'un sourire en
entendant les conseils que lui prodiguait Mona.

De son côté, Mona préférait demeurer seule, à
l'arrière-plan. Elle accepta le verre que lui tendait

un serveur et prit quelques petits fours salés. Quelques connaissances vinrent la saluer. L'assemblée se
composait d'invités de tous âges. Cependant, Mona
eut beau scruter parmi la foule, elle ne parvint pas à
apercevoir ses hôtes. A travers la longue enfilade de
salles somptueuses, elle partit à la recherche de
Becky.

Becky Thornton était la meilleure amie de Claire.
C'était une jeune femme blonde et replète qui
paraissait toujours de bonne humeur. Elle poussa un
cri de joie lorsque Mona vint à sa rencontre.

— Je suis contente que tu aies pu venir !

— Je n'aurais manqué cette soirée pour rien au
monde, mentit Mona. Tes grands-parents sont
exceptionnels ! Ils semblent si jeunes !

— Souvent, je les préfère à beaucoup de gens de
mon âge, renchérit Becky. Peux-tu imaginer cela ?
Vivre cinquante ans avec le même homme !

Oui, elle le pouvait.

— Etonnant ! s'exclama-t-elle pourtant.

— Mais j'espère que nous n'aurons pas d'autre
cinquantième anniversaire, poursuivit Becky. Il y a
tant de monde ! Beaucoup des membres de notre
famille sont brouillés et je ne me souviens jamais
desquels il s'agit. Ma mère a passé un temps infini à
organiser la réception de façon à ce qu'ils ne se
rencontrent pas.

— Les familles ! s'écria Mona en riant.

— Claire est-elle là ?

— Oui.

— J'ai cru m'évanouir lorsque j'ai découvert que
ma mère avait invité Jim Garrett, avoua Becky. Je
prie pour qu'il ne vienne pas.

Mona, quant à elle, était certaine qu'il n'apparaî-
trait pas.

— Je l'espère, approuva-t-elle d'une voix faible.

— Quand je pense que Claire souffre encore à cause de lui ! Je lui ai pourtant répété qu'il n'en valait pas la peine !

Mona se raidit. Se souvenant de la partialité de Becky, elle parvint à se détendre.

— Elle surmontera l'épreuve, déclara Mona machinalement.

— C'est vrai, nous y arrivons toujours, approuva Becky qui avait recouvré sa bonne humeur.

Elles se séparèrent.

Une heure s'était écoulée. Mona se demandait comment elle allait supporter cette interminable soirée. Elle tenta de retrouver Claire parmi la foule des invités et finit par la repérer, au centre d'un cercle d'admirateurs. Elle se congratula. Sa mission était partiellement accomplie. Rassurée, elle se dirigea vers une terrasse plus retirée.

La nuit devenait plus fraîche, aussi l'endroit était-il déserté. Quelques couples devisaient tranquillement à une table. Mona s'éloigna vers le jardin pour y goûter un peu de solitude.

Elle aperçut deux amoureux qui s'étaient arrêtés près d'un arbre. Cette vision lui fut insupportable. Elle pensait aux bras vigoureux de Jim, à sa puissante silhouette. Pourquoi ne pouvaient-ils pas, eux aussi, se promener ensemble ouvertement ?

— Je crois que vous êtes Miss Lowery, fit une voix familière à ses oreilles. Vous amusez-vous bien ?

Incrédule, Mona se retourna. Ces intonations graves et chaleureuses ne pouvaient qu'appartenir à... Jim !

Mona sentit un long frisson la parcourir. Jim vint s'asseoir à côté d'elle, sur l'herbe. Il la contemplait tendrement.

— Jim, murmura-t-elle, bouleversée, mon chéri… je…

Elle aurait voulu lui confier tant de choses qu'elle ne parvenait pas à prononcer les mots qui se bousculaient dans son esprit.

— Après avoir raccroché, hier, j'ai découvert que j'étais moi aussi invité chez les Thornton.

Mona s'appuya contre son épaule mais Jim la repoussa doucement.

— Faites attention, on peut nous surveiller. Vous n'avez aucune raison de me regarder de cette façon !

— Comment ? s'enquit-elle, incapable de détourner les yeux.

— Avec une passion inassouvie ! s'exclama Jim.

— C'est bien ce que je ressens, avoua Mona. Claire est ici, l'avez-vous…

— Je l'ai entrevue mais elle ne m'a pas remarqué, l'interrompit Jim. Mais j'ai mis du temps à vous trouver. Il fallait absolument que je vous voie. Je n'aurais peut-être pas dû venir, ajouta-t-il avec douceur. Vous êtes trop belle. Vous allez me manquer encore plus douloureusement.

— Embrassez-moi ! demanda Mona.

Jim fit une grimace et indiqua d'un geste la terrasse.

— Je ne peux pas, mon amour. Mon fidèle suiveur est là. Ne vous retournez pas. Je ne suis pas censé connaître son existence. De fait, il est si discret que je crois que je l'aurais tout de même remarqué, même si vous ne m'aviez pas prévenu. Savez-vous qu'il est allé jusqu'à questionner ma femme de ménage ? Elle m'en a naturellement aussitôt fait part. Votre père a-t-il donc tant d'argent à perdre ? Combien de temps tout cela va-t-il encore durer ? ajouta Jim d'une voix plus basse.

— Plus longtemps, déclara-t-elle, déterminée.

J'espère que cette soirée donnera envie à Claire de sortir à nouveau. Peut-être rencontrera-t-elle quelqu'un d'intéressant. Et de toute façon, je parlerai à mon père, à son retour de voyage. Il est en déplacement pour quelques jours. Tout m'est égal, désormais. Je lui avouerai tout. Je veux être avec vous !

— Il est temps !

Jim jeta un regard mélancolique au couple d'amoureux.

— Comme je les envie ! S'il ne tenait qu'à moi, je vous enlèverais à l'instant même. Mais il faut être raisonnable. Je ne suis venu que pour vous voir et je repartirai aussi discrètement que je suis arrivé.

Son regard gris s'adoucit. Mona remarqua que ses lèvres frémissaient.

— Rappelez-vous combien je vous aime et comme je vous désire. Si vous pouvez demeurer éloignée de moi en sachant cela, c'est que vous contrôlez mieux vos émotions que je ne le fais.

— Ne parlez pas ainsi, protesta-t-elle en secouant la tête. Vous savez que je ne supporte plus cette situation.

— Alors résolvez-la. Je veux que vous soyez ma femme avant une semaine.

Il se releva. Mona tenta de le retenir mais il l'en empêcha d'un signe.

— Bonne nuit, mon amour, murmura-t-il avant de partir.

Le lendemain, à son retour de l'école, Mona était déterminée à tout avouer. Dès que Ben arriverait, elle le prendrait à part. Même si elle allait à l'encontre de la volonté de sa mère, même si elle évitait d'affronter directement Claire. Son comportement faisait souffrir Jim et c'était à lui qu'elle devait avant tout prêter attention. Jusqu'à présent, il avait fait preuve de patience mais il ne fallait pas que cette absurdité se prolonge trop : Jim finirait par se mettre réellement en colère. Irait-il jusqu'à chercher ailleurs une consolation ? Mona frissonna. Non, il ne fallait surtout pas en arriver là.

Au bas des escaliers, Mona rencontra Claire, l'air renfrogné.

— Devine qui était présent à cette soirée d'hier ! demanda-t-elle aussitôt à sa sœur.

— Qui ? s'étonna Mona.

— Jim.

— Comment le sais-tu ? reprit Mona en se raidissant.

— Mon détective m'a appelée ce matin. Jim n'est pas resté longtemps. La seule personne avec laquelle il se soit entretenu, c'était... ma propre sœur. Pourquoi ne m'en as-tu rien dit ?

Mona soutint le regard inquisiteur de Claire. Elle inspira profondément avant de déclarer :

— Je n'en voyais pas l'utilité. Nous n'avons bavardé que quelques minutes.

Claire ne détachait pas ses yeux de Mona. Celle-ci se sentait mal à l'aise, pressée d'en terminer.

— Je le sais, répondit Claire, pensive. Jim a-t-il parlé de moi ?

— Il m'a simplement signalé qu'il t'avait aperçue, répliqua Mona, se félicitant vivement de la prudence de Jim. S'il avait cédé à son désir, Claire saurait maintenant la vérité. Et de quelle façon l'aurait-elle apprise !

— D'après le détective, poursuivit Claire, l'air soupçonneux, Jim serait venu à cette soirée dans l'unique but de te retrouver.

— C'est ridicule ! s'exclama Mona avec une véhémence inaccoutumée. Cet homme soutire des sommes d'argent énormes à notre père et, pour le justifier, il émet les hypothèses les plus invraisemblables.

— Ne te fâche pas, Mona !

— Je ne suis pas en colère ! rétorqua Mona avec une sécheresse qui démentait ses paroles.

— C'est en tout cas une bonne imitation.

— Pourquoi ne renvoies-tu pas cet homme ! soupira Mona. Tout cela est tellement absurde !

Claire croisa les bras et fixa sa sœur avec détermination, apparemment peu décidée à en rester là.

— Je trouve tout de même bizarre que tu n'aies pas mentionné cette rencontre. Que s'est-il passé ?

— Rien. Il m'a demandé comment j'allais, j'ai répondu très bien et lui ai retourné sa question. Voilà. A présent, si cela ne t'ennuie pas, j'aimerais aller dans ma chambre, ajouta-t-elle avec froideur.

En remontant l'escalier, Mona sentit le regard de Claire peser sur elle. Avait-elle manqué l'occasion d'avouer à sa sœur la vérité ? Tout s'était déroulé avec une telle rapidité ! Mona s'était sentie prise au piège et n'avait pensé qu'à se défendre.

Cependant, si elle avait confié à Claire le véritable motif de la présence de Jim, comment aurait-elle réagi ? Kitty aurait sans doute été furieuse de la voir bouleversée. Mieux valait s'en remettre à la sagesse de son père. Mona se prit à regretter de ne pas avoir été le trouver en premier lieu.

12

DEPUIS qu'elle s'intéressait personnellement à la carrière artistique d'Alan Palmer, Mona avait pris l'habitude de lire les articles critiques de Jeffrey Gallagher. Ce matin-là, elle découvrit son billet avec une surprise mêlée de joie :
« Parmi les événements à ne pas manquer, cette semaine, notons l'exposition à la galerie de Stephanie Means. Débutant jeudi soir, et se prolongeant jusqu'à la fin du mois, elle nous fera découvrir les œuvres d'artistes locaux. Certains d'entre eux sont déjà renommés auprès des connaisseurs, mais la plupart des noms sont nouveaux. Mme Means, enthousiaste découvreuse de jeunes talents, a particulièrement signalé à notre attention les tableaux d'un jeune peintre de Dallas, Alan Palmer. En vérité, ses paysages obsédants sont l'un des points forts de cette manifestation, l'une des plus ambitieuses jamais entreprises par la galerie Means... »

Enthousiaste, Mona en oublia l'heure et se précipita dans la bibliothèque pour téléphoner à Alan. Elle attendit cinq sonneries avant d'entendre décrocher. C'était Alan lui-même, la voix encore ensommeillée.

— Allô !

— Bonjour ! s'exclama Mona d'une voix joyeuse. As-tu lu le journal ?

— Le journal ? répéta-t-il sans comprendre. Est-ce toi Mona ? Quelle heure est-il donc ?

— Sept heures et demie ! s'écria-t-elle, jetant pour la première fois un coup d'œil à sa montre. Je ne pensais pas qu'il était si tôt ! Mais tu devrais déjà être levé, Alan, tu as ta première critique.

Mona entendit un bâillement particulièrement évocateur à l'autre bout du fil.

— Sept heures et demie ! La dernière fois que je me suis réveillé à cette heure-là, c'était lorsque j'étais encore lycéen. Que disais-tu, à propos de journal.

— Il y a un article sur toi, ce matin. Page deux, quatrième colonne. Il faudra absolument que tu changes ton mode de vie, maintenant que tu vas devenir célèbre.

— Ne sois pas ridicule, répliqua Alan en riant. De toute façon, les artistes ont la réputation d'être des débauchés.

A ce moment, une voix féminine étouffée questionna :

— Qui est-ce, Alan ?

Mona perçut un bruit sourd. Alan venait sans doute de couvrir le récepteur de sa main pour expliquer à sa compagne qui l'appelait à cette heure indue.

— Merci, Mona, reprit-il quelques instants plus tard. Je m'habille et je descends acheter cette critique. A propos, seras-tu à l'inauguration, jeudi soir ?

— Je ne la manquerais pour rien au monde ! s'exclama Mona avec sincérité. Excuse-moi d'avoir appelé si tôt. J'étais si contente !

— Ne t'inquiète pas, la rassura Alan, ce n'est rien. A jeudi.

Mona raccrocha, songeuse. En sortant de la bibliothèque, elle aperçut Lettie qui se dirigeait vers elle.

— Claire et votre mère déjeunent en ville, lui annonça-t-elle. Lucille veut savoir si vous êtes à la maison.

— Non, le mercredi, je sors !

— Voilà pourquoi vous êtes en robe, et non en jean.

— Le restaurant a le style français. Un jean ne conviendrait pas.

Chaque mercredi, Beth et Mona se retrouvaient dans cet endroit chic qu'elles affectionnaient particulièrement. Les tables étaient recouvertes de nappes à carreaux blancs et bleus, des pots de géraniums ornaient les fenêtres. Comme à son habitude, Mona était arrivée à l'heure. Beth, quant à elle, était souvent en retard. Un serveur la conduisit à une table dans l'arrière-salle où elle attendit en étudiant avec attention le menu désormais familier.

Mona se fit la réflexion que sa vie devenait une série de rendez-vous clandestins. Jim, Beth, mensonges après mensonges, rien ne transparaissait plus de sa véritable existence. Cette duplicité la tourmentait. Heureusement, Kitty ne posait pas trop de questions. Si elle s'était révélée plus inquisitrice, Mona aurait sans doute fini par lui avouer la nature de ses déjeuners du mercredi. Le sujet n'avait été abordé qu'une seule fois !

— Encore une sortie en ville ! C'est une habitude, chaque semaine. Cette amie est-elle quelqu'un que je connais ?

— J'ai fait sa connaissance, l'été dernier, fut la réponse évasive de Mona.

— Tu devrais l'inviter un soir à dîner.

Ce mercredi-là, Mona n'avait pas eu à mentir. Comme elle aurait souhaité mettre un terme à cette brouille entre les deux sœurs ! Au début de leur amitié, Mona avait espéré pouvoir jouer le rôle de conciliatrice entre Beth et Kitty. Mais cet espoir s'était rapidement évanoui. Beth avait immédiatement mis les choses au point :

— C'est impossible, Mona. Et je tiens à te le dire, ne tente aucune réconciliation. Si l'un de tes parents savait que je suis à Dallas, cela provoquerait plus de mal que de bien.

— Ne crains-tu pas de les rencontrer un jour par hasard ?

Beth avait esquissé un sourire mélancolique.

— Crois-moi, il est facile de se cacher dans une ville. De toute façon, nous ne fréquentons pas le même milieu. En outre, les années ont passé : j'ai beaucoup changé, Kitty et Ben sans doute également. Si nous nous voyions, je doute que nous puissions nous reconnaître.

— Si tu les rencontrais, tu ne les saluerais même pas ! s'était exclamée Mona, au comble de la stupéfaction.

— Non, certainement pas, avait-elle répliqué avec fermeté.

Mona se demandait une fois de plus pourquoi les deux sœurs demeuraient séparées si longtemps ? Cependant, plus intriguée que troublée, elle n'avait plus jamais reposé la question à Beth. L'amitié qui s'était développée entre sa tante et elle lui suffisait, même si ni l'une ni l'autre ne s'étaient aventurées jusqu'aux confidences personnelles. Beth n'aimait pas parler d'elle. Mona n'avait pas la moindre idée de sa vie privée. Elle ne connaissait aucune de ses amies et ignorait ce que faisait Beth en dehors de leurs déjeuners du mercredi. Mona s'aperçut que Beth, quant à elle, ignorait tout de Jim Garrett.

L'arrivée de Beth l'interrompit dans ses réflexions.

— Attends-tu depuis longtemps? s'enquit-elle, comme à chaque fois.

— Non, quelques minutes.

Beth s'installa en face de Mona et ouvrit le menu. Elle portait un tailleur gris d'une élégance simple et son visage était particulièrement animé. Beth paraissait plus séduisante que jamais. Une lueur vive dansait dans ses yeux.

Mona remarqua ce soudain épanouissement dès la venue de sa tante. Si Beth s'était toujours défendue d'attendre quoi que ce fût de l'existence, Mona était convaincue que son charme pouvait encore agir. Elle ne put s'empêcher d'émettre des hypothèses sur le nouveau rayonnement de Beth. Avait-elle fait connaissance de quelqu'un? Mona l'espérait sans oser cependant poser la question à Beth. Si elle désirait lui en parler, elle le ferait d'elle-même.

— Qu'y a-t-il de bon, aujourd'hui? interrogea Beth tout en parcourant la carte.

— Je me suis décidée pour la salade d'épinards et une quiche.

— Je prends la même chose, déclara Beth en refermant le menu. Du vin?

Mona secoua la tête.

— Si j'en bois à midi, je somnole tout le restant de la journée, expliqua-t-elle.

— Le vin ne m'endort jamais, répliqua Beth en riant. Mais comme je dois faire des courses cet après-midi, peut-être vaut-il mieux que je m'abstienne.

Durant le repas, la conversation ne fut pas très fournie. Le restaurant était rempli de clients venus pour un déjeuner d'affaires. La foule et le bruit étaient peu propices aux discussions plus personnelles. Cependant, à une heure, la plupart des gens retournaient travailler. Beth et Mona, en revanche, s'attardaient devant leur tasse de café.

— J'ai décidé de m'installer définitivement à Dallas, déclara Beth.

Mona applaudit avec joie.

— Je suis si contente ! Je m'étais habituée à avoir une tante !

— Je me suis fait quelques amis qui me manqueraient si je devais m'en aller, poursuivit Beth. Peu à peu, je parviens à me construire une nouvelle vie... je n'ai guère envie de recommencer ailleurs.

— Je comprends, commença Mona d'une voix hésitante, mais...

Elle s'interrompit, se demandant si elle pouvait poursuivre davantage.

Beth fit un sourire plein de sous-entendus.

— Mais cela augmentera les risques de rencontrer Kitty, acheva-t-elle.

— Oui, admit Mona.

— Certainement. Mais comme je te l'ai déjà dit, nous ne fréquentons pas les mêmes cercles. De toute façon, cela n'a plus d'importance, pour moi.

Mona leva les yeux et poussa une exclamation d'étonnement.

— J'ai rencontré quelqu'un qui m'a prouvé que l'attachement au passé était ridicule.

Le visage de Mona s'éclaira d'un large sourire.

— Un homme ?

— Oui. Il m'a démontré que si je voyais Kitty, la face du monde n'en serait guère bouleversée. Si cela arrive, tant mieux. Mais je doute que Kitty se trouve dans cet état d'esprit.

Mona ne répondit pas. Sa tante était au bord de la confidence. Elle regardait dans le lointain, sans doute perdue dans ses souvenirs. Confierait-elle l'événement douloureux qui avait provoqué cette si longue séparation entre les deux sœurs ? Vingt années de brouille, alors que le temps était supposé guérir les blessures ! Mona songea involontairement à Claire. Si elle épousait Jim, en serait-il ainsi entre elles deux ?

En un éclair, Beth retrouva sa gaieté insouciante.

— Puisque je reste ici et que je garde l'appartement où je vis actuellement, j'aimerais bien que quelqu'un de ma connaissance se charge de l'aménagement. Me fais-je bien comprendre ?

— Je crois bien ! s'exclama Mona, les yeux brillants d'excitation.

— Pourrais-tu m'aider ?

— Evidemment ! Quand pourrions-nous commencer ?

— Tout de suite ! Maintenant que j'ai pris ma décision, je ne supporte plus ces pièces maussades. Je me demande d'ailleurs comment j'ai pu y vivre si longtemps. En fait, au lieu d'aller faire des courses, j'aimerais que tu viennes voir... peut-être auras-tu déjà des idées.

— J'ai tout mon temps ! répliqua aussitôt Mona, enthousiaste. Claire et ma mère sont invitées à déjeuner et resteront sans doute pour faire un bridge. Mon père n'est pas encore rentré, je suis libre. Es-tu venue en voiture ?

— Non, en taxi.

— Ma voiture est garée tout près.

Mona examina attentivement l'appartement de sa tante. Peu à peu prenaient corps dans son esprit un salon-salle à manger au plafond voûté, une cuisine avec un coin petit déjeuner, deux chambres et deux salles de bains. La moquette était suffisamment neutre pour supporter toutes sortes de coloris. Mona prit des mesures, nota quelques idées tandis que Beth lui faisait des suggestions personnelles.

— J'aime beaucoup le blanc, déclara-t-elle. Je veux donner une impression de lumière et de gaieté. J'ai eu ma part d'austérité. En Virginie, ma maison était d'une élégance pesante. Elle appartenait à la famille de mon mari depuis des générations et le mobilier originel n'avait pas changé. Toutes les pièces étaient sombres ! J'avais le sentiment de vivre dans un mausolée.

— Le blanc se marie avec tout, approuva Mona.

— J'aurai enfin un endroit qui m'appartienne ! s'écria Beth. Quand pouvons-nous commencer ? Je me sens tellement impatiente.

Mona réfléchit un instant. Le lendemain, elle avait promis à Stephanie de se rendre tôt à la galerie. Elle n'aurait donc pas le temps de faire quelques achats après ses cours. Le vendredi, Ben serait de retour. Mona était décidée à le prendre à part pour lui révéler la vérité à propos de Jim. Que se passerait-il ensuite ? Elle n'en avait aucune idée. Mais elle était certaine qu'elle n'aurait aucune envie d'aller faire des courses.

Partagée entre le désir de répondre à la joie de sa tante et son incertitude quant à son propre avenir, Mona demeurait silencieuse. Jim voulait se marier au plus vite, puis ils partiraient en voyage de noces. Elle n'avait pas été raisonnable d'accepter ce projet avant d'éclaircir sa vie future.

— Mona ?

Mona tressaillit, soudain tirée de sa méditation.

— Je désire aussi commencer le plus tôt possible, affirma Mona, mais auparavant, j'ai quelques choses à régler...

— Je ne veux pas te presser ! protesta Beth.

Mona perçut cependant de la déception dans sa voix.

— Ce n'est pas cela, tenta-t-elle d'expliquer. Je ne sais pas ce qui se passera dans les deux prochaines semaines. Il se peut que je sois entièrement prise ou au contraire, totalement libre.

Elle termina sa phrase avec un tel ton de désespoir que Beth leva les yeux avec inquiétude. Elle observa attentivement sa nièce.

— Mona, fit-elle doucement, quelque chose ne va pas ?

— Comment ? s'enquit-elle, étonnée d'avoir laissé paraître son trouble.

— Excuse-moi, répondit Beth en souriant faiblement. Je ne veux pas te forcer à me confier quoi que ce soit, je suppose que tu me connais suffisamment pour le savoir. J'ai horreur qu'on m'y oblige, par conséquent, j'évite de le faire pour les autres. Mais dernièrement, j'ai remarqué que tu paraissais préoccupée. Aujourd'hui, j'en suis certaine. Peut-être aimerais-tu en parler ? Garder les secrets pour soi ne donne rien de bon. Alors si tu souhaites me faire des confidences, je suis prête à t'écouter.

Mona referma son carnet de notes en soupirant. Comme elle aimerait se délivrer du poids qui pesait sur elle depuis ce qui lui semblait une éternité ! Beth était assez éloignée des personnes impliquées dans cette affaire. Peut-être comprendrait-elle.

— Beth ! C'est tellement compliqué ! gémit-elle.

— Parce que tu y penses sans cesse, affirma Beth. Je suppose qu'il s'agit d'un homme.

Trop émue pour parler, Mona se contenta de faire un signe de tête affirmatif.

— Est-ce cet artiste dont tu as mentionné le nom ?

— Non, ce n'est pas Alan. Si ce pouvait être lui ! Mon problème consisterait simplement à être amoureuse d'un homme aux multiples conquêtes !

— Mon Dieu ! s'exclama Beth, inquiète. De quoi s'agit-il ?

Les mots finirent par sortir, d'abord lentement, puis de plus en plus facilement. Le récit de Mona était quelque peu désordonné. Les événements se bousculaient et elle les revivait avec la même émotion que lorsqu'ils étaient advenus. Epuisée, Mona termina son récit avec soulagement.

Beth l'écoutait dans un silence recueilli. Lorsque Mona leva les yeux vers elle, elle aperçut avec stupeur son regard immobile. Où avait-elle déjà lu cette expression ? En un éclair, la réponse surgit : chez Kitty, le jour où elle avait tout expliqué à sa mère !

Mona tressaillit de tout son être.

— Beth, que se passe-t-il ? s'enquit-elle, effrayée.

Beth parut revenir peu à peu à elle.

— Mona... si tu savais...

— Quoi ?

— Ce que tu réveilles !

— Tu parles par énigmes ! Je t'en supplie, Beth, dis-moi tout.

Quelque fatalité l'avait-elle poussée sur le chemin que Kitty et Beth avaient fait ensemble ? Mona chassa cette pensée ridicule. En quoi pouvait-elle être mêlée à cette vieille histoire. Quel rapport...

— Je ne sais pas si je dois, reprit Beth.

— Je t'en prie ! insista Mona. Je *dois* être au courant.

Beth alluma une cigarette d'une main tremblante. Elle exhala la fumée pour tenter de se calmer.

— Tu nous fais revivre, à ta mère et à moi, une époque pénible, commença Beth.

Elle s'interrompit soudain, l'air mélancolique. Sa gaieté avait totalement disparu. Avec résignation, Bet parut se décider à aller jusqu'au bout de son histoire.

— Il y a vingt-cinq ans... J'avais ton âge, Mona, et Kitty trois ans de plus. Un jour, elle invita un charmant jeune homme à la maison et nous annonça qu'elle allait l'épouser. Je lui donnai raison. Ben Lowery était l'homme le plus séduisant du Texas. Je suppose qu'il doit l'être resté.

— Il l'est toujours, confirma Mona, le souffle coupé.

— Il y avait cependant un problème. Nos parents appartenaient à un milieu très élevé. Ben était d'origine plutôt modeste, et mon père avait d'autres espérances pour Kitty. Pour moi, il y avait renoncé, j'étais trop peu conformiste. Mais il tenait beaucoup à Kitty.

Beth avait prononcé ces mots avec dureté mais elle retrouva vite son ton égal.

— Cependant, Kitty parvint à le convaincre. Les préparatifs commencèrent. Les fiançailles devaient durer six mois, pas un jour de moins. Ben était stupéfait de ces exigences d'un autre monde.

À ce souvenir, un sourire illumina son visage. Mona attendit silencieusement que sa tante poursuive son récit.

— Comme notre famille se montrait si rigide et que j'étais en quelque sorte une rebelle, je présume qu'il était naturel que Ben et moi... devenions amis.

Mona reçut un coup au cœur. La suite, elle ne la devinait que trop.

— Kitty était très occupée, à cette époque, et ne consacrait que peu de temps à Ben. Nous prîmes l'habitude de longues promenades ensemble. Nous bavardions pendant des heures. Il était envoûté par Kitty, étonné qu'une telle créature ait pu le remarquer. Mais il se sentait seul et m'était reconnaissant de lui tenir compagnie. Et peu à peu...

Beth s'arrêta, incapable de continuer. Elle n'en avait d'ailleurs pas besoin, Mona avait compris.

— Nous parlions de fuir ensemble, reprit Beth. Ce n'étaient que des paroles. Le scandale aurait atteint Kitty et Ben tenait trop à elle pour le provoquer. Je le savais et j'étais décidée à profiter de l'instant présent, sans songer à l'avenir. J'ignore si nous étions amoureux l'un de l'autre. Nous trouvions en chacun le réconfort dont nous avions besoin, voilà tout. Je croyais que nos sorties étaient discrètes mais...

— Ma mère vous a découverts, conclut Mona pour elle.

Sa tante acquiesça.

— Une « amie » commune crut qu'il était de son devoir de tout révéler à Kitty. Ce fut terrible ! J'étais encore beaucoup plus peinée pour Ben que pour moi-même. Ma famille le mit au ban pendant un certain temps mais il parvint peu à peu à reconquérir Kitty. Ce ne fut pas difficile, elle éprouvait une véritable passion à son égard. Le mariage eut lieu à la date prévue.

— Et toi, Beth ?

— J'étais considérée comme indésirable à la maison. Je l'ai supporté aussi longtemps que je l'ai pu et je suis partie. J'avais un peu d'argent à la banque. Mais mon père retira brusquement la somme qu'il avait déposée sur mon compte quelque temps auparavant. J'avais été élevée dans le luxe, j'ai dû travailler comme serveuse et ravaler ma fierté. Une fois, une seule, j'ai écrit à ma mère pour lui demander un peu d'argent. En réponse, j'ai reçu un mot bref où elle me répliquait que mon père lui avait formellement interdit de m'envoyer quoi que ce fût et qu'elle ne lui désobéirait pas. Ce doit être difficile à croire pour une jeune femme aujourd'hui, mais c'était ainsi !

Beth prit une profonde inspiration. Maintenant qu'elle s'était autant avancée, elle paraissait désireuse d'achever ce qu'elle avait tu depuis si longtemps.

— Six mois après mon départ, une lettre de Ben est arrivée. Il m'envoyait mille dollars. Je ne sais pas comment il a trouvé mon adresse, peut-être sur une lettre que j'avais écrite à ma mère. Je crois que cet argent m'a sauvé la vie. A l'époque, cela représentait une somme assez importante pour pouvoir subsister quelque temps. Ben me suppliait de prendre soin de moi. Sur ce point, je n'ai pas très bien agi. Mon premier mariage fut un désastre. Puis mon père est mort. Ma mère ne voulait toujours pas me revoir mais elle acceptait de subvenir en partie à mes besoins. Le jour où je reçus son premier chèque, j'entamai la procédure de divorce. Quelques années après, je me suis mariée une nouvelle fois. Nouvel échec. Voilà.

Encore sous le choc de la révélation, Mona était incapable de prononcer un mot. Elle ressentait l'immense souffrance de Beth, de son père... et de Kitty. Elle éprouva pour eux plus de compassion que pour tout autre. Elle avait toujours considéré ses parents comme des modèles. Elle s'apercevait qu'ils étaient des êtres humains comme tout le monde, essayant de réparer leurs erreurs, de vivre leur vie du mieux qu'ils le pouvaient.

— Voilà qui explique beaucoup de choses, commenta finalement Mona. Je me suis toujours demandé pourquoi Ben se montrait si prévenant à l'égard de Kitty. Je suppose qu'il tente encore de faire oublier son... indiscrétion. Et je comprends l'insistance de Kitty : il ne fallait surtout pas que Ben sache rien de Jim et de moi... tant que Claire n'avait pas surmonté sa douleur. C'est ce qui m'avait le plus troublée...

— Cela la touchait de trop près.

— C'est incroyable, soupira Mona avec lassitude. Je pensais tout avouer à Ben, vendredi, à son retour. Je ne supporte plus cette situation.

Beth fronça pensivement les sourcils.

— Je ne sais que te conseiller, Mona. Fais attention. Je ne pense pas qu'il ait envie de se souvenir de cette époque. Et s'il te donne son accord, il encourrait la colère de Kitty qui, elle, soutient certainement Claire.

— Entièrement ! acquiesça Mona, au bord du désespoir. Les obstacles s'accumulaient à plaisir. Cette profonde injustice la révoltait.

— Beth, me conseilles-tu d'agir avec prudence ? Penses-tu que je pourrais créer des difficultés entre mes parents en précipitant les choses ?

— Je le crois, avoua Beth avec douceur. Kitty aime trop l'harmonie. Elle est incapable de pardonner à celui qui la brise, je suis bien placée pour le savoir.

Mona hocha la tête.

— Claire est ainsi, murmura-t-elle, songeuse.

— La sœur cadette a séduit le futur mari de l'autre... On dirait un cauchemar... dans la même famille...

Mona se tenait devant la fenêtre. Elle tenta de s'intéresser aux passants empressés, sans succès.

Découragée, elle revint à sa chaise. Trop de problèmes venaient s'entremêler.

— Je me sentais déjà coupable de causer le
malheur de Claire. Mais me trouver à l'origine d'une
dispute entre mes parents, je ne pourrais pas le
supporter... Mais j'ai peur, Beth. Je crains de perdre
Jim si je n'entreprends pas immédiatement quelque
chose qui fasse évoluer la situation. Il s'est montré
patient jusque-là mais il commence à en avoir assez.
Si seulement Claire cessait de louer les services de ce
détective ! Jim et moi pourrions au moins nous voir,
ce serait plus tolérable !

Beth lança à sa nièce un regard plein de compassion.

— J'aimerais sincèrement pouvoir t'aider. Mais
j'ai mené ma propre existence avec tant de mala-
dresse que je me garderais bien de te donner un avis.
Tout ce que je peux te dire, c'est que ce n'en valait
pas la peine.

— Quoi ?

— S'éloigner de la famille. Si je pouvais réparer
mon erreur, je le ferais volontiers, mais je ne vois
pas comment. Mon père est mort en me haïssant, je
n'ai pas pu assister à l'enterrement de ma mère, je
n'ai pas vu ma sœur depuis vingt-cinq ans ! A ta
place, j'essaierais de parler à ce jeune homme, de lui
expliquer qu'il s'agit d'autre chose que de simple
jalousie. S'il est ce que tu crois, il comprendra et fera
tout pour t'aider.

Mona ne put retenir ses larmes. Elle les essuya
avec colère. Comment éviter cette intuition que son
amour pour Jim était voué à la disparition ? Mona se
trouvait impuissante devant la fatalité qui l'acca-
blait.

— Jim ne sera pas éternellement patient, répli-

qua-t-elle tristement, sachant fort bien que c'était
l'entière vérité.

— Pourquoi pas ? Toi, n'en ferais-tu pas autant ?

— Ce n'est pas pareil pour un homme. Je ne sais
même pas si j'ai le droit de le lui demander.

— Essaie. Confie-lui tout, et tu verras sa réaction. De toute façon, il ne faut rien précipiter. Au
moins, ne fais rien avant demain, laisse passer la
nuit. Et… mettons provisoirement de côté la décoration. Nous verrons plus tard.

Mona lui jeta un regard reconnaissant. Elle prit
ses affaires et se leva.

— Je vais rentrer, Beth. Merci pour tout. Je
t'appellerai dans quelques jours.

— Je ne t'ai pas été d'une grande aide.

— Tu as écouté, c'est déjà beaucoup.

Sur le chemin du retour, Mona ne cessait de
réfléchir au récit de Beth. Ses paroles avaient donné
une lumière nouvelle aux derniers événements. Il
n'était plus possible, à présent, d'espérer que Ben
puisse l'écouter sans partialité. Lui aussi revivrait le
passé. Avait-elle le droit de ramener à la surface une
histoire que tous souhaitaient oublier ?

Mais Jim, comment se résoudrait-elle à le perdre ?
Et comment penser qu'un homme tel que lui atten-
drait indéfiniment qu'elle se décide à parler à ses
parents ? D'ici quelque temps, elle le trouverait
solitaire et découragé, prêt à accepter une compagnie plus satisfaisante.

Mona vit apparaître sans plaisir l'allée où elle
habitait. Après avoir toujours mené une existence
paisible, elle se trouvait jetée en pleine tempête,
sans avoir été préparée à se défendre contre les
agressions de la vie.

Mona entra par la porte de derrière. En traversant

la salle à manger, elle aperçut Lettie qui passait
l'aspirateur. Celle-ci l'arrêta dès qu'elle vit Mona.

— Ma mère et Claire sont-elles rentrées ? s'enquit
Mona.

Lettie secoua la tête.

— Madame a appelé il y a une heure. Elle a
prévenu que toutes deux étaient invitées à dîner.
Lucille voudrait savoir ce que vous aimeriez manger.

— Ne vous inquiétez pas pour moi. Je prendrai
un sandwich et un peu de soupe, ou autre chose. Si
quelqu'un téléphone, je suis en haut.

— Vous sentez-vous bien ? questionna Lettie
d'un air soupçonneux. Je vous trouve un peu pâle.

— Tout va bien, affirma Mona d'un ton plutôt
morne.

Elle monta lentement les escaliers. Lettie avait
remis l'appareil en marche.

Dans sa chambre, Mona commença par ranger ses
livres puis elle prit le téléphone. Elle finit par
obtenir Jim à son bureau après une assez longue
attente.

— Jim, je dois vous parler, annonça-t-elle sans
préambule.

— Que se passe-t-il, Mona ? Vous avez une voix
bizarre.

— Je veux vous voir.

Moi aussi. Mais que faites-vous de ce détective
privé qui me suit comme mon ombre ?

— Je ne m'en préoccupe pas vraiment, pour
l'instant, répliqua Mona avec indifférence.

Il y eut un long silence. Jim paraissait déconcerté
par cette réponse.

— Je ne veux plus entendre de mauvaises nouvelles, lança-t-il d'un ton menaçant.

— Connaissez-vous la galerie de Stephanie
Means ? reprit Mona, ignorant délibérément la froi-

deur du ton de Jim. Elle se trouve près de la grande place.

— Je n'y suis jamais allé mais je peux la trouver, répliqua Jim sans chaleur.

— Demain soir, elle inaugure une exposition. Il y aura des centaines d'invités. Ce détective ne s'attend certainement pas à ce que vous y soyiez. Le vernissage commence à sept heures et demie. Je dirai à Steph que je vous attends. Nous irons dans son bureau, nous serons plus tranquilles.

Jim étouffa un juron.

— C'est la chose la plus absurde que j'aie jamais entendue ! s'exclama-t-il, hors de lui.

— Je suis d'accord avec vous, acquiesça Mona avec lassitude. Mais il faut absolument que je vous parle. Viendrez-vous ?

— Bien sûr, puisque c'est le seul moyen qu'il nous reste de nous voir !

— Au fond de la galerie, il y a un atelier. Derrière se trouve le bureau de Stephanie. Ainsi aurons-nous un peu d'intimité, expliqua Mona, décidée à ne pas se laisser influencer par la mauvaise humeur de Jim. Si elle aussi ne cherchait plus à se contrôler, que resterait-il de leur entente ?

Elle perçut un long soupir à l'autre bout de la ligne.

— Demain, sept heures et demie. Etes-vous sûre que tout aille bien, Mona ? questionna Jim d'une voix où perçait une légère inquiétude.

— Je ne me sens pas malade, si c'est ce que vous craignez, riposta Mona sans sourire. A demain soir, Jim.

Elle voulait terminer cette conversation au plus vite. L'entrevue du lendemain serait suffisamment pénible pour ne pas en recevoir un avant-goût dès la veille.

— A demain !

— Jim, je vous aime, murmura Mona sans le moindre enthousiasme dans le ton.

Jim demeura silencieux quelques instants avant de répondre à son tour :

— Je vous aime, Mona.

Sa voix sonnait tout aussi mélancolique.

13

LA journée du jeudi s'étirait interminablement. Mona jeta un regard tendu au réveil qui se trouvait sur sa table de nuit. Elle était rentrée de ses cours depuis déjà trois heures. Elle s'était déjà lavé les cheveux, avait pris un bain, s'était fait les ongles, avait essayé presque tous les vêtements de sa garde-robe, et il lui restait encore du temps.

Pensive, elle regarda à nouveau la pile de robes qu'elle avait posées sur le lit. Peut-être se déciderait-elle finalement pour la noire, qu'elle avait d'abord rejetée parce qu'elle la jugeait trop provocante pour un vernissage. Mona la considéra avec attention.

Sa simplicité lui plaisait. Cependant, le décolleté était par trop provocateur. Quelles idées avait-elle en tête le jour où elle avait fait cet achat ? Mona arrêta son choix. Pour éviter de trop se découvrir, elle porterait un châle sur ses épaules et le collier de perles que son père lui avait offert à Noël dernier.

Satisfaite, Mona détailla son reflet dans le miroir. Ses yeux noisette avaient une expression trop solennelle. Elle ressemblait à une collégienne de seize ans, pleine d'appréhension pour son premier rendez-vous. Mona inspira profondément pour tenter de

décontracter son estomac tendu. Elle tenait à paraître à son avantage, ce soir. Comme si son pouvoir de
séduction l'aiderait à exposer le problème qui la
tourmentait et à affronter la réaction de Jim qui
serait peut-être violente. Depuis la veille, elle répé-
tait la scène, imaginant toutes les répliques possibles
de Jim. Mais elle était incapable de choisir entre les
deux versions qui s'offraient à elle : une chaleureuse
compréhension ou une explosion de rage. Dire
qu'elle croyait le connaître ! S'il était simple de
prévoir ses réactions à l'époque de leur communion
parfaite, combien plus difficile il était de savoir
comment il accepterait ce nouveau délai à leur
mariage !

Leur entente si profonde avait-elle disparu ?
Mona en vint à penser qu'il était impossible de vivre
à l'unisson de quelqu'un, si proche puisse-t-il être.

Perdue dans ses pensées, Mona n'entendit pas
l'arrivée de Claire. Aussi tressaillit-elle au son de sa
voix.

— Où sors-tu ce soir ? questionna Claire avec une
indifférence visible.

— Au vernissage de l'exposition de la galerie de
Stephanie Means. Je t'en ai déjà parlé.

— Ah ! oui, se souvint Claire. Je ne suis jamais
allée à ce genre de soirée. Est-ce amusant ?

Mona sentit une forte inquiétude l'envahir. Claire
envisageait-elle de l'y accompagner ? Comment
pourrait-elle le lui refuser ? Claire se désintéressait
totalement de la peinture mais elle avait passé
quelques jours agités, sans parvenir à s'occuper.
Saisirait-elle l'occasion de s'échapper de cette maison où elle errait, sans but ?

Mona choisit avec soin sa réponse.

— Amusant ? Ce n'est pas le mot. Intéressant,
plutôt, surtout lorsqu'on est amateur d'art.

Malgré tous les efforts de Mona, Claire parut s'attarder sur cette hypothèse. Mona s'absorba dans sa coiffure, feignant l'indifférence la plus totale.

— Je ne crois pas que cela m'amuse, répliqua-t-elle finalement en plissant le nez. Mais j'ignorais que tu étais une passionnée d'art !

— J'essaie de varier mes plaisirs, rétorqua Mona, soulagée. Maman est-elle rentrée ? ajouta-t-elle en se retournant vers sa sœur.

Claire secoua la tête.

— Peux-tu lui dire que je ne sais pas à quelle heure je serai de retour ? J'ai promis à Stephanie de l'aider à ranger, après la soirée. Que fais-tu, ce soir ?

Claire sourit tristement.

— Je reste là. Que puis-je faire d'autre ?

Mona retint de justesse un soupir d'exaspération. Claire ne tentait même pas de sortir de sa situation. D'innombrables amis l'assiégeaient d'invitations mais Claire les refusait toutes. Elle se complaisait dans sa mélancolie et aimait se trouver au centre des attentions de Kitty et de Ben.

— Amuse-toi bien, déclara Mona, d'un ton qui signifiait : « Si c'est ce que tu veux, tant pis ! »

— Merci !

Claire tourna les talons sans un regard pour sa sœur. Demeurée seule, Mona passa sa robe noire et, après avoir refermé son collier de perles, en étudia soigneusement le décolleté dans la glace. Elle décida qu'il était tout à fait décent et que personne n'y accorderait une attention particulière. En outre, la coupe moulait harmonieusement sa taille. Mona imagina les yeux admiratifs de Jim se poser sur elle. Il n'oserait pas s'emporter ! Elle acheva sa toilette en posant délicatement le châle sur ses épaules.

La galerie de Stephanie scintillait de lumières vives. Une enseigne annonçait l'inauguration de ce soir. A l'intérieur, une foule d'invités étaient déjà arrivés. C'étaient surtout des artistes et des critiques de journaux locaux. Ils se servaient abondamment en champagne et petits fours, tout en conversant de sujets professionnels. Mona jeta un coup d'œil circulaire sans trouver Alan. Il n'était peut-être pas encore venu. En revanche, elle aperçut Stephanie dans l'une des pièces adjacentes.

— J'ai une grande faveur à te demander, lui annonça Mona d'un ton confidentiel.

— Je t'en prie, Mona.

— J'aimerais t'emprunter ton bureau pour un moment, ce soir.

— Quand tu veux, il n'est pas fermé.

Mona esquissa un sourire.

— Ne t'inquiète pas si tu vois un homme grand, brun et très séduisant errer au fond de ta galerie. C'est lui que j'attends !

Une lueur d'amusement dansa dans les yeux de Stephanie.

— Quel programme ! Es-tu sûre qu'il ne voudra pas venir me voir ?

— N'en parle surtout à personne, reprit Mona, soudain redevenue sérieuse. Elle venait de penser au détective. Je suppose que tu ne permets pas d'allées et venues dans ton atelier...

— Certainement pas ! s'exclama Stephanie. Je fermerai la porte et je poserai le panneau : entrée interdite. Dieu sait si je suis intriguée ! ne put-elle s'empêcher d'ajouter.

— Je te remercie de ta discrétion, répliqua Mona, reconnaissante. Tu ne peux pas savoir combien c'est important pour moi.

Une voix masculine vint les interrompre.

— Qu'êtes-vous en train de comploter, toutes les deux ?

Mona se retourna. Alan se tenait en face d'elle, un verre de champagne à la main. En arborant un large sourire, il s'inclina révérencieusement devant les deux femmes.

— Comment vont mes deux bienfaitrices? Vous illuminez cette pièce de votre beauté! Je crois que vous mériteriez d'être vous aussi exposées!

Bien qu'il ait diplomatiquement adressé ses remarques flatteuses à Stephanie et à Mona, les yeux d'Alan étaient uniquement fixés sur cette dernière. Il la détaillait avec la précision d'un scientifique. Mona ne put s'empêcher de comparer ce regard appréciateur à celui, passionné, de Jim. Elle passa sa main autour de sa taille et lui donna une affectueuse bourrade.

— Te sens-tu brûler d'excitation?

— Pas exactement.

— Pourtant, tu le devrais, insista Mona. Viens avec moi. Nous allons voir tes œuvres. A tout à l'heure, Steph.

— Alan, je veux que tout le monde puisse vous rencontrer, ce soir, prévint Stephanie.

Six des paysages d'Alan étaient exposés. Mona en avait vu cinq dans son atelier. L'un d'eux était nouveau; Alan y avait fébrilement travaillé pour cette exposition. *El Capitan au coucher du soleil* transporta Mona d'admiration. Les ombres jaunes, brunes et mauves se mêlaient pour créer l'atmosphère unique et solitaire du Far West au Texas. Mona contempla le tableau, sans se défendre d'un mouvement de fierté. Elle avait une petite part au succès de son ami. Mona ressentit soudain le besoin absurde de pleurer. Tentant de maîtriser ses larmes, elle se rapprocha d'Alan.

— Es-tu donc tant émue! s'exclama-t-il en la considérant avec étonnement.

Un peu honteuse, Mona esquissa un sourire.

— Ne fais pas attention. Les cérémonies me bouleversent toujours.

Alan ne se laissa pas prendre à ce piège.

— Mona, personne n'a jamais porté autant d'intérêt à mon travail. J'aimerais pouvoir mieux l'exprimer mais... je ne sais pas très bien parler. Je suis profondément touché, Mona.

— Tu es aussi profondément doué, répliqua Mona, qui avait retrouvé son calme. Je suis heureuse que tu parviennes enfin à cette confirmation.

— Grâce à toi, ajouta Alan, et à Steph, mais surtout à toi. Je ne suis pas homme à oublier et je sais que je te dois toujours quelque chose.

— Ne dis pas de sottises !

— Tu m'as aussi fait une promesse.

Mona fronça les sourcils, incapable de retrouver ses souvenirs.

— Le portrait, lui rappela Alan. Tu devais poser pour moi.

— J'ai oublié ! s'exclama Mona.

C'était certainement un honneur, de poser pour un artiste. Mais elle n'était pas plus préparée à cette idée qu'à celle de décorer l'appartement de Beth. Un immense obstacle lui barrait l'horizon. Tant que le problème de Claire ne serait pas résolu, elle ne pourrait rien entreprendre. Et combien de temps cela allait-il durer ?

— Je viendrai, lui promit Mona. Mais pas tout de suite. Je suis assez occupée, ces temps-ci.

Stephanie apparut à ce moment-là et se dirigea vers Alan.

— Il faut que vous rencontriez Beatrice McIlhenney. C'est une passionnée d'art et elle possède une grande influence.

Alan arbora un large sourire. Il était parfaitement à son aise dans le rôle de l'artiste séduisant.

— Je reviens, déclara-t-il à Mona en lui pressant le bras.

Il s'éloigna en suivant Stephanie. Mona regarda la femme en robe de soie bleue à qui l'amie de Kitty présentait Alan. Elle observa la scène durant quelques instants. Mme McIlhenney était visiblement séduite. Mona ne put retenir un sourire. Alan était décidément irrésistible.

Mona se replongea dans la contemplation du dernier tableau d'Alan. Elle le trouva d'un tracé plus sûr que les précédents.

— Etourdissant, n'est-ce pas ? s'exclama une voix masculine dans son dos.

En se retournant, Mona se trouva face à un grand homme qui portait des lunettes.

Mona approuva avec enthousiasme.

— De belles couleurs, l'art du détail... Ce tableau est bien supérieur aux œuvres moins récentes, remarqua le connaisseur.

— Vous avez entièrement raison, renchérit Mona, tentant de se montrer à la hauteur. *El Capitan* est la peinture la plus récente de M. Palmer. Les autres remontent déjà à quelques années.

L'homme lui sourit.

— Travaillez-vous à la galerie ?

— Non, répondit Mona. Je suis une amie... du peintre et de la propriétaire.

— Vous connaissez Stephanie !

— Très bien, oui !

— Elle a don de découvrir de nouveaux talents, observa-t-il. Je suis toujours émerveillé de ses trouvailles.

— Vous êtes un client assidu, fit remarquer Mona, pour poursuivre la conversation.

— C'est mon travail. Je ne me suis pas présenté. Mon nom est Jeffrey Gallagher.

Mona eut le souffle coupé.

— Le journaliste ?

— Lui-même.

Mona se présenta à son tour.

— J'avais vu quelques tableaux de M. Palmer, dans la semaine, et j'ai été fortement impressionné. Mais celui-ci n'était pas encore arrivé. Je le considère comme le chef-d'œuvre de cette exposition.

Mona brûlait d'excitation. Elle désigna l'une des personnes de l'assistance à son interlocuteur.

— Monsieur Gallagher, voyez-vous ce grand homme blond…

— Celui qui parle à Beatrice McIlhenney ?

— Oui. C'est Alan Palmer. Irez-vous lui dire, ce soir, ce que vous m'avez confié ?

— Je n'y manquerai pas, promit Jeffrey Gallagher.

Mona jeta un coup d'œil circulaire. La galerie ne cessait de s'emplir. Elle pouvait disparaître sans étonner personne. La jeune fille prit d'abord deux verres de champagne avant de fendre la foule et de traverser l'atelier désert. Elle entra dans le bureau de Stephanie et referma la porte derrière elle. La pièce était décorée avec goût. Au mur étaient accrochées des aquarelles couleurs pastel. En face du bureau, une cheminée était flanquée d'étagères où Stephanie avait disposé des porcelaines, des miniatures et quelques sculptures. Un épais tapis de laine blanche achevait de donner à la pièce un aspect chaleureux.

Mona vint placer les deux verres de champagne sur la table. Elle remarqua la pendule : il était huit heures moins vingt. La nervosité qu'elle était parvenue à masquer durant le début de la soirée revenait maintenant, intacte. La perspective de revoir Jim et de devoir lui révéler une autre mauvaise nouvelle la mettait au bord du malaise.

Mona s'installa sur une chaise, resserrant frileusement les pans de cachemire autour de ses épaules. Elle avait brusquement froid. Elle attendit un long moment. N'y tenant plus, Mona se leva et parcourut le bureau de long en large.

Soudain, la porte s'ouvrit. Mona se retourna. Jim entra et prit le temps de refermer soigneusement la porte. Mona se précipita dans ses bras. Leurs lèvres s'unirent passionnément. Inconsciente de ce qui l'entourait, Mona sentit bientôt son châle glisser à terre.

Lorsque Jim desserra son étreinte, il se mit à rire.

— Je suis si heureux d'être là !

Mona acquiesça silencieusement.

— Laissez-moi vous regarder.

Il la dévisagea, comme hypnotisé, en souriant. Mona observa à son tour sa figure anguleuse, ses yeux gris profonds. Il portait un pantalon gris, une chemise blanche ouverte et un caban bleu marine. Quelle que fût sa façon de s'habiller, élégante ou décontractée, il la troublait toujours aussi profondément.

Le sourire de Jim s'évanouit tout à coup. Son regard s'assombrit. Il venait de suivre le décolleté de la robe…

— Mona, gronda-t-il, tout le monde vous a vue ainsi !

Il posa la main sur sa peau nue. Mona tressaillit et le caressa tendrement.

— Personne, lui assura-t-elle doucement. Je portais cela, ajouta-t-elle en désignant le châle à terre. Il n'y a rien d'indécent.

— Peut-être, admit Jim. Mes pensées le sont tellement...

— Elles ne le sont pas non plus, murmura Mona.

Elle se blottit à nouveau contre lui. Le premier baiser répondait à un besoin pressant. Celui-ci fut plus tendre, plein de douceur.

— Qu'avez-vous bu ? s'enquit Mona avec un sourire.

— Du whisky, avant de partir.

Elle se dégagea de son étreinte et se dirigea vers le bureau. Mona rapporta les deux verres de champagne et lui en tendit un.

— Allons-nous trinquer ensemble ?

— Je veux tout partager avec vous.

S'il pouvait dire vrai ! souhaitait ardemment Mona. Cependant, elle se refusait à lui confier tout de suite ce qui la tourmentait. Elle voulait d'abord profiter de sa présence, porter un toast, l'embrasser, sentir le contact de ses mains sur son corps. Elle lui sourit.

— En guise de célébration, annonça-t-elle avant d'en prendre une gorgée.

Jim la considéra avec un étonnement joyeux.

— Voulez-vous...

Il n'osa poursuivre. Mona se mordit la lèvre. Quel malheureux choix de mots ! Elle avait éveillé son espoir et en vain !

— Pour fêter nos retrouvailles de ce soir, reprit-elle précipitamment, et... mon anniversaire la semaine prochaine.

La gaieté disparut du regard de Jim.

— Votre vingt et unième anniversaire ? Je n'en connaissais pas la date ! remarqua-t-il simplement.

— Jeudi prochain.

— J'ignore trop de choses de vous ! s'écria Jim. Et

comment voulez-vous que je les apprenne, si nous ne nous voyons jamais !

Mona ne voulait pas gâcher cette soirée si précieuse. Elle le prit par la main et le fit s'asseoir. Jim posa son verre sur le manteau de la cheminée. Mona s'installa en face de lui et lui ôta son caban. Souffrant de la distance qui existait entre eux, elle se rapprocha et se jeta dans ses bras. Ils demeurèrent ainsi un long moment enlacés, silencieux. L'un et l'autre ne cherchaient qu'à profiter de leur intimité. Cela faisait si longtemps qu'ils ne s'étaient vus !

Jim l'embrassa légèrement sur la nuque.

— Depuis combien de temps n'avais-je pas respiré ce parfum de roses ! murmura-t-il.

Il commença à la caresser doucement et Mona sentit une exquise vague de plaisir l'envahir. Son corps tressaillait au moindre mouvement. Peu à peu, ils glissèrent ensemble sur le tapis.

Malgré les gestes de Jim, de plus en plus osés, Mona tenta de reprendre le contrôle d'elle-même.

— Jim ! Nous sommes devenus fous ! s'exclama-t-elle, haletante.

— La passion !

— Jim ! Savez-vous où nous sommes ?

Il releva la tête, le regard plein d'un désir inassouvi.

— Partons dans votre voiture, déclara-t-il soudain. Ce détective passera la soirée à attendre devant la galerie pour tenter de me retrouver et, pendant ce temps, nous pouvons aller chez moi, ou à l'hôtel…

— Je pensais que vous ne vouliez pas de ces relations, chuchota doucement Mona.

— C'est vrai, mais ce sera toujours préférable à rien, marmonna-t-il entre ses dents.

Mona chercha à l'apaiser.

— Jim, j'ai à vous parler.

— Je ne veux pas parler ! Je veux vous aimer, rien d'autre.

— Et je ne peux rien vous expliquer si vous vous tenez ainsi contre moi, poursuivit-elle sans s'émouvoir de son interruption.

Pour toute réponse, Jim se contenta de resserrer son étreinte plus intensément.

— Mona ? Cela vous dérange-t-il vraiment de savoir combien j'ai besoin de vous ?

— Ne vous en doutez-vous pas ? gronda-t-elle doucement. Je veux vous parler !

— Si je vous écoute, partirons-nous d'ici, ensuite ?

— Je... je ne sais pas, souffla-t-elle d'une voix hésitante.

Le souhaiterait-il encore, après avoir entendu son explication ?

Jim se détendit. Il regagna la chaise et regarda Mona d'un air résigné.

— Allez-y. Mais à chaque fois que vous me confiez quelque chose, c'est un nouveau problème à résoudre !

Mona se demanda comment elle parviendrait à exposer les faits. Elle croisa nerveusement les jambes.

— J'ai une tante, commença-t-elle, dont j'ai fait la connaissance cet été. Hier...

Lentement, Mona retraça le récit que Beth lui avait fait la veille. Au début de l'histoire, lorsque Mona relatait la recherche de sa tante, Jim écoutait avec un intérêt poli. Mais plus elle avançait, plus elle sentait son corps se tendre, son visage se crisper. Immobile, Jim demeurait silencieux. Il régnait un tel calme dans la pièce qu'on pouvait entendre le tic-tac de la pendule. Mona poussa un soupir de lassitude. Elle avait terminé. Qu'attendait Jim pour répondre ?

— Dois-je comprendre, répliqua-t-il enfin d'une voix monocorde qui effraya Mona davantage que la colère à laquelle elle s'attendait, que vous exigez un nouveau délai ?

— Oui.

Il la saisit aux épaules sans douceur.

— Nous ne pouvons pas nous marier parce que votre père et votre tante ont été surpris, il y a vingt-cinq ans, dans les bras l'un de l'autre ?

— Jim, vous savez bien que la situation est beaucoup plus compliquée, protesta Mona. Ce que vous semblez considérer comme un détail a séparé deux sœurs pendant plus de vingt ans !

— Je n'y crois pas ! Je n'y crois pas ! s'écria Jim, furieux. Je commence à penser que vous avez peur du mariage !

— C'est absurde ! riposta Mona, que l'impatience commençait à gagner. Vous êtes terriblement injuste !

— Et m'éloigner de vous, est-ce juste ?

Comment lui faire comprendre ? Il ne servait à rien de s'emporter à son tour. Mona tenta une méthode différente.

— Ecoutez, reprit-elle plus calmement, dites-moi ce que vous proposez comme solution et je l'accepterai. Vous avez entendu l'histoire, vous connaissez ma famille et toutes les circonstances. Si vous pensez que nous devons nous marier, je vous suivrai, Jim.

Il la dévisagea avec froideur.

— Vous vous déchargez de la décision sur moi, n'est-ce pas ?

Mona reprit ses mains et les pressa avec ferveur.

— Vous paraissez toujours prétendre que je ne sais pas m'y prendre. Alors donnez-moi un conseil !

Je ne me sens pas de taille à lutter contre tous les miens et j'aimerais bien qu'un soutien moral me réconforte. Aidez-moi à résoudre cette situation rapidement. Je suis fatiguée de retourner sans cesse les mêmes choses dans ma tête ! Et *seule !*

Jim parut se radoucir. Son regard se fit moins lointain et il se détendit. Encouragée par cette lente transformation, Mona poursuivit :

— Chéri, je ne vois pas l'utilité de tout révéler à mon père maintenant. Pas avant que Claire ne soit guérie de sa souffrance. Que peut-il faire ? Nous donner sa bénédiction et encourir la colère de ma mère ? Sa sympathie va droit à Claire. Je regrette aujourd'hui de lui avoir tout raconté. Je n'ai fait que rouvrir d'anciennes blessures, sans le savoir, bien sûr, mais le résultat reste le même.

Elle s'interrompit pour laisser Jim répondre mais il se contenta de la fixer d'un regard vide. Son calme et son silence inquiétaient Mona, bien qu'elle sentit que ses arguments commençaient à porter. Elle reprit d'une voix plus douce encore :

— Vous m'avez demandé de choisir, de déterminer ce qui m'était le plus important. Jim, les choses ne sont pas si simples. J'ai à la fois besoin de vous et de l'affection des miens, de leur soutien. Je suis convaincue qu'avec un peu plus de temps, et de la patience, je puis obtenir les deux. Pour vous aussi, mon amour, ce serait préférable. J'aimerais tant que mes parents vous accueillent à bras ouverts !

— Ils y viendraient, Mona, intervint Jim d'un ton détaché.

— Kitty n'a pas adressé la parole à sa sœur depuis vingt-cinq ans, rétorqua Mona avec gravité. Pensez-vous qu'elle soit quelqu'un qui se laisse adoucir avec le temps ?

Jim ne fit pas un geste. Il demeura immobile et

silencieux pendant un instant qui parut à Mona
durer une éternité. Il laissa enfin échapper un soupir
de résignation. Mona devina que Jim acceptait son
point de vue. Déçu, mécontent, il ne voyait cependant pas d'autre solution.

Jim la prit dans ses bras. Il leva les yeux vers
Mona. Elle considéra avec émotion son visage
sombre. Submergée d'une immense tendresse,
Mona chercha ses lèvres. Il répondit à son baiser
avec chaleur mais sans passion.

— Merci, murmura-t-elle.

— Vous avez le pouvoir de m'ensorceler, répondit doucement Jim. Je suis arrivé ici déterminé à
fixer la date du mariage et à passer la nuit avec vous.
Et désormais, me voilà forcé d'accepter un nouveau
délai ! Comment expliquez-vous cela ? Je n'attendrai
pas éternellement, ajouta-t-il, une légère menace
dans la voix.

— Il y aura une fin.

— L'amour, comme toute chose vivante, a besoin
de se nourrir pour continuer à grandir. Je veux
fonder une famille et non vivre une liaison éphé-
mère. Peut-être suis-je démodé ou tout simplement
vieux...

Mona demeura déconcertée. La détresse de Jim
provoquait en elle une souffrance neuve. Elle s'était
sentie soulagée qu'il accepte si facilement. A présent, elle s'en inquiétait. Jim paraissait vraiment
abattu, résigné... Il abandonnait. Elle enroula ses
doigts autour de son épaisse chevelure brune.

— Comment pourriez-vous vieillir ? se moqua-t-
elle gentiment.

— J'ai l'impression d'avoir déjà soixante ans !

Mona cherchait désespérément un moyen
d'égayer un peu Jim.

— Mon père ne continuera pas longtemps à payer

ce détective pour rien, affirma-t-elle. Nous pourrons
bientôt nous voir…

— Je ne veux pas de cela, l'interrompit Jim. Ces
histoires se terminent toujours mal. Vous ne le
supporteriez pas.

— Je suis prête à tout accepter pourvu que cela
nous permette d'être ensemble, déclara Mona d'un
ton ferme.

Mona sentit que son corps se raidissait à nouveau.

— Non, Mona, reprit-il calmement.

Elle le considéra avec étonnement.

— Non ?

— Pas ce soir.

— Vous ne voulez pas de moi ?

— Comment pouvez-vous dire une chose
pareille ! tonna soudain Jim. Je vous désire toujours
autant mais je veux que notre situation soit franche.

Mona rougit fortement.

— Vous ne sembliez pas si embarrassé, auparavant, commença-t-elle, la voix tremblante de colère.
Je me souviens que…

— C'était différent ! la coupa Jim avec dureté. Je
pensais que nous nous marierions tout de suite
après. Mais ce soir… comme nous risquons de nous
installer dans une attente encore longue…

Il n'acheva pas sa phrase et se releva brusquement. Mona lui lança un regard désespéré. Sans se
retourner, Jim reboutonna sa chemise et jeta son
caban sur ses épaules. Il fit à nouveau face à Mona,
les yeux sombres.

— Je reconnais que la situation n'est pas simple,
affirma-t-il. Mais ne laissez pas passer trop de temps.
Agissez avant qu'il ne soit trop tard. Je me sens
réellement seul.

Prise d'une angoisse subite, Mona se précipita

vers Jim pour le retenir. Il lui prit la main qu'elle lui
tendait et la laissa retomber.

— Non, je ne veux plus de ces contacts frustrants.
Mieux encore. Plus d'appels au téléphone, plus de
rencontres. Vous entendre et vous voir dans ces
conditions est au-dessus de mes forces. La prochaine
fois que vous me parlerez, ce sera pour m'annoncer
que tout est résolu.

Mona songea avec tristesse que le son de sa voix
suffisait parfois à la réconforter pour une nuit. Mais
Jim réagissait différemment. Elle demeura silencieuse. Il n'y avait plus rien à faire. La gorge de
Mona était serrée. Il lui fallait garder sa dignité et
ravaler ses larmes.

Jim avait atteint la porte. Il se retourna une
dernière fois vers elle. Il paraissait dans un état de
lassitude extrême. Il tenta de sourire.

— Mona, avez-vous encore d'autres parents ?

En dépit de la situation, Mona émit un petit rire.

— Non, plus un seul, répondit-elle.

— Dieu merci ! murmura Jim. Souvenez-vous
d'une chose, Mona. Votre père s'est retourné vers
votre tante parce que votre mère le négligeait trop.
Pensez-y !

Il ouvrit la porte et disparut sur cet avertissement.

Mona avait les jambes tremblantes. Elle se laissa
tomber sur une chaise, submergée de détresse. Un
grave danger la menaçait, la perte d'un être cher...
Pourquoi Jim ne l'avait-il pas embrassée en partant ?
Elle en aurait été au moins consolée. Au lieu de
cela, il la laissait sur cette terrible remarque.

Mona ne parvint pas à dissiper la confusion de son
esprit. Comment ne pas perdre Jim ? La même
question l'obsédait sans cesse ! Elle savait qu'elle
mettait sa patience à rude épreuve mais où se
trouvait la solution ?

« C'est la faute de Claire », songea-t-elle abruptement.

Mona était cependant consciente qu'elle avait créé en partie ce problème. Pourtant, l'unique solution qu'elle entrevoyait se trouvait du côté de Claire. Si elle faisait à nouveau la connaissance de quelqu'un qui lui plaise, Mona pourrait lui avouer ses véritables relations avec Jim. Ensuite, ils pourraient à nouveau se voir et la vie reprendrait ses couleurs gaies d'autrefois.

Jusqu'au moment où Claire deviendrait à nouveau amoureuse, il n'y avait rien d'autre à faire que d'attendre. Mona tenta de lutter contre le sentiment d'impuissance qui s'emparait d'elle. Car c'était là le pire, cette inactivité, cette passivité… Regarder le temps s'écouler avec lenteur…

On frappait à la porte. Mona jeta un regard machinal à la pendule. Elle fut étonnée d'apprendre que tant de temps s'était passé. Stephanie revenait pour utiliser son bureau. Mona remit de l'ordre dans sa coiffure d'une main tremblante.

— Entrez ! fit-elle d'une voix faible.

La porte s'ouvrit sur Alan, le visage éclairé d'un large sourire.

— Voilà où tu te cachais ! Je te cherchais depuis…

Il s'interrompit brusquement et fronça les sourcils.

— Que se passe-t-il, Mona ?

La jeune fille était incapable de prononcer une parole. Elle secoua silencieusement la tête.

Alan se précipita vers elle et s'assit à ses côtés, visiblement inquiet. Mona leva les yeux vers lui, étonnée de lui trouver une expression si ouverte. Elle se laissa aller à la douceur d'avoir un ami.

— Mona, on dirait que tu viens de perdre quelqu'un. Qu'y a-t-il ?

Les épaules de Mona s'affaissèrent. Elle se sentait dépassée. Parviendrait-elle à se ressaisir ?

— Rien, Alan, articula-t-elle. Rien que tu puisses arranger.

— Se confier aide parfois !

— Je l'ai fait une fois, s'écria Mona avec amertume. Cela n'a fait qu'empirer les choses !

— Un homme ?

Mona ne répondit pas mais son silence était suffisamment éloquent.

— Celui de l'autre soir, au club ?

— Le même, admit Mona en souriant tristement.

— Ne t'aime-t-il pas ?

— Si.

Alan fronça les sourcils.

— Alors je ne vois pas où se trouve le problème !

— Crois-moi, il y en a un.

— Il est marié ! suggéra Alan, cherchant réellement à saisir la situation.

— Non ! protesta Mona. Je ne m'engagerais pas avec un homme marié. Ce n'est pas cela.

Alan la considéra avec un étonnement de plus en plus grand.

— Sérieusement, je ne comprends pas, avoua-t-il. Vous vous aimez tous les deux, vous n'êtes mariés ni l'un ni l'autre, et il y a un obstacle. Ce ne doit pas être la religion... Ah ! Seriez-vous cousins ?

Malgré son humeur mélancolique, Mona ne put s'empêcher de sourire aux hypothèses fantaisistes d'Alan.

— Non, répondit-elle, ce n'est rien de tout cela. La situation est tellement compliquée...

Mona commença à narrer son histoire. Elle remonta à la rencontre de Jim et de Claire, à River View, et s'arrêta sur la révélation que Beth lui avait faite la veille. Alan paraissait pensif. Il l'avait écoutée avec intérêt et compassion. Et que pouvait-elle attendre d'autre d'un ami ?

— C'est un vrai problème, commenta finalement Alan.

— Merci, ne put-elle s'empêcher de rétorquer avec sécheresse.

— Pendant que tu parlais, j'attendais le moment où tu me demanderais d'intervenir pour te proposer une solution. Tu ne l'as pas fait.

— Parce que je n'en vois pas, conclut simplement Mona.

— Lorsque nous étions enfants, commença Alan d'un air nostalgique, je vous enviais. Tous ceux que nous fréquentions étaient des enfants de riches malheureux que les parents envoyaient d'une école privée à l'autre, qu'ils délaissaient pour les confier à des domestiques. Un mode de vie aberrant ! Mais ce n'était pas votre cas, à Claire et à toi. Ben et Kitty demeuraient toujours auprès de vous, s'occupaient de votre travail à l'école, de vos camarades, toujours prêts à répondre à votre appel si vous aviez besoin d'eux.

— Crois-tu me consoler ainsi ? s'enquit Mona d'une voix triste.

— Je sais qu'une famille peut se révéler un obstacle aussi solide que le soutien qu'elle offre, repartit Alan, ignorant la remarque de Mona. Mais je n'ai jamais connu cette unité familiale. Je passais des mois sans jamais voir mon père. A son enterrement, j'ai essayé de pleurer mais il n'y avait rien à faire. Comment aurais-je pu le regretter puisque je ne le connaissais pas ? Après sa mort, ma mère a commencé à se remarier sans cesse. Nous nous entendons bien, puisque nous nous voyons à peine...

Mona considérait son ami d'un regard neuf. Ainsi, telle était la raison de sa recherche effrénée de compagnes pour une nuit ! Alan se sentait seul ! Et Jim ! Et elle-même ! Le monde était rempli d'âmes solitaires !

— Si j'avais une famille comme la tienne, poursuivit Alan, je crois que je ferais tout pour en préserver l'entente. J'admire les sacrifices que tu es prête à accepter.

Mona ferma les paupières et des larmes commencèrent à couler. Elle les avait trop longtemps retenues pour qu'elles ne jaillissent pas. Tentant de réprimer ses sanglots, Mona se cacha la tête entre les mains.

— Merci de m'avoir écoutée, parvint-elle à articuler. Merci d'être mon ami. Comme je te le disais, il n'y a pas de solution.

Mona ramassa le châle qui était demeuré à terre et l'enroula autour de ses épaules, comme pour tenter de réchauffer la froideur qui montait en elle.

— Mon seul espoir, reprit-elle, est un coup de théâtre impossible. Un prince charmant qui ferait oublier Jim à Claire.

Alan la regarda fixement. Mona cherchait un mouchoir dans son sac. Elle en sortit un et tamponna ses yeux. Elle esquissa un pâle sourire.

— Mon mascara a-t-il coulé ?

— Absolument pas.

Mona poussa un profond soupir. Cette conversation l'avait un peu apaisée mais, comme elle le savait avant d'avoir commencé, elle n'avait eu aucune utilité réelle.

— Je vais rentrer, maintenant, il est temps, déclara-t-elle. Je sais qu'aujourd'hui s'ouvre une carrière pleine de promesses pour toi et j'en suis vraiment très heureuse.

Mona s'empressa de sortir du bureau pour qu'Alan ne la voie pas éclater en sanglots.

En sortant de l'atelier, elle rencontra Stephanie.
Cette dernière paraissait fort excitée.

— Quelle soirée ! s'écria-t-elle, ravie.

— Steph, cela ne t'ennuie pas que je m'en aille
maintenant ? Je ne me sens pas très bien, parvint à
prononcer Mona.

— Pas du tout, tu m'as été d'un grand secours,
Mona. A propos, j'ai vu ce beau jeune homme que
tu attendais. Si j'ai un conseil à te donner, c'est bien
de ne pas le laisser échapper. Crois-moi, il fait partie
d'une espèce rare !

Incapable de répondre, Mona se précipita hors de
la galerie pour pouvoir enfin pleurer.

Stephanie regarda Mona s'éloigner avec inquiétude. Pourquoi se dépêchait-elle tant ? Elle partit
dans son bureau à la recherche d'Alan. Elle le
trouva, assis, la tête entre les mains. Stephanie se
demanda fugitivement si Alan n'était pas responsable de l'anxiété de Mona mais elle écarta aussitôt
cette idée. Depuis qu'elle fréquentait Alan et Mona,
elle avait découvert qu'une profonde amitié les
unissait l'un à l'autre.

— Alan ? appela Stephanie.

Il leva les yeux vers elle.

— Qu'y a-t-il ?

— Un homme attend dans la galerie. Il est
intéressé par *El Capitan au soleil couchant*. En fait,
nous négocions déjà la vente. Voulez-vous assister à
la conclusion de l'affaire ?

— Je vous la laisse volontiers, déclara Alan en
souriant. S'il l'achète, appelez-moi, je serai heureux
de lui serrer la main.

— Comme vous voudrez. Il y a aussi Jeffrey
Gallagher, le critique, qui désirerait vous rencon-
trer. Mona lui a parlé de vous au début de la soirée.
Elle s'occupe bien de vos intérêts.

— En effet. Puis-je utiliser votre téléphone ?

— Bien sûr, faites comme chez vous. Je vais fermer la porte.

Après le départ de Stephanie, Alan se leva et se dirigea vers l'appareil qui se trouvait sur le bureau. Une pensée absurde lui avait traversé l'esprit. Une idée grotesque, et sans doute inutile, mais après tout, pourquoi ne pas essayer ?

« Puisque tu as la réputation d'être irrésistible, se dit-il en lui-même, voilà l'occasion d'essayer. En même temps, tu rendras service à Mona. Tu lui dois bien cela.

Il décrocha l'écouteur et composa le numéro. Trois sonneries s'écoulèrent avant que quelqu'un ne décroche.

— Vous êtes chez les Lowery, répondit une voix qu'Alan reconnut aussitôt.

— Lettie, bonjour ! C'est Alan Palmer.

— Alan, c'est vous ? Comment allez-vous ? susurra Lettie tout excitée.

— Très bien ! assura Alan avec conviction. Claire serait-elle à la maison ?

— Oui, je crois. Ne quittez pas, Alan.

Alan attendit quelque temps. Ses doigts pianotaient nerveusement sur la table.

— Allô ! fit une charmante voix féminine.

— Claire ! C'est Alan Palmer.

Il jouit de l'effet de surprise que provoquait cette annonce.

— Alan ? s'exclama Claire après un silence. Quel appel inattendu ! Comment vas-tu ? ajouta-t-elle d'une voix joyeuse.

— Je vais très bien. Ecoute, Claire, je t'appelle parce que je viens de me rendre compte que la saison sportive est largement entamée. Or, je n'ai pas honoré de ma présence le *Texas Stadium* une

seule fois depuis le commencement. Qu'en penses-
tu ? Dimanche prochain, à trois heures, les Cow-
boys rencontrent les Aigles en football américain. Je
te préviens, je n'ai pas l'habitude qu'on me réponde
non !

14

JEUDI après-midi, Mona sortit de son cours un peu avant une heure. En rentrant chez elle, au milieu des embouteillages habituels de Dallas, Mona songeait avec nostalgie à River View. La douce fraîcheur de l'air en aurait rendu le séjour agréable.

Elle devait fêter, ce jour-là, son vingt et unième anniversaire. Une étape importante dans sa vie ! Cependant, ce jeudi ressemblait à tous les autres. Au petit déjeuner, elle avait reçu quelques cartes, dont une d'Alan, qui en envoyait toujours fidèlement depuis que Mona avait six ans. On lui avait offert quelques cadeaux coûteux : une montre en or de la part de son père, une robe de grand couturier par sa mère. Claire lui avait donné un pendentif en opale. Mona était touchée de ces beaux présents mais il manquait l'essentiel.

Jim n'avait ni téléphoné, ni écrit. Peut-être avait-il simplement oublié. Mona, quant à elle, ne connaissait pas la date de l'anniversaire de Jim. Les mots qu'il avait prononcés une semaine auparavant lui revinrent en mémoire.

« *J'ignore trop de choses de vous. Et comment voulez-vous que je les apprenne si nous ne nous voyons jamais ?* »

Mona venait de passer une semaine entière sans entendre le son de sa voix. A plusieurs reprises, elle avait failli ignorer sa requête et le joindre. Mais après y avoir réfléchi, elle avait préféré s'abstenir. A quoi cela aurait-il servi de rendre leur séparation plus aiguë, plus cruelle ? Mona espérait que Jim était tellement accaparé par son travail qu'il prêterait peu d'attention à l'écoulement du temps.

Machinalement, Mona leva les yeux et son regard tomba sur le vieil immeuble de brique rouge où se trouvaient les *Lowery Industries*. Il semblait étrangement perdu, dans cet univers d'acier, de béton et de verre. Depuis combien de temps Mona ne l'avait-elle pas vu ? Autrefois, c'était une grande joie, pour elle, de pouvoir rendre visite au bureau de son père. Prise d'une impulsion subite, Mona quitta la voie express à la sortie suivante.

Son père l'accueillit avec une telle chaleur que Mona regretta de ne pas être venue plus souvent de façon impromptue.

— Comment vas-tu ! s'exclama-t-il en l'entourant de ses bras. Ta visite illumine ma journée tout entière.

— Je me demandais si tu avais déjà déjeuné, répliqua Mona. Y a-t-il toujours ce café, juste en bas ?

— Non et oui. Non, je n'ai pas encore mangé, oui, *Pete* existe encore. Il est plus d'une heure, maintenant, je pense qu'il n'y aura pas beaucoup de monde. Cela fait si longtemps que je n'y suis pas allé ! C'est une excellent idée et je viens de me rendre compte que je suis affamé !

La salle était presque vide lorsque Ben et Mona y

entrèrent. Il n'y avait que trois hommes en vêtements de travail kaki. La femme qui était au
comptoir prit aussitôt leur commande et revint
bientôt avec deux gigantesques sandwichs faits de
pain toasté et de bœuf grillé. L'arôme en était
irrésistible aussi Mona et son père entamèrent-ils
tout de suite leur repas.

— C'était délicieux ! s'écria Mona, quelques instants plus tard.

— Dire que je m'apprêtais à manger un yaourt !
renchérit Ben.

Mona remarqua pour la première fois son léger
empâtement. Ben avait suivi son regard et fit une
grimace.

— Je sais, déclara-t-il. Après quarante ans, il faut
se surveiller pour ne pas commencer à grossir. Je
n'ai pas été raisonnable, cet été. Tu aurais dû venir
avec nous, à Palm Springs, Mona. Nous avons passé
de très bonnes vacances.

— Moi aussi, répliqua Mona involontairement.

— Qu'as-tu fait, cet été ?

Mona prit une profonde inspiration. Que n'aurait-
elle pas donné pour confier à son père la façon dont
elle avait réellement passé ces mois ! Quel soulagement ! Mais l'avertissement de Kitty lui revint en
mémoire, et celui de Beth. Elle ne voulait pas
troubler Ben.

— Rien de particulier, fit-elle évasivement. Le
temps a passé vite, entre les cours et le reste.

Ben regarda sa fille avec tendresse et un sourire
éclaira son visage.

— J'ai peine à imaginer que dans quelques mois,
tu auras ton diplôme. D'ailleurs, je voulais t'en
parler depuis un certain temps. Te rappelles-tu cette
petite boutique à laquelle tu pensais ?

— Oui, bien sûr.

— Elle n'est plus à vendre.

Mona prit un air déçu.

— Elle est à louer, poursuivit Ben. En ce moment, les propriétaires hésitent à se séparer de leurs biens. Je me suis mis à chercher autre chose.

Ben lui apprit qu'il avait commencé à explorer un ancien quartier résidentiel un peu délaissé depuis quelques années.

— Il faudrait que tu ailles voir ce qu'il est devenu, maintenant. Les gens commencent à revenir y habiter. Ils restaurent ces vieilles maisons, les transforment en restaurants à spécialités étrangères, magasins d'antiquités, de vêtements...

Ben fouilla dans la poche de sa chemise et parvint à en extraire un papier qu'il tendit à Mona.

— Il n'en reste plus beaucoup mais celle-ci est encore disponible.

Mona regarda la reproduction. Le bâtiment avait besoin de travaux et, notamment, de peinture.

— L'aspect laisse à désirer, reconnut Ben, mais elles étaient toutes dans cet état-là. Si tu voyais ce qu'elles sont devenues maintenant ! Il me paraît de toute façon plus raisonnable d'acheter que de louer.

Mona continuait d'étudier le cliché. Ben avait raison. La maison, avec un peu d'imagination et beaucoup de travail, pouvait se transformer en une demeure agréable.

— Il faudrait la repeindre en gris, commença-t-elle. Avec des volets blancs et une porte peinte en jaune vif. Je pourrais appeler le magasin : La porte jaune !

— Non, protesta Ben, pas de noms de ce genre ! Il faudrait une enseigne, quelque chose comme... Mona Lowery, décoration. Qu'en penses-tu ?

— Fantastique ! s'écria Mona en lui souriant avec

tendresse. Je ne sais comment te remercier. Tu es si
bon avec nous toutes !

— C'est le moins que je puisse faire pour la seule
diplômée de la famille ! déclara Ben en riant. J'ai
toujours rêvé que mes enfants fassent des études
supérieures. Mais Claire ne s'y intéressait pas du
tout. Pour moi, c'était hors de question ; Kitty elle,
aurait pu aller en faculté. Sa sœur et elle auraient pu
recevoir une belle instruction ! Pourquoi ne sont-
elles pas allées jusqu'au bout, je l'ignore encore.
Beth était assez obstinée, reprit Ben pensivement.
Mais Kitty, elle...

Mona le considéra avec étonnement. Il avait
prononcé le nom de Beth avec un parfait naturel.
Elle avait beau chercher, il n'y avait pas la moindre
trace dans son ton de culpabilité ou de mélancolie.
Pourtant, Kitty et Beth avaient prétendu l'une
comme l'autre que le rappel de ces souvenirs ris-
quaient de le traumatiser !

— Tu n'as jamais rencontré ta tante, n'est-ce
pas ? s'enquit Ben. Je ne comprends pas pourquoi
les familles se séparent. J'ai tenté de garder contact
avec elle pendant plusieurs années mais elle a
disparu et depuis, je n'ai jamais eu aucune nouvelle.

Profondément émue, Mona laissa tomber ces
quelques mots apparemment anodins :

— Beth est à Dallas.

Ben la regarda sans comprendre.

— Que dis-tu ?

Mona sentit sa gorge se serrer. Les mots sortirent
plus difficilement, cette fois.

— Tante Beth... Elle habite à Dallas.

Son père leva sur elle des yeux incrédules.

— A *Dallas ?* répéta-t-il. Comment le sais-tu ? Tu
ignorais même qui elle était !

— Une amie commune m'a confié, un jour,

qu'elle l'avait vue. Elle connaissait Beth et maman depuis l'école. Elle a éveillé ma curiosité et je lui ai demandé son adresse. Je suis allée lui rendre visite. Depuis, nous déjeunons ensemble tous les mercredis.

Ben ne parut ni choqué ni bouleversé. Contrairement à tout ce que Mona avait imaginé, Ben ne réagit pas violemment. Il semblait simplement intéressé.

— Comment va-t-elle ? s'enquit-il.

— Bien.

— Vous vous voyez toutes les semaines. Vous entendez-vous bien ?

— Oui, très bien.

Ben secoua la tête et se mit à rire.

— C'est incroyable ! Beth se trouve à Dallas. Mais, ajouta-t-il brusquement, pourquoi n'a-t-elle pas repris contact avec nous ?

Mona se trouvait dans l'embarras. Jusqu'où pouvait-elle aller ?

— Tu connais certainement la réponse, se contenta-t-elle de suggérer.

— Kitty ?

— Beth sait qu'elle ne veut pas la revoir.

Ben eut une expression de colère. Il étouffa un juron, à la grande surprise de Mona qui ne l'avait jamais entendu utiliser ce langage.

— Ce n'est pas sérieux ! explosa-t-il. C'est impossible !

— Je t'assure que c'est vrai, déclara Mona avec calme. Beth ne viendrait à la maison pour rien au monde. D'ailleurs, elle m'a demandé de ne te parler de rien.

Ben leva les yeux au ciel. Il parut se rappeler soudain quelque chose et considéra Mona avec attention.

— Que sais-tu, exactement ?

Mona détourna le regard. Ses mains pianotaient nerveusement sur la table.

— Tout, convint-elle finalement après un moment de silence. Tout ce qui s'est passé entre vous trois. Beth m'a raconté l'histoire.

Ben parut surpris de voir sa fille cadette métamorphosée en une jeune femme mûre. Impressionné par son calme, il lui adressa un faible sourire, d'excuse, songea Mona.

— Il m'est difficile de m'en convaincre mais tu n'es plus une enfant, reprit Ben. Tu as appris que chaque être humain a ses faiblesses. Nul n'est parfait. J'ai commis une… indiscrétion. Je n'en suis pas fier mais c'était avant mon mariage… Et je me suis abondamment excusé auprès de Kitty. Durant ces vingt-cinq ans, je lui ai été d'une fidélité sans faille. Beth a enduré une persécution interminable et injuste. Je crois que nous avons accompli l'un et l'autre notre pénitence. Je suis décidé à ne pas passer le reste de ma vie dans un état de repentir et de culpabilité malsain.

— Tu ne me dois aucune explication, protesta Mona, touchée malgré elle par cette confession.

— Je le sais. Mais tu es une jeune femme sensée. Tu connais cet incident depuis quelque temps, apparemment, et je n'ai pas noté de changement dans nos relations. Vois-tu, j'ai toujours regretté que deux sœurs vivent éloignées l'une de l'autre. Mais je croyais réellement que c'était Beth qui l'avait choisi. J'ignorais que Kitty s'en souvenait encore !

— Elle n'a rien oublié, lui assura Mona, et Beth le sait parfaitement.

Ben fronça soudain les sourcils, comme si une nouvelle pensée le préoccupait.

— Pourquoi Beth t'a-t-elle confié cette histoire, à toi ?

Comme il était simple de parler avec lui ! Mona se demanda pourquoi elle n'avait pas choisi d'aller vers son père en premier lieu. Que de complications aurait-elle pu éviter ! Mais Beth et Kitty l'en avaient découragée. L'une et l'autre lui avaient laissé penser que Ben était encore troublé par ces événements anciens alors qu'il était le seul à voir les choses comme elles étaient, une erreur de jeunesse, oubliée depuis longtemps.

— A cause d'une confidence que je lui ai faite, avoua Mona. Parce que j'aime Jim Garrett, qu'il m'aime, et que nous allons nous marier, ajouta-t-elle, retenant son souffle.

Ben parut stupéfait. Ses traits se détendirent vite. Il se caressa pensivement le menton et finit par sourire.

— Tu es pleine de surprises, aujourd'hui, s'exclama Ben avec gaieté. Et quand cela s'est-il passé ? ajouta-t-il avec un regard malicieux.

— Cet été, pendant que vous étiez à Palm Springs.

Une fois de plus, Mona raconta tout depuis le commencement.

— J'ai cru que maman allait s'évanouir, lorsque je le lui ai révélé. Elle m'a recommandé de ne t'en souffler mot. Je croyais qu'il s'agissait de Claire. Mais après le récit de Beth, j'ai compris qu'elle craignait de te remettre en mémoire d'anciennes souffrances.

— Insensé ! tonna Ben avec force. Que faut-il faire pour prouver sa sincérité et son dévouement ? J'ai donné à ta mère tout ce qu'il était en mon pouvoir de lui donner. Je l'ai fait de mon plein gré, et de bon cœur, parce que je l'aime. Pourquoi éprouve-t-elle le besoin de tout dramatiser ?

— Claire et elle se ressemblent beaucoup, reprit Mona, pensive. Je pensais que Claire ne mettrait que peu de temps à se consoler de la perte de Jim. Et j'imagine que si elle apprenait la vérité, elle traverserait une nouvelle crise. Je n'en peux plus. Au début, Jim se montrait compréhensif et patient. La dernière fois que je lui en ai parlé, il semblait éprouver une telle lassitude ! J'aurais préféré tout, même la fureur la plus aveugle, à cette calme résignation. J'ai peur qu'il ne finisse par chercher... un réconfort.

La voix de Mona se brisa. Elle ne pouvait contenir davantage son émotion.

— Ne le fais plus attendre ! s'exclama Ben.

Mona écarquilla les yeux.

— Mais c'est impossible ! Avec ce qui se passe à la maison ! Claire qui erre d'une pièce à l'autre sans parvenir à trouver une occupation !

— Il le faut, insista Ben. C'est très beau de penser aux autres et je me réjouis de ton altruisme. Mais cela ne doit pas te conduire à t'oublier. Et Jim ! J'ai toujours aimé ce jeune homme ! Que va-t-il penser de ta famille, maintenant ?

— Je n'en sais rien, avoua Mona.

— Va le trouver. Je m'occupe de ta mère et de ta sœur. Et je vais entreprendre une dernière action : Beth et Kitty doivent se réconcilier.

Emue, Mona pressa la main de son père.

— Pour Beth, ce ne sera pas difficile. Elle veut vous revoir, je le sais. Crois-tu que je puisse réellement aller chez Jim ? Et moi qui pensais que tu ne me pardonnerais jamais !

Le visage de Ben se contracta.

— Il est temps que nous ayons une discussion

sérieuse, Kitty et moi. Après quelques années de mariage, on oublie de le faire et on a tort. Souviens-t’en bien !

— C’est le plus beau cadeau d’anniversaire que tu puisses me faire ! s’exclama Mona.

Elle tenta de se contenir mais une larme coula le long de sa joue.

— Ne pleure pas, gémit Ben. Je n’ai jamais pu le supporter. C’est ce qui m’a si profondément boule-versé chez Claire. En fait, elle se morfondait davan-tage parce qu’elle avait perdu pour la première fois que parce qu’il s’agissait de Jim. Elle en retrouvera des dizaines d’autres avant de se stabiliser. Toi, Mona, tu es différente. Je crois que je comprends la souffrance que tu as éprouvée ces derniers temps. Mais si tu aimes Jim, il faut être avec lui. L’amour est une force vitale, la chose essentielle dans l’exis-tence.

Mona regarda son père en souriant et se leva. Elle était déterminée, cette fois.

— Tu as raison, conclut-elle. Je rentre téléphoner à Jim. S’il me demande de venir, j’irai. J’espère que je ne te presse pas. Je peux te reconduire à ton bureau.

— Non, merci. Je préfère rentrer à pied, cela me fera du bien, ajouta-t-il en désignant son estomac. Et ne t’inquiète ni pour ta mère ni pour ta sœur. Elles n’ont aucune expérience de la vie !

Il lui adressa un sourire joyeux. Mona ne put résister, elle se précipita vers Ben et l’embrassa avec fougue.

Mona gravit rapidement les marches du perron. En entrant, elle remarqua aussitôt un vase sur la table du salon, où étaient disposées des roses rouges. Une enveloppe portant son nom était épinglée sur l'une des tiges. Mona reconnut l'écriture de Jim. Le cœur battant, elle sortit la carte, où Jim avait écrit de sa main : « Pour une femme au parfum de rose. » Il n'avait pas oublié !

Mona se précipita dans sa chambre. Elle prit le téléphone et composa fébrilement le numéro de *Garrett Electronics*. Elle eut en ligne la secrétaire de Jim.

— M. Garrett n'est pas ici, annonça-t-elle d'une voix froide. Il ne reviendra qu'au milieu de la semaine prochaine.

— Madame Jacobs, c'est Mona Lowery. Pourriez-vous me dire où se trouve Jim ? C'est très important !

Il y eut un silence. La secrétaire cherchait sans doute à se rappeler l'identité de son interlocutrice.

— Miss Lowery, finit-elle par déclarer, M. Garrett est parti il y a quelque temps. Je crois qu'il est allé passer quelques jours dans son ranch. Si vous le désirez, je puis vous donner son numéro de téléphone.

— Je vous remercie, je le connais.

Elle raccrocha, indécise. Que faire ? Pourquoi Jim était-il parti un jeudi pour River View, avec le désir d'y rester une semaine ? Y avait-il des problèmes au domaine ? Pourquoi ne lui avait-il pas proposé une rencontre là-bas ? Ils y auraient fêté son anniversaire...

Mona se reprit aussitôt. Il y avait toujours la présence possible du détective. D'autre part, Jim lui avait bien signifié qu'il ne voulait pas de rendez-vous, jusqu'à ce que la situation soit définitivement réglée.

Mona, quant à elle, avait pris sa décision et elle s'y tiendrait quoi qu'il arrive. Il fallait qu'elle retrouve Jim. Elle ne commettrait pas l'erreur de sa mère il y a vingt-cinq ans. Elle aimait Jim et voulait lui appartenir sans réserve.

Mona se coiffa rapidement et se maquilla. Le miroir lui renvoya une image satisfaisante et pleine de fraîcheur. En bottes, jean et chemisier à carreaux, elle avait l'air d'une adolescente. Elle aurait voulu paraître plus mûre mais elle n'avait pas le temps de se changer.

Mona jeta sa valise sur le lit, l'ouvrit à la hâte, et commença à l'emplir d'affaires.

Elle s'interrompit soudain. Un son inhabituel lui parvenait, qu'elle reconnut bientôt. C'était Claire, qui sifflotait un air joyeux. Accoutumée depuis des journées entières à voir sa sœur dans l'humeur la plus sombre, Mona fut frappée de ce changement. Elle s'aperçut qu'elle n'avait pas vu Claire depuis plusieurs jours. Prise d'une impulsion soudaine, elle abandonna sa valise, traversa le couloir et se rendit dans la chambre de Claire.

Celle-ci essayait des vêtements. Des robes et des chaussures gisaient sur le sol, dans le désordre le plus total. Claire portait une robe d'un rouge vif que Mona ne lui avait jamais vue auparavant.

— Bonjour ! s'exclama Claire, lorsqu'elle la vit, d'un air radieux.

Elle se tourna vers son reflet et jeta un regard satisfait dans le miroir. Ses yeux brillaient d'un éclat qui leur manquait depuis des semaines.

— Un rendez-vous important ? s'enquit Mona avec un clin d'œil.

— Très important, souligna Claire en souriant.

Le cœur de Mona bondit d'espoir. Claire avait-elle retrouvé le goût de vivre ?

— En quel honneur ?

— Alan et moi dînons ensemble. Ensuite, nous

irons danser. Je suis en train de me demander ce que je vais mettre. Que penses-tu de celle-là ?

— Elle te va à merveille ! s'exclama Mona avec sincérité. Alan ? ajouta-t-elle avec curiosité.

— Oui, Alan Palmer.

— Alan ! s'écria Mona, cette fois incrédule. Mais... depuis quand...

Les mots lui manquaient tant sa stupéfaction était grande.

— Nous sommes allés au stade, dimanche après-midi, et nous avons terminé la soirée dans un night-club où on jouait de la *country-music*. Nous avons bu du champagne, ressassé de vieux souvenirs ! Je n'avais pas passé une journée aussi agréable depuis longtemps.

— Si je me doutais... Alan Palmer !

Mona ne s'était pas encore remise de sa première surprise.

— N'est-ce pas ? s'écria Claire. On va chercher si loin ce qui se trouve tout près ! Savais-tu qu'il possède un avion qu'il pilote lui-même ?

— Oui.

— C'est vrai, vous vous êtes toujours bien entendus, l'un et l'autre. Il veut que nous allions passer le week-end sur le Pacifique. Nous irions en avion. Penses-tu que nos parents seront d'accord ? Après tout, ajouta Claire, j'ai maintenant vingt-cinq ans ! Alan a une mauvaise réputation mais, au fond, il est différent. C'est un vrai gentleman.

— Je le sais, répondit simplement Mona.

Si Claire avait idée de la profonde vérité de ses paroles ! Peu à peu, tout se mettait en place dans l'esprit de Mona. Alan avait trouvé ce moyen pour payer la dette qu'il s'imaginait avoir contracté à son égard. Et son plan marchait ! Claire paraissait à nouveau heureuse. Elle s'intéressait à la vie et s'enthousiasmait pour un homme. Quel couple ils formeraient ! Beaux l'un et l'autre, possédant de nombreux intérêts en commun... Si Alan avait été présent, Mona l'aurait étouffé de baisers.

— Claire, aimes-tu réellement Alan ?

Claire s'arrêta d'arranger sa robe et se tourna vers Mona.

— Oui, je le crois. C'est étrange, n'est-ce pas ? Il habite juste à côté, nous nous connaissons depuis des années et je ne l'avais jamais remarqué. Je croyais qu'il n'était qu'un séducteur vantard. En fait, il se révèle serein et réfléchi. C'est un artiste, aussi, un vrai ; il vend des tableaux, ajouta-t-elle avec une naïveté qui fit sourire Mona intérieurement.

Claire admira à nouveau son reflet.

— Il veut faire mon portrait, annonça-t-elle avec solennité.

Mona eut peine à conserver son sérieux. Elle songea qu'elle avait sérieusement hypothéqué ses chances de poser un jour pour Alan.

— Je vais te confier une chose, poursuivit Claire. Alan Palmer est le premier homme que j'aie rencontré qui sache vraiment vivre. Il m'a proposé de m'emmener au Carnaval, à Indianapolis, au Derby du Kentucky et...

— Quels projets ! l'interrompit Mona, heureuse de tant d'enthousiasme.

Claire reprit d'un ton plus grave :

— Mona, j'ai peur d'aborder ce sujet avec maman... j'aimerais habiter seule, je voudrais partir de la maison.

— C'est une idée d'Alan ! suggéra malicieusement Mona.

— C'est lui qui y a pensé le premier, reconnut Claire, mais...

— Elle me paraît excellente, coupa Mona. Tu

auras un endroit à toi. Je serais heureuse de t'aider à l'aménager, si tu le désires.

Claire approuva chaleureusement.

Mona sentait naître les prémices d'une nouvelle relation avec Claire. Sa sœur lui était demeurée étrangère pendant si longtemps qu'elle était surprise de la trouver plus proche. Un sentiment la tourmentait, cependant, une culpabilité vis-à-vis d'elle, qui l'empêchait de jouir pleinement de cette amitié neuve. Mona avait prévu de laisser le soin à Ben d'expliquer son absence à sa mère et à Claire. Elle lui faisait confiance, il saurait les convaincre. Mais il lui apparaissait désormais que cette solution comprendrait une part de lâcheté. En outre, si elle souhaitait réellement se rapprocher de Claire, il lui fallait apprendre à lui parler. Sa décision était prise, elle lui confierait tout.

— Claire, fit Mona d'une voix déterminée. J'ai quelque chose à te dire.

Claire la considéra d'un air calme. Elle paraissait attendre que Mona se décide.

— De quoi s'agit-il ?

Mona cherchait à se calmer. Elle traversa nerveusement la chambre et vint s'asseoir près de la coiffeuse. Regardant Claire avec décision, elle commença d'une voix tremblante, sans parvenir à maîtriser les battements de son cœur :

— J'aurais dû te l'avouer depuis longtemps... J'espère que tu comprendras pourquoi c'est arrivé et pourquoi j'ai attendu autant.

Un étrange sourire éclaira le visage de Claire. Elle fit claquer ses doigts.

— Vas-tu enfin m'expliquer ce qui se passe entre Jim et toi ?

Les yeux de Mona s'écarquillèrent de stupeur. Elle ne put parler tout de suite : le choc qui la bouleversait était trop important. De multiples questions se précipitaient dans son esprit.

— Claire... Co... comment as-tu su ? parvint-elle enfin à articuler.

— A vrai dire, répondit Claire, je n'en suis sûre que depuis maintenant. Mais je l'ai soupçonné plusieurs fois. Durant toutes ces semaines, où le détective suivait Jim, il n'a découvert qu'une seule femme avec laquelle Jim était rentré en contact, toi, le soir de la réception chez Becky. Au début, je n'y ai pas porté beaucoup d'attention. Puis je me suis souvenue qu'à chaque fois que Jim venait à la maison, tu disparaissais, ce qui ne te ressemble pas. Petit à petit, tout se mettait en place. Le week-end que tu étais supposée passer chez une amie était celui où Jim allait à son ranch. Le lendemain soir, il m'a annoncé la rupture. Et puis... tant d'autres choses.

Après quelques instants de silence, Claire reprit :

— L'agent a fini par supposer que Jim se savait suivi. Qui d'autre que toi aurait pu l'en prévenir ?

Claire s'arrêta à nouveau pour observer l'effet de son discours sur sa sœur.

— Mais la semaine dernière, j'en ai presque acquis la conviction.

Mona fronça les sourcils, cherchant à se rappeler un événement particulier.

— La semaine dernière ?

— Oui, répliqua Claire. D'après le détective, Jim a vécu en ermite tout le temps de sa filature. Mais il est sorti un soir. Devine où il s'est rendu ?

— A la galerie de Stephanie Means, répondit Mona avec lassitude.

— Voilà ! Cela faisait beaucoup de coïncidences. Lorsque le détective me l'a appris, je lui ai dit que je n'avais plus besoin de ses services.

Mona sentait la chambre vaciller autour d'elle.

— Si tu savais combien j'ai souffert !

— Je m'en doute. C'est bien dans ton caractère, se contenta de constater Claire.

— Au départ, nous n'éprouvions que de l'amitié, l'un envers l'autre.

— Ne cherche pas à t'expliquer, Mona, reprit Claire en haussant les épaules. Je vois très bien comment cela a dû se passer. Tu lui as tenu compagnie pendant tout l'été, et tout naturellement... Cela ne m'étonne pas outre mesure. Jim et toi vous ressemblez beaucoup. Lorsqu'il m'a avoué qu'il y avait une autre femme, je suis devenue folle de rage. Personne ne m'avait encore fait cet affront. Quand j'ai su qu'il s'agissait de toi, je... je suppose que j'aurais accepté si je n'avais pas éprouvé cette terrible jalousie !

— Toi ? s'écria Mona. *Toi,* jalouse de *moi ?*

Claire lui lança un regard empreint d'humilité.

— Ce ne sont pas des sentiments à éprouver à l'égard d'une sœur, n'est-ce pas ? Je pourrais t'en révéler, si j'en avais l'envie... Ces diplômes, cette ambition que tu poursuivais alors que je n'avais pour moi que mon physique, qui n'est pourtant pas extraordinaire... Heureusement, maman m'apprécie comme je suis. Autrement, je me demande comment j'aurais survécu.

Mona lutta contre une forte envie de rire. Sa vie avec Claire était une longue suite de malentendus !

— Quand je pense aux heures que j'ai passées à tenter d'exorciser ce que Jim appelait « ce démon » ! Quelle perte de temps !

— Jim restera pour moi le premier qui m'ait rejeté, déclara Claire avec un sourire mélancolique.

— Je suis sûre qu'Alan et toi allez connaître des moments merveilleux. Vous êtes faits l'un pour l'autre, je me demande comment je n'y ai pas pensé plus tôt.

A ces mots, les yeux de Claire brillèrent d'excitation.

— Tu as peut-être raison. Je ne sais pas si cette relation sera durable mais j'ai bien l'intention d'en profiter !

— Et tu n'auras guère le temps de penser à Jim et à moi, ajouta Mona, autant pour se rassurer définitivement. Je dois partir, déclara-t-elle en se levant. Bonne soirée !

— Elle le sera ! affirma Claire.

— Si je puis te donner un conseil, pour la question de l'appartement et pour tout le reste, adresse-toi d'abord à papa.

Mona lui fit un clin d'œil avant de sortir.

15

Mona termina rapidement de rassembler ses affaires et descendit l'escalier en courant. Elle s'arrêta dans l'entrée avec le sentiment absurde qu'elle faisait une fugue. Pourtant, elle allait rejoindre Jim et son père le savait.

Mais elle n'avait toujours pas parlé à Kitty. Et tant que la situation ne serait pas éclaircie avec sa mère, Mona ressentirait encore cette confuse culpabilité qui se manifestait à présent. Quelles objections Kitty pourrait-elle lui opposer, à présent que la douleur de Claire n'était plus un obstacle ?

Mona se mit à la recherche de Kitty. Elle la trouva assise sur le canapé de cuir de la bibliothèque, plongée dans la lecture de l'une de ces gigantesques sagas auxquelles elle jurait ne pas s'intéresser. Lorsqu'elle entendit Mona entrer dans la pièce, elle referma précipitamment le livre et le plaça sur la table basse.

— Tu es rentrée tard de tes cours, aujourd'hui, remarqua-t-elle. Avais-tu un programme chargé ?

Elle s'aperçut seulement alors que Mona tenait une valise à la main.

— Où vas-tu ? ajouta-t-elle alors que son regard s'assombrissait.

Mona avait oublié de poser son bagage.

— Je vais rejoindre Jim à son ranch, répondit-elle avec un calme contrôlé.

— Ecoute-moi, commença Kitty, mécontente. Je ne veux pas...

— Tout va bien, l'interrompit Mona. Claire est au courant et elle n'en souffre pas. Elle a désormais d'autres... intérêts.

Soulagée, Kitty se détendit.

— Dieu merci ! Cette histoire est terminée ! s'exclama-t-elle. Mais je n'en désapprouve pas moins cette façon de partir pour...

— Je t'en prie, répliqua patiemment Mona. Jim et moi allons nous marier. Dans mon carnet d'adresses, tu trouveras le numéro de téléphone du ranch, au nom de Jim. Si tu désires me joindre...

Kitty eut un moment d'hésitation puis haussa les épaules en signe de renoncement.

— Les mœurs sont différentes, de nos jours. Si ma mère avait pu imaginer...

— Je t'appellerai demain, coupa à nouveau Mona, désireuse d'achever au plus vite cette nécessaire mise au point. Je ne sais pas combien de temps je resterai là-bas.

Mona tourna les talons, décidée, cette fois, à partir. Cependant, quelque chose la retenait dans cette pièce. Elle ressentait le besoin impérieux de parler à Kitty de Beth. Pourquoi ? Elle l'ignorait. Pour une raison obscure, il lui semblait qu'il valait mieux que ce soit elle qui lui révèle la présence de Beth plutôt que Ben. Déterminée, Mona se retourna vers sa mère.

— Je voulais aussi te prévenir... Beth est ici... à Dallas.

Kitty se raidit soudain. Toute couleur disparut de son visage. Mona en fut à la fois surprise et peinée.

« J'ai été trop brusque, se reprocha-t-elle. Je n'avais pas le droit d'aller si loin. »

Il aurait fallu prendre davantage de précautions, préparer lentement Kitty à cette idée. Mais l'instant d'après, Mona vit avec stupeur sa mère se ressaisir sans difficulté. Son regard s'adoucit.

— Beth ? murmura-t-elle. Elle se trouve à Dallas !

Mona acquiesça en silence.

— Mais comment le sais-tu ?

— Cet été, raconta Mona, Stephanie Means m'a annoncé qu'elle avait rencontré ma tante Beth. J'étais intriguée et je l'ai retrouvée. C'est avec elle que je déjeune chaque mercredi.

Mona avait la sensation de se délivrer progressivement de tous les poids dont elle avait encombré sa vie. Comme elle appréciait cette innocence retrouvée !

— Cela te ressemble tant, observa Kitty. Tu as toujours été pleine de curiosité. Trop, peut-être. Enfin, pour une surprise… Comment va-t-elle ? reprit Kitty.

— Bien. Elle… voudrait te revoir, avoua Mona d'une voix hésitante.

Elle n'était pas assez naïve pour penser que l'impitoyable hostilité de sa mère envers Beth s'évanouirait d'un seul coup. Cependant, l'absence d'amertume qu'elle décelait en Kitty l'encourageait à poursuivre.

— Je ne sais pas, répliqua Kitty avec calme. Cela fait si longtemps. Les circonstances ont été telles…

Elle s'interrompit, le regard perdu dans le vague. Mona jugea inutile de préciser qu'elle connaissait les détails de l'histoire. Elle déposa sa valise, se dirigea vers le bureau et y prit un papier.

— Je t'écris son nom, son adresse et son numéro

de téléphone, déclara-t-elle. Si tu décides de l'appeler, je suis certaine qu'elle en sera ravie.

Mona arracha la page du carnet et la lui tendit. Kitty la considéra un long moment en silence. Elle releva les yeux.

— Sinclair ? C'est son nom ! Elle est mariée !

Mona secoua la tête.

— Elle a divorcé deux fois. Je crois qu'elle aurait besoin d'avoir le soutien d'une famille. Tu devrais lui téléphoner.

Kitty réfléchit encore et replia la feuille.

— Je verrai, Mona. Je ne puis rien te promettre.

Prise d'une soudaine impulsion, Mona se pencha vers Kitty pour l'embrasser.

— Je t'appelle demain, conclut-elle avant de partir.

Mona dut attendre longtemps à la station-service pour prendre de l'essence. Elle s'impatienta encore à cause de la circulation dense jusqu'à la sortie de Dallas. Tout concourait à retarder le moment de ses retrouvailles avec Jim.

A l'allure à laquelle elle conduisait, ce fut un miracle de ne pas avoir eu d'accident. Mona regardait à peine la route. Elle se livrait entièrement au bonheur de se sentir enfin légère, libérée de tout le poids d'émotions dont elle était accablée depuis de si nombreuses semaines.

Enfin, River View était en vue. Mona s'engagea, le cœur battant, dans l'allée. La voiture de Jim était garée devant la maison. Il y avait aussi une camionnette bleue que Mona ne connaissait pas. Une visite pour Mamie, se dit-elle. Mona se rangea derrière la Mustang, coupa le contact et se précipita à l'intérieur.

Elle aperçut Mandy, sellée et attachée près du

porche d'entrée. Mona ne put résister à la vue de l'animal. Elle s'approcha de la jument et l'entoura affectueusement de ses bras. Mandy inclina la tête, en signe de bienvenue.

« Je suis heureuse de te voir », semblait-elle dire.

Mona lui flatta l'encolure. Elle remarqua sa peau chaude et encore humide.

— Qui t'a montée ? s'enquit-elle en souriant. Je suis en tout cas contente que l'on s'occupe de toi. A ton âge, il ne faudrait pas que tu t'empâtes ! Tout à l'heure, nous irons peut-être faire une promenade ensemble.

Mona, après avoir pris congé de Mandy par une dernière caresse, se dirigea vers la porte d'entrée. Elle frappa mais personne ne répondit.

Elle essaya de nouveau. On ne venait pas. Mona fronça les sourcils. La Mustang était là. Jim pouvait se trouver à la grange ou dans les pâtures. Mais Mamie ou Sam devraient être à l'intérieur. Elle frappa de nouveau ; pas de réponse.

Mona allait se décider à entrer malgré tout quand elle entendit de la musique et des rires qui provenaient de derrière le bâtiment. Elle écouta encore pour bien localiser le bruit. C'était le patio ou la piscine. Mona contourna la maison.

Plus elle se rapprochait, plus Mona avait l'impression qu'il s'agissait d'une fête. Pourquoi n'avait-elle pas envisagé l'éventualité de ne pas trouver Jim seul ? Elle s'en voulut. Il aurait été si simple de téléphoner avant. S'il y avait du monde, Jim aurait eu le temps de s'en débarrasser avant son arrivée.

Une haie où venait s'enrouler des feuilles de vigne et des clématites dérobait Mona à la vue des invités sur la terrasse. Ils étaient une dizaine, réunis autour d'un joueur de banjo. Mamie et Sam se trouvaient, eux aussi, dans l'assemblée. Ils battaient tous la mesure en riant, suivant des yeux un couple de danseurs.

Mona sentit le cœur lui manquer. Jim entraînait une ravissante jeune femme brune dans une danse endiablée. Ils s'accordaient si parfaitement qu'il était impossible que ce fût la première fois qu'ils dansaient ensemble. Lorsque la musique s'arrêta, Jim et sa partenaire se mirent à rire et tombèrent dans les bras l'un de l'autre.

— Vous êtes magnifiques, l'un et l'autre ! s'écria Mamie.

Elle osait ! Mona perçut son approbation comme une trahison.

— Continuez, Jim ! cria John Browder. On pourrait rester toute la nuit à vous regarder.

— Entendu ! répliqua Jim.

Il entoura la taille de sa partenaire et ils recommencèrent à tourbillonner sur un air entraînant.

Mona ne pouvait se détacher de la scène qui se déroulait devant elle. Jim était dans la tenue qu'elle lui préférait, en jean, chemise à carreaux ouverte et les vieilles bottes qu'il tenait tant à porter, alors qu'il en avait d'autres paires beaucoup plus présentables. Mona détailla l'autre femme sans indulgence. Elle portait aussi un jean mais ses bottes étaient d'un modèle plus citadin et son chemisier de soie avait dû lui coûter cher.

« Acheté pour l'occasion », se dit Mona avec amertume.

Les larmes lui brouillaient la vue. Elle se mordit la lèvre pour tenter de se maîtriser. Elle aurait pu crier tant la vue de Jim, souriant et détendu, la faisait souffrir. Aucun doute n'était possible. Il était heureux. Depuis combien de temps ne l'avait-elle pas vu ainsi ? Trop longtemps…

La musique avait à nouveau cessé. Jim prit la main de sa partenaire.

— Allons boire quelque chose.

Ils se dirigèrent vers un bar improvisé, non loin de la haie où se cachait Mona. Elle aurait presque pu les toucher. L'inconnue émit un rire cristallin et joyeux. De près, elle était encore plus jolie.

Mona se sentit prise de nausée. La simple vue de Jim aux côtés de cette femme lui soulevait le cœur.

— Jim ! Je suis contente d'avoir pu venir ! s'exclama-t-elle avec une gaieté que Mona jugea insupportable.

— Moi aussi, répondit spontanément Jim en déposant des glaçons dans leurs verres. Cela fait si longtemps ! As-tu finalement monté Mandy ?

— Oui. Nous avons même fait une longue promenade. Mais je me suis rendu compte que j'ai oublié, dans mon émotion, de prendre mon autre valise. Elle est encore dans la voiture.

Jim termina de verser le cocktail et tendit la boisson à sa compagne.

— Quelqu'un ira la prendre et la mettra dans ma chambre, répliqua Jim tranquillement.

Mona étouffa un cri.

Jim leva son verre.

— Je bois à cette semaine que tu vas passer ici !

Les yeux de la jeune femme brillèrent d'excitation.

— Ce sera merveilleux ! s'exclama-t-elle avec enthousiasme.

Bras dessus, bras dessous, ils rejoignirent les autres sur le patio.

Mona se détourna, frappée de stupeur. Elle se sentait incapable de réagir ou de penser. La scène demeurait gravée en elle, incompréhensible. Voilà pourquoi Jim avait quitté son bureau en milieu de semaine ! Pour venir passer huit jours au ranch avec cette femme qui dormirait dans son lit, qui montait Mandy ! Et tout le monde l'acceptait ! Voilà l'homme qu'elle avait passionnément aimé, à qui elle s'était abandonnée !

Les questions se précipitaient confusément dans son esprit. Depuis combien de temps la connaissait-il ? Ils se tutoyaient déjà ! D'où venait-elle ? Etait-elle déjà allée à River View ? Sans doute habitait-elle en ville. Jim devait avoir fait sa connaissance avant Claire et s'était tourné vers elle lorsqu'il s'était senti délaissé.

Une insurmontable douleur l'envahit. A force de l'avoir fait attendre, elle l'avait poussé à bout. Las de constater que sa famille passait avant lui, Jim avait fini par chercher ailleurs une consolation à sa solitude. Mona ne pouvait même pas retourner sa colère contre Jim. Elle seule était à blâmer.

Lentement, son regard se dirigea à nouveau vers le couple. Jim et son amie riaient de bon cœur. Mona nota avec tristesse qu'elle ressemblait en tout point à l'image qu'elle s'était faite, au début, du type de femmes que Jim pouvait aimer : grande, brune et sophistiquée. Plus âgée qu'elle. Jim devait apprécier sa maturité. Sans doute réussissait-elle dans son métier. Mona l'imaginait volontiers mannequin. Sa silhouette le lui permettait sans aucun doute. Au milieu de son désespoir, Mona ne put s'empêcher de trouver que Jim et cette inconnue formaient un beau couple.

Pourquoi demeurait-elle comme pétrifiée sur place ? Il fallait partir. A tout moment quelqu'un pouvait arriver et la trouver là. Personne ne devait découvrir sa présence. Sinon, quel embarras pour elle et pour Jim !

Mona s'éloigna du patio. Elle ne cherchait plus à

contenir les sanglots qui la secouaient. Il fallait que sa douleur s'exprime. Elle parvint devant la voiture. Apercevant Mandy, sellée et attachée, Mona s'arrêta soudain. Elle essuya ses larmes. Une idée venait de lui traverser l'esprit. Même si elle paraissait absurde. Une profonde envie de monter Mandy une dernière fois, de revoir avec elle les forêts sombres près de la rivière, balayait toute autre pensée. Malgré ses efforts pour repousser cette folie qui ne pourrait que lui apporter une nostalgie plus insupportable encore, Mona ne put lutter contre ce besoin impérieux.

Une dernière promenade. Quel mal y avait-il à cela ? Elle n'avait pas besoin de se changer. Personne ne remarquerait l'absence de Mandy puisqu'ils se trouvaient tous à cette fête qui durerait encore quelques heures. De toute façon, Mona reviendrait bien avant la fin de la soirée.

Sans plus attendre, elle accourut auprès de Mandy, prit les rênes en main et se mit en selle. Mandy fit un pas en arrière et secoua la tête.

— Comment vas-tu ? Te sens-tu bien ? murmura Mona.

La jeune fille se raidit soudain. Le bruit des rires et de la musique parvenaient jusqu'à elle. Mona reconnut sans hésiter la voix de Jim. Folle de douleur, incapable d'en entendre davantage, Mona dirigea la jument vers les terres sauvages de l'ouest. Avec l'horaire d'été encore en vigueur, il restait de longues heures avant la tombée du jour. Mona avait suffisamment de temps pour une grande balade, elle serait rentrée avant la nuit. Puis elle rattacherait Mandy et partirait, sans que personne ne soit au courant de sa venue. Le retour à la maison serait un rude coup porté à sa fierté. Mais il serait temps d'y réfléchir le moment venu.

Mona chevauchait au galop. Le vent qui soufflait dans sa longue chevelure lui donnait la sensation de voler. Lorsque le ranch fut hors de vue, elle ralentit son allure. Elle dirigea Mandy vers le nord, en contournant les cèdres qui bordaient les prairies. Mona se trouvait maintenant dans la partie la plus sauvage de la propriété de Jim. On l'appelait Goat's End car les chèvres se trouvaient dans l'obligation de chercher l'herbe entre les roches calcaires et les crevasses, tant le terrain était rocheux et vallonné. Mona préférait cet endroit à tous les autres. La nature s'y trouvait à l'état sauvage, le cours de la rivière y était plus vif. On ne percevait pas le moindre signe d'une présence humaine. Tout en avançant avec prudence, Mona approcha de la rive.

Les pluies d'automne étaient venues grossir les eaux, sans pour autant provoquer les crues de septembre. Mona s'arrêta pour descendre. Elle attacha Mandy à un chêne. Tandis que la jument trouvait de l'herbe, Mona se laissa tomber sur le sol pour se plonger dans de sombres pensées.

Cet après-midi d'octobre était d'une agréable douceur. Pourtant, Mona avait les paumes et le front moites. Elle tremblait encore de tous ses membres. La nausée ne l'avait pas quittée. Elle tenta de ralentir sa respiration pour régulariser son souffle. Les larmes lui brûlaient les yeux. Jamais Mona ne s'était sentie aussi mal, physiquement malade.

Que pouvait-elle faire ? Elle laissa échapper un rire amer. Rentrer à la maison. Supporter l'humiliation de se faire consoler par sa famille alors qu'elle leur avait annoncé son mariage. Reprendre ses cours, se concentrer sur sa carrière à venir. Tout ce qui avait eu de l'importance pour elle, autrefois, avant le mois de juin.

Voilà qui occuperait en grande partie son temps et

ses pensées, du moins l'espérait-elle. Mona poussa un profond soupir. Rien de tout cela, elle le savait bien, ne remplirait l'absence de Jim. La perte définitive qu'elle venait de subir — car pourquoi serait-il avec une autre femme s'il l'aimait encore ? — était irréparable.

Bien sûr, elle pourrait tenter de le faire revenir à elle. Ils avaient partagé une entente rare et harmonieuse, Jim ne l'oublierait certainement pas facilement. Peut-être ne retrouverait-il jamais cette exceptionnelle communion. Cette jeune femme brune, n'était-elle pas une simple aventure passagère ?

Pourquoi Jim ne s'était-il pas montré plus patient ? N'aurait-il pas su attendre une journée de plus ! Et justement le jour de son anniversaire !

Assise au bord de la rivière, Mona regardait couler l'eau sans penser à l'heure. Les mêmes pensées assiégeaient son esprit, les mêmes questions demeuraient sans réponse. Pourquoi chercher à remonter le cours du temps ? C'était fait, elle avait perdu et tout était de sa faute.

Non ! cria violemment une voix intérieure. Elle avait agi comme il le fallait. D'ailleurs Jim avait compris ce dilemme dans lequel Mona se débattait. Elle ne lui avait réclamé qu'un peu de patience, de confiance et de fidélité.

Fidélité ! Ce mot fit naître en Mona une vague de colère incontrôlée. Que faisait-elle, assise ici, à pleurer un homme sur lequel elle s'était entièrement trompée ? A peine un mois ! Il avait été incapable de l'attendre un mois ! Et il appelait cela de l'amour ! Une femme chassait l'autre, voilà tout !

Une rage froide s'empara d'elle. Comment osait-il ? Lui qui lui avait déclaré, une fois, qu'ils étaient déjà mariés l'un à l'autre, que le reste n'était que formalités ! S'il croyait qu'elle ne réagirait pas ! Mona ne se priverait pas de lui faire savoir ce qu'elle pensait de lui.

Sous l'effet de la fureur, Mona se leva d'un bond, se remit en selle et fit faire demi-tour à Mandy.

— Nous allons rentrer, lui déclara-t-elle. Et je vais de ce pas dire à M. Garrett ce que je pense de lui. S'il se trouve embarrassé, tant pis ! D'ailleurs, je suis impatiente de voir l'air avec lequel il m'accueillera. Nous arriverons directement par le patio. Voilà qui jettera un froid dans cette petite fête. Je lui lancerai au visage ses promesses et ses principes, et je lui demanderai au nom de quoi il a laissé cette femme monter ma jument !

Entre la rivière et la partie arrière du ranch, il n'y avait pas de prairies. Le sol était rocailleux jusqu'à l'arrivée. Aveuglée par sa colère, Mona oublia toutes les leçons de prudence qu'elle avait apprises. Elle ne regardait pas où il fallait passer. Mona n'avait qu'une idée en tête, arriver le plus rapidement possible pour confondre Jim et sa nouvelle amie. Mandy se laissait guider par son instinct. Cherchant le chemin le plus direct pour rentrer, elle suivit d'abord la rivière puis commença à gravir la pente.

Elles étaient maintenant en terrain plat. Mona crut entendre un bruit qu'elle n'identifia pas tout de suite. Saisie de peur, elle reconnut l'entrechoquement des anneaux d'un serpent à sonnettes. Le reptile paressait au soleil et Mandy avait dû le heurter.

Mona n'eut pas le temps de réagir. En un éclair, il était déjà trop tard. Tout vacilla. Mandy fit un brusque écart et poussa un hennissement frénétique. Mona, surprise par le choc, tomba de cheval. Dans sa chute, sa tête alla heurter une pierre. Elle roulait à terre, le paysage tournait autour d'elle. Mona entendit un craquement fracassant. Des mots dansaient dans sa tête : « *Si nous savons que vous êtes partie, vous aurez rapidement du secours.* »

Mais personne n'était au courant de sa venue au ranch ! Et soudain, Mona ne perçut plus rien de ce qui l'entourait.

Lorsque Mona revint à elle, les rayons du soleil caressaient son visage. Une violente douleur lui enserrait la tête comme dans un étau... Elle tenta d'ouvrir les yeux. Elle y parvint non sans peine. Le moindre mouvement lui causait une souffrance disproportionnée. Par bonheur, les branches d'un chêne lui faisaient un peu d'ombre. Mona parcourut l'arbre du regard et aperçut Mandy. La jument secouait la tête, piétinait le sol. Mona fut soulagée de voir qu'elle ne l'avait pas abandonnée.

Mona essaya de se lever mais elle était trop faible. S'était-elle cassé quelque chose ? Elle remua les doigts, les bras, plia les genoux. Tout paraissait normal. Apparemment, elle n'avait été qu'assommée par le choc.

Elle mit un certain temps avant de reconstituer ce qui était arrivé. Subitement, elle se souvint : le serpent ! Mona se rassit précipitamment. Elle ferma les paupières, le temps de laisser passer le vertige qu'avait provoqué ce geste trop brusque. Avait-elle été mordue ? Comment le savoir ? L'intense élancement qu'elle ressentait était-il dû à la chute ou à la morsure ?

A force de scruter autour d'elle, Mona finit par découvrir le reptile. Elle ne put retenir un cri d'effroi. Il avait la tête tordue et le corps déchiré. Mandy l'avait sans doute écrasé.

Comment remonter à cheval ? Mona tendit toutes ses forces dans l'espoir de se relever mais en vain.

Elle décida de se reposer un peu et de faire une autre tentative plus tard.

Tout à coup, Mona sentit la terre vibrer sous elle. Un bruit de galop se fit entendre, de plus en plus proche. Mona voulut se redresser pour voir qui arrivait à son secours. Mais avant qu'elle n'y parvienne, elle vit Jim s'avancer vers elle. Il l'entoura de ses bras vigoureux et la serra contre lui. Son parfum l'envoûta à nouveau. Pendant quelques instants, Mona oublia tout. Jim était là, le reste n'existait pas.

— Mona ? Que s'est-il passé ? s'enquit Jim d'une voix rauque. Que faites-vous ici ?

Mona se blottit contre lui, ne cherchant rien d'autre que sa protection. Comme il était bon de pouvoir enfin se laisser aller ! Elle se sentait déjà plus forte.

— Le serpent..., balbutia-t-elle. Il a mordu Mandy et je suis tombée... J'espère qu'elle n'a rien.

— John, regarde Mandy ! ordonna Jim.

Mona ne s'aperçut qu'alors de la présence de John Browder.

Quelques instants plus tard, John revenait vers eux.

— Je ne vois rien d'inquiétant, déclara-t-il. Mandy a dû l'écraser avant qu'il n'arrive quelque chose. A moins qu'elle n'ait été touchée au sabot. En ce cas, elle ne risque rien.

— Elle est restée avec moi, murmura Mona, émue, jusqu'à ce que je reprenne conscience.

— Un bon cheval demeure toujours aux côtés de son cavalier, affirma Jim.

John jeta un regard au reptile.

— Mon Dieu ! s'écria-t-il. Il est bien grand ! Ce sont les pluies qui les ont fait sortir de leurs repaires !

Mona frissonna. La confusion de son esprit disparaissait peu à peu et la conscience de sa douleur devenait plus aiguë. Elle porta la main à sa tête.

Jim l'examina attentivement.

— Vous avez reçu un choc! Attendez!

Il se releva, tira un mouchoir de sa poche et se dirigea vers sa monture. Il humecta le tissu avec l'eau de sa gourde et revint s'agenouiller auprès de Mona. Avec douceur, il entreprit de nettoyer ses blessures.

— Comment avez-vous su que j'étais partie? s'enquit Mona en esquissant une grimace.

Malgré toute sa délicatesse, Jim lui faisait mal.

— John devait ramener Mandy à son écurie. Il est revenu m'annoncer qu'elle était partie. En contournant la maison, j'ai vu votre voiture. Nous sommes allés à l'écurie, John et moi, pour voir si par hasard vous ne l'auriez pas reconduite là-bas. Comme nous ne vous trouvions pas, nous avons commencé à nous inquiéter et nous avons décidé de partir à votre recherche. John se rappelait que vous aimiez particulièrement vous promener du côté de Goat's End et... Pourquoi êtes-vous partie sans prévenir personne? Je vous croyais plus raisonnable!

Ces mots ramenèrent brutalement Mona à la réalité. Elle se souvint clairement de la raison pour laquelle elle avait éprouvé le besoin impérieux de fuir le ranch. Elle repoussa la main de Jim sans douceur.

— Tout va bien maintenant, déclara-t-elle avec sécheresse. Ne me faites pas la leçon, je vous en prie, car je ne le supporterai pas.

Troublé par le ton de sa voix, Jim se rassit à côté d'elle et la dévisagea pensivement. Il observa son regard farouche, sa bouche tremblante de colère. Stupéfait, il ne savait comment interpréter ce brusque revirement.

— Que se passe-t-il, Mona ? s'enquit-il calmement.

— Rien ! rétorqua-t-elle avec froideur. Absolument rien.

— Je ne vous crois pas.

— Vous avez tort !

— Cette chute vous a bouleversée ! Regardez-moi, Mona.

En se raidissant, elle se tourna vers lui, décidée à ne lui montrer qu'indifférence. Mona dut faire appel à toute son énergie retrouvée pour se maîtriser. L'appel de ces yeux gris attristés l'attirait comme un aimant.

— Je vous regarde, parvint-elle à lancer d'un ton de défi.

Jim se rendit compte que la situation était plus compliquée qu'il n'y paraissait. Retournant sa mauvaise humeur contre John, il lui ordonna abruptement de reconduire la jument à l'écurie.

En un éclair, John était sur Mandy.

— Non ! cria Mona en tentant de se relever. Attendez ! Je vais la ramener moi-même.

John hésita un instant mais un regard impérieux de Jim le décida. Il repartit au galop. Jim força Mona à se rasseoir à terre. Agenouillé près d'elle, il la maintenait aux épaules.

— Maintenant, vous allez tout m'expliquer depuis le début. D'abord, que faites-vous ici ? marmonna-t-il entre ses dents.

Mona se dégagea de son emprise.

— J'étais venue vous voir. Je ne pensais pas qu'il fallait vous prévenir de ma venue et je me suis aperçue que j'avais eu tort, répliqua-t-elle d'un seul souffle avec un détachement qui n'était qu'apparent.

L'étonnement de Jim n'était pas feint, Mona s'en

rendit compte. Evidemment, il ignorait qu'elle l'avait surpris avec cette inconnue brune.

— Mona, murmura Jim en levant les yeux au ciel. Pourquoi nous conduisons-nous aussi stupidement ! Vous devriez être dans mes bras !

Mona écarquilla les yeux, stupéfaite. C'en était trop !

— Quand je pense qu'on me reproche mon audace ! s'exclama-t-elle, hors d'elle. Je crois que vous me dépassez largement, dans ce domaine. Maintenant, faites-moi une faveur : laissez-moi tranquille et retournez à votre fête.

— Quelle fête ? s'écria Jim en la fixant du regard. Mona, que racontez-vous ?

— Laissez-moi tranquille, répéta Mona, folle de rage.

— Vous ne pensez tout de même pas que je vais vous abandonner ici, dans cet endroit désolé, sans même une monture pour rentrer. Venez, nous allons retourner au ranch ensemble sur mon cheval.

— Voilà qui plaira sans doute fort à votre amie, rétorqua Mona, sarcastique.

— *Qui ?* Que dites-vous ?

— Je vous en prie, Jim. Je vous ai vu danser avec elle.

Comme Mona se refusait obstinément à regarder Jim, elle ne put lire l'expression de son visage au moment où elle lui révélait qu'elle était au courant de la vérité. Cependant, elle crut percevoir une certaine ironie dans son ton.

— Ainsi, vous m'avez vu avec Katie.

— Oui, si c'est son nom, répondit Mona avec lassitude.

Elle n'aurait su dire laquelle des deux douleurs, physique ou morale, était la plus insupportable. Vous paraissiez bien vous amuser, reprit-elle.

— Bien sûr ! renchérit Jim. Katie est toujours pleine d'énergie et prête à se distraire !

— Je suppose que vous aviez déjà dansé ensemble. Vous vous accordiez si parfaitement !

— C'est ce que tout le monde nous dit, convint Jim. Des centaines et des centaines de fois, je n'ai pas compté.

Depuis combien de temps la connaissait-il ?

— En ce cas, reprit Mona avec un calme qu'elle était loin de ressentir, vous devez être pressé de rentrer. Alors, allez-y !

— Comme je vous l'ai déjà fait remarquer, Mona, vous n'avez pas de monture. Et vous êtes incapable de refaire ce long chemin à pied dans cet état !

Mona exhala un long soupir. Elle n'avait rien à objecter à cette observation. Il n'y avait qu'une seule solution pour revenir à sa voiture.

— Reconduisez-moi, puisqu'il le faut. Vous me laisserez devant la maison, ainsi, je retournerai directement chez moi.

— Mais auparavant, j'aimerais que vous vous joigniez à nous. Je voudrais vous présenter Katie. Je suis sûre que vous l'apprécierez beaucoup.

Mona serra les dents. Comment osait-il lui affirmer une pareille chose ? Mona s'obligea à ne pas exploser. Sous l'effet de la colère, elle aurait été capable de dire des choses qui dépassaient sa pensée.

— Je n'ai pas très envie de rencontrer Katie, aujourd'hui, déclara-t-elle tranquillement. Merci de la proposition. Je vous demande de me conduire à ma voiture directement et je rentrerai chez moi.

— Il n'en est pas question ! décréta Jim en souriant. Vous ne rentrerez pas tant que je ne vous y aurai pas autorisée.

Mona voulut le gifler mais il fut plus rapide. Jim lui emprisonna le poignet et l'attira à lui. Ils tombèrent ensemble et Jim la maintint au sol de tout son poids. Mona tenta de se dégager mais elle se rendit vite compte de son impuissance face à la vigueur de Jim. En outre, sa blessure l'affaiblissait encore davantage. Il était inutile de résister. Mona se résigna et essaya de reprendre son souffle.

Jim perçut son abandon. Aussi relâcha-t-il son emprise. Il posa son regard gris sur elle. Avec stupeur, Mona découvrit qu'il arborait un large sourire.

— Qu'y a-t-il de si drôle ? s'enquit-elle, furieuse.

— Vous, répondit Jim en riant. Vous êtes si belle et si jalouse !

Mona éprouvait un confus mélange de colère et de honte de s'être ainsi trahie.

— Vous êtes fou ! rétorqua-t-elle sèchement.

— Fou de vous ! approuva-t-il. Mona, je suis un bien piètre acteur. Ne voyez-vous pas combien je suis heureux que vous soyez là ?

Sa bouche chercha la sienne. Malgré ses résolutions, Mona n'opposa aucune résistance. Depuis une semaine, elle n'avait pas senti ses lèvres contre les siennes. Une semaine qui lui paraissait une éternité. Sa proximité la faisait trembler. Jim lui redonnait l'énergie qu'elle avait perdue. Quel étrange pouvoir il exerçait sur elle ! Malgré sa fureur, malgré la douleur qu'elle éprouvait à la pensée de son infidélité, il suffisait qu'il s'approche d'elle pour qu'elle cède. Son corps le réclamait de toutes ses forces. Elle ne l'arrêta pas lorsque ses doigts commencèrent à défaire son chemisier. Il effleurait sa gorge avec douceur et ses caresses se furent de plus en plus osées.

Un frisson la parcourut tout entière. Mais Mona

reprit ses esprits. Jusqu'où voulait-il aller ? Dehors ?
Quelqu'un pouvait arriver, n'importe qui... Et cette
créature brune qui l'attendait au ranch ! Cette dernière pensée acheva de la ramener à la réalité. Mona
détourna la tête.

— Vous feriez mieux de rentrer, déclara-t-elle.
Votre amie vous attend.

— Venez avec moi.

Mona se mordit la lèvre.

— Je ne peux pas et je ne comprends pas que
vous osiez me faire une telle proposition.

Jim mordilla doucement le lobe de son oreille.
Mona tressaillit. Pourquoi ne pouvait-elle maîtriser
ses réactions en présence de Jim ?

— J'aimerais que vous rencontriez votre future
belle-sœur, répondit-il avec une tranquille assu-
rance.

Mona, interdite, le dévisagea avec stupeur. Jim
avait peine à réprimer sa forte envie de rire.

— Qu'avez-vous dit ?

— Katie est ma sœur ! Elle est venue avec Ted et
les enfants d'El Paso, pour me rendre visite.
Comment avez-vous pu croire une seule seconde que
je serais capable d'aimer une autre femme ? gronda
Jim avec douceur. Je vous pensais plus confiante.

Mona se sentit rougir.

— Je... Lorsque j'ai entendu... sa valise dans
votre chambre... j'ai cru...

— Kate et Ted dorment dans ma chambre, expliqua Jim avec un sourire. Et moi, j'ai pris votre
chambre. Voilà ce qui se passe quand on écoute aux
portes !

Jim la contempla en silence. Elle lui sourit en
retour.

— Mona, reprit-il d'un accent passionné, je vous
ai dit que vous étiez la seule pour moi. J'étais prêt à

vous attendre aussi longtemps qu'il le fallait. J'étais conscient de ne jamais retrouver ce que nous partageons ensemble.

— Jim ! s'écria Mona en s'abandonnant dans ses bras, sans arrière-pensée, cette fois.

— Mona, murmura Jim en l'embrassant. Si vous saviez combien j'ai été malheureux sans vous.

— Moi aussi ! soupira Mona, tremblante d'émotion. Je vous ai volé de précieuses heures de bonheur. Je ne mérite pas votre amour.

— C'est probable, se moqua Jim. Mais comme je ne puis vivre sans vous, nous serons obligés de rester ensemble. Et ce, dès ce soir.

Son regard s'assombrit soudain.

— J'avais oublié ! s'écria-t-il. Vous êtes enfin là et cette maison est pleine de monde !

Mona émit un rire léger.

— Nous serons sous le même toit, c'est déjà beaucoup. Je dormirai sur le divan.

— Vous viendrez avec moi, protesta Jim.

— Mais votre sœur et son mari, que penseront-ils ?

— Peu importe. A propos, votre famille…

Jim n'osa poursuivre, frappé soudain d'inquiétude. Le sourire de Mona le rassura aussitôt.

— Ils savent, tous, répondit-elle doucement.

Jim poussa un soupir de soulagement.

— Cela n'a pas été trop difficile ? s'enquit-il en lui caressant tendrement le visage.

— Non. Mon père a immédiatement compris ; Claire a réagi de façon tout à fait surprenante… je vous raconterai tout mais embrassez-moi d'abord.

Jim s'exécuta sans attendre. Comment Mona avait-elle pu vivre sans le voir pendant si longtemps ? Elle se sentait maintenant d'une sérénité parfaite

Quel contraste avec la violente agitation qu'elle venait de connaître !

Jim la souleva doucement. Il bondit sur ses pieds et la conduisit avec délicatesse jusqu'à sa monture.

— J'oubliais ! Bon anniversaire !

— Les roses étaient magnifiques ! répondit Mona.

— Comment vous sentez-vous ? lui demanda Jim en l'aidant à se mettre en selle.

— Sale, fatiguée et pleine de contusions !

Katie ressemblait à Jim de façon étonnante. Si elle avait davantage pris le temps de l'observer, Mona l'aurait aussitôt remarqué et en aurait sans doute tiré la conclusion qui s'imposait. Mais la jalousie l'avait aveuglée. Ted, quant à lui, était assez effacé, contrairement à sa femme qui incarnait la vitalité. En prenant conscience de la chaleureuse proximité de Jim et de Katie, Mona se surprit à espérer que Claire et elle en arrivent à connaître un jour cette chaleur.

A l'arrivée de Mona, tout le monde proposa d'aller chercher un docteur pour s'assurer que la chute n'avait pas été mauvaise. Cependant, un examen plus détaillé ne révéla que quelques contusions à la tête et au bras. Après un bain chaud, Mona allait déjà beaucoup mieux.

Vêtue d'un ravissant ensemble pourpre, Mona vint rejoindre les invités pour l'apéritif, détendue et reposée.

Au salon, Jim l'accueillit avec une exclamation admirative. Durant toute la soirée, il ne cessa de la contempler amoureusement.

Mona s'enquit poliment des enfants de Katie et de Ted. Ils se trouvaient en ville avec leur grand-père.

— De toute façon, déclara Katie, je crois que nous allons retourner en ville, ce soir. Mon père adore les enfants mais je crois qu'il sera heureux d'en être délivré cette nuit. Un peu de repos ne lui fera pas de mal.

Ted s'apprêtait à protester mais un regard de Katie l'en empêcha.

Tout de suite après dîner, Katie et Ted rassemblè-rent leurs affaires et promirent à Jim et à Mona de les revoir en ville la semaine suivante.

— Je ne remercierai jamais assez Katie ! s'ex-clama Jim après leur départ.

— Je regrette d'avoir bouleversé leurs projets, déclara Mona avec une légère tristesse.

— Pas moi, riposta aussitôt Jim. De toute façon, Katie préfère de beaucoup la ville au ranch. Elle vient ici pour me faire plaisir et pour... profiter de la cuisine de Mamie.

Mamie vint bientôt leur dire bonsoir. Ils se trouvaient enfin seuls, tous deux, et libres. Aucun obstacle ne se dressait plus devant leur bonheur. Mona regarda Jim avec tendresse éteindre les lumières et vérifier la fermeture des portes.

Jim s'approcha d'elle et lui donna un long baiser. Mona sentit monter en elle cette vague de désir qu'elle connaissait maintenant. Bientôt, elle perdrait conscience de ce qui l'entourait et ne vivrait que sous l'impulsion des caresses de Jim.

Allongée dans le lit, Mona admirait sans réserve le dessin puissant du corps de Jim. Il vint bientôt la rejoindre.

— Vous êtes belle ! lui murmura-t-il d'une voix rauque. Jamais je ne me lasserai de vous contem-pler.

— Je vous appartiens, Jim, depuis le premier jour que nous avons passé ensemble.

Jim l'attira à lui. Mona sentit les battements de son cœur se précipiter. Elle brûlait d'être à lui,

soulevée d'une passion inassouvie. Son corps entier
le réclamait. Il lui sembla que sa demande n'aurait
jamais de fin.

Ses doigts se mêlèrent aux mains de Jim, elle se
crambra pour être plus près de lui. Au comble du
bouleversement, ils laissèrent échapper le même
gémissement d'extase.

— Jamais je n'oublierai cet anniversaire, murmura Mona, apaisée. Quand je pense à ma souffrance ce matin ! Et lorsque je suis arrivée au ranch,
cet après-midi, que je vous ai vu tourbillonner avec
cette ravissante femme... J'ai cru que vous aviez
perdu patience à cause de ma maudite fidélité à ma
famille...

Jim caressa doucement ses cheveux.

— Mona, je me suis mal conduit envers vous.
J'aurais dû vous apporter mon soutien au lieu de
vous montrer ma déception et de vous la faire
supporter. J'admire votre attachement à ceux qui
vous sont proches. J'espère que nos enfants nous
aimeront autant. J'étais malheureux, pendant ces
longues semaines, mais jamais, je vous assure, je
n'ai eu l'idée de trouver une consolation quelconque
auprès d'une autre, puisqu'il y avait toujours un
espoir !

— Voulez-vous savoir ce que Stephanie Means
pense de vous ? s'enquit soudain Mona d'un ton
joyeux.

— Oui, si c'est en bien, répondit-il en affectant le
plus grand sérieux.

— Elle prétend que vous appartenez à une espèce
rare ! Qu'il ne faut pas vous laisser échapper !

Jim se mit à rire.

— C'est aussi le conseil que je vous donne,
riposta-t-il en déposant un baiser sur son nez.

Lorsque Jim se releva pour chercher dans l'armoire de quoi se couvrir, Mona admira à nouveau sa silhouette puissante avec émotion. Une étrange paix l'envahit ainsi qu'une certaine fierté. Elle seule connaîtrait la félicité dans ses bras. Mona s'étira et ne put réprimer un bâillement. La journée avait été longue et fertile en événements. Elle commençait à ressentir une douce lassitude.

Jim se glissa dans le lit sans un mot. Il tendit soudain à Mona une petite boîte. Mona se redressa avec curiosité et l'ouvrit, les mains tremblantes. Elle découvrit avec émerveillement deux anneaux sertis de diamants dans un écrin de velours noir.

Emue aux larmes, Mona se tourna vers Jim.

— Je n'ai jamais rien vu de si beau, s'exclama-t-elle.

Il prit l'une des bagues.

— Lorsque vous m'avez donné la date de votre anniversaire, je les ai achetées en espérant pouvoir vous les offrir pour vos vingt et un ans. L'autre devra attendre notre mariage, mais celle-ci est pour vous, maintenant.

Il la glissa à son doigt.

— Un peu trop grand, remarqua-t-il.

— Un tout petit peu, murmura Mona, comme hypnotisée par l'éclat des pierres.

Jim caressa sa paume et y déposa un baiser.

— Vous êtes si fine mais... vous pleurez !

— Je pleure de joie, parvint-elle à articuler à travers ses larmes.

Jim éclata de rire.

— Je suis obligé de vous souhaiter de pleurer encore longtemps !

Il posa l'écrin qui contenait l'alliance sur la table de nuit et se retourna vers Mona. Ils s'enlacèrent tendrement et s'endormirent serrés l'un contre l'autre.

« Même après avoir vécu cinquante ans avec lui, je l'aimerai encore », fut la dernière pensée de Mona avant de sombrer dans le sommeil.

Un chuchotement l'éveilla. C'était la voix de Jim.

— Debout ! Debout ! J'ai quelque chose à vous montrer !

Mona ouvrit lentement les yeux. La chambre était sombre, éclairée seulement par un rayon de lune. Elle voulut toucher Jim mais le lit était vide. Elle l'aperçut debout, près d'elle. Un large sourire illuminait son visage. Mona se redressa.

— Vous êtes belle, encore endormie, lui avoua Jim avec douceur.

— Quelle heure est-il ?

— Deux heures.

— Du matin ? s'écria Mona, abasourdie.

— Oui.

— Mais pourquoi vous habillez-vous à cette heure-ci ? lui demanda-t-elle en le voyant dans la tenue qu'il portait la veille.

— J'ai quelque chose à vous montrer. Dépêchez-vous ! Où se trouve votre costume rouge ?

Mona prit le temps de s'étirer et de bâiller. Que signifiait cette scène inattendue ?

— Par terre, je suppose.

Jim regarda autour de lui et finit par le trouver.

— Tenez, fit-il. Levez-vous.

Sans plus poser de questions, Mona rejeta les draps et s'habilla en toute hâte. Elle remonta la fermeture de sa combinaison rouge et mit sa ceinture.

— Faut-il aussi des chaussures ?

— Oui. Où sont-elles ?

— Dans le placard.

Jim alla les chercher.

— Pourquoi êtes-vous si mystérieux, Jim ? s'enquit Mona, brûlant de curiosité. Où allons-nous ?

— Vous verrez. Etes-vous prête ?

Mona acquiesça. Elle suivit Jim à travers le dédale de pièces de la maison plongée dans l'obscurité. Jim la fit sortir par le patio. Ils passèrent devant la piscine et se dirigèrent vers l'écurie. Devant la porte, où filtrait une lumière, Jim s'arrêta.

— Bess vient de mettre bas, expliqua-t-il. Si vous n'avez jamais vu de jeune poulain, entrez.

Mona fut tout de suite frappée par l'odeur de foin frais et celle, plus âcre, du fumier. Deux hommes surveillaient la jument avec attention. Bess paraissait se reposer sur sa litière de paille neuve. Près d'elle, le tout jeune poulain tentait de trouver un équilibre sur ses pattes encore fragiles.

Mona, émerveillée, assistait à ses débuts dans la vie.

— La petite-fille de Mandy ! murmura-t-elle.

— Elle vous appartient, déclara Jim. C'est vous qui aurez la charge de l'élever, d'en faire une jument. Elle sera sevrée dans six mois. Je vous apprendrai à lui mettre le licou. Ainsi, lorsque Mandy sera trop vieille pour courir dans les prairies, celle-ci sera dressée et vous aurez une autre monture.

— Jim ! Je sens que je vais encore pleurer, s'écria Mona, au comble de la joie.

Mona et Jim observèrent la pouliche qui, d'instinct, retrouvait les mamelles de sa mère.

— Elle n'est pas aussi claire que Bess ou Royal Blue, fit remarquer Jim. Sa robe ressemble un peu à celle de Mandy. Ce sera certainement un alezan.

— Elle est belle ! déclara Mona, enthousiaste.

Jim étouffa un rire.

— En ce moment, elle ne l'est pas vraiment. Mais

elle le deviendra, ne serait-ce que parce qu'elle est à vous. A propos, vous vous devez de lui trouver un nom !

Mona regarda le jeune animal, bouleversée d'émotion. La reine Bess était sa mère, Royal Blue, son père. Un seul nom s'imposait, dans cette famille racée !

— Princesse, je ne vois pas d'autre possibilité, affirma Mona en souriant.

— Alors ce sera Princesse. Lorsque nos enfants seront en âge de monter, ajouta Jim en contemplant tendrement Mona, ce sera à son tour d'engendrer un poulain.

La vie au ranch apparut soudain à Mona comme un cycle infini. Elle se promit de s'initier rapidement aux secrets de l'élevage de chevaux. Peut-être Bess et Royal Blue deviendraient-ils les fondateurs d'une glorieuse lignée !

Mona entoura Jim de ses bras. Avec lui, elle ferait naître la quatrième génération de Garrett à River View. A cette pensée, son cœur s'emplit de fierté. Pourquoi ne fonderaient-ils pas une dynastie ?

Jim la regarda, se demandant visiblement quelles étaient les pensées de Mona. La jeune fille lui adressa un sourire mystérieux. Un avenir plein de promesses s'ouvrait devant eux.

LE SAVIEZ-VOUS?

Le Texas...l'un des plus vastes états d'Amérique, est le pays du ranch et du *cowboy* par excellence. Aimer le Texas, c'est aimer les grands espaces de la Prairie américaine.

Là où la terre s'étale à l'infini, ocre, jaune ou rouge—une terre âpre, rugueuse où l'on perd aisément la notion des distances—les ranchers sont rois. Une seule passion: leurs troupeaux de bétail.

Mais le bétail n'est pas la seule richesse principale du Texas: depuis longtemps déjà, le pétrole lui dispute la place. <u>Saviez-vous</u> qu'en 1901, un puits de pétrole explosa, révélant pour la première fois la présence d'une nouvelle richesse—"l'or noir"?

Le Texas est aussi connu comme le berceau de l'industrie aéronautique, avec la fameuse base de la NASA à Houston.

...Quelques merveilles dont le vrai Texan sait parler avec fierté! N'était-ce pas aussi le privilège de Mona et Jim dont l'histoire d'amour allait naître dans les plaines texanes?

LE FORUM DES LECTRICES

Vous êtes toujours plus nombreuses à nous dire, chaque mois, combien vous aimez notre belle collection Harlequin Seduction et nous vous en remercions! L'une d'entre vous écrit:

''C'est avec grande joie que j'ai découvert la collection de romans Harlequin Séduction, à ajouter à tous les Harlequin que je possède déjà.

Harlequin est un monde d'évasion où je me retire quelques heures par jour pour retrouver solitude et romantisme. Harlequin, c'est mon compagnon de tous les jours. Il me transporte dans un rêve, un monde à part. Il est, pour moi, un don précieux, un moment inoubliable. Il me transporte dans un jardin de rêves où ma tranquillité n'est troublée que par le murmure de deux coeurs qui battent à l'unisson...

Harlequin Séduction a, comme tous les autres Harlequin, une place spéciale dans ma bibliothèque...et surtout dans mon coeur!

Je vous prie de continuer le beau travail que vous faites. Félicitations!''

''Une amie lectrice très romantique,''
Nicole Morissette, Ste-Rosalie, P.Q.

HS F 4 X

HARLEQUIN SEDUCTION

Egalement, ce mois-ci . . .

TOUTES LES RAISONS DU MONDE...

Samantha n'arrivait pas à effacer de sa mémoire ces deux mois de bonheur parfait aux côtés de Roy, le beau chimiste anglais. Soudain, sans une explication, Roy avait rompu.

Samantha travaillait pour la même firme que Roy—les parfums Enchanté—mais elle ne pouvait laisser ses sentiments compromettre sa carrière. Quand Roy veut la revoir, elle est sûre qu'il a des ennuis…Le lendemain de leur rencontre, l'échantillon du nouveau parfum disparaît mystérieusement; Roy, introuvable, est soupçonné de vol…

Déchirée entre l'amour et la cruelle réalité, Samantha laissera-t-elle parler son cœur?

Des histoires d'amour sensuelles et captivantes

INTERLUDE SUR UNE MER D'OPALE, E. Mesta

Même pour une archéologue, il était rare de pouvoir travailler dans un paradis exotique aussi riche en histoire que St Domingue. Mais après avoir rencontré Scott Stevens, son patron, Marion n'était plus certaine d'avoir autant de chance...

LA MADONE AUX CHEVEUX DE LUNE, L. Ward

En tant que femme et artiste, Gemma était profondément émue par la beauté plastique des sculptures de Jordan di Mario. Elle avait souvent rêvé de rencontrer le maître de ces créations sensuelles... Mais Jordan était-il comme dans son rêve?

A PARAITRE

HARLEQUIN SEDUCTION vous
réserve des histoires d'amour aux
intrigues encore plus captivantes! En
voici quelques titres évocateurs:

Collection Harlequin

Les chefs-d'oeuvre du roman d'amour

Recevez *chez vous* 6 nouveaux livres chaque mois... et les 4 premiers sont GRATUITS!

Associez-vous avec toutes les femmes qui reçoivent chaque mois les romans Harlequin, sans avoir à sortir de chez vous, sans risquer de manquer un seul titre.

Des histoires d'amour écrites pour la femme d'aujourd'hui

C'est une magie toute spéciale qui se dégage de chaque roman Harlequin. Ecrites par des femmes d'aujourd'hui pour les femmes d'aujourd'hui, ces aventures passionnées et passionnantes vous transporteront dans des pays proches ou lointains, vous feront rencontrer des gens qui osent dire "oui" à l'amour.

Que vous lisiez pour vous détendre ou par esprit d'aventure, vous serez chaque fois témoin et complice d'hommes et de femmes qui vivent pleinement leur destin.

Une offre irrésistible!

Ce que nous vous offrons est fort simple. Vous n'avez qu'à remplir et poster le coupon-réponse. Vous recevrez, *sans aucune obligation de votre part,* quatre romans Harlequin tout à fait *gratuits!*

Et nous vous enverrons chaque mois suivant six nouveaux romans d'amour, au bas prix de $1.75 chacun (soit $10.50 par mois), sans frais de port ou de manutention.

Mais vous ne vous engagez à rien: vous pourrez annuler votre abonnement à tout moment, quel que soit le nombre de volumes que vous aurez achetés. Et, même si vous n'en achetez pas un seul, vous pourrez conserver vos 4 livres gratuits!

Vous avez donc tout à gagner, en profitant de cette offre de présentation au merveilleux monde de Harlequin.

6 des avantages de vous abonner à la Collection Harlequin

1. Vous recevez 6 nouveaux titres chaque mois. Vous ne risquez pas de manquer un seul des volumes de vos auteurs Harlequin préférés.

2. Vous ne payez que $1.75 chacun (soit $10.50 par mois), sans frais de port ou de manutention.

3. Vous pouvez annuler votre abonnement à tout moment pour quelque raison que ce soit...
ou même sans raison!

4. Vous n'avez pas à sortir de chez vous: de nouveaux volumes vous sont livrés par la poste chaque mois.

5. "Collection Harlequin" est synonyme de "chefs-d'œuvre du roman d'amour": vous ne risquez pas d'être déçue.

6. Les 4 premiers volumes sont tout à fait GRATUITS: ils sont à vous, même si vous n'achetez pas un seul volume de la collection!

✂

Bon d'abonnement

à envoyer à: COLLECTION HARLEQUIN, Stratford (Ontario) N5A 6W2

OUI, veuillez m'envoyer *gratuitement* mes quatre romans de la COLLECTION HARLEQUIN. Veuillez aussi prendre note de mon abonnement aux 6 nouveaux romans de la COLLECTION HARLEQUIN que vous publierez chaque mois. Je recevrai tous les mois 6 nouveaux romans d'amour, au bas prix de $1.75 chacun (soit $10.50 par mois), sans frais de port ou de manutention.
Je pourrai annuler mon abonnement à tout moment, quel que soit le nombre de livres que j'aurai achetés. Quoi qu'il arrive, je pourrai garder mes 4 premiers romans de la COLLECTION HARLEQUIN tout à fait GRATUITEMENT, sans aucune obligation.
Cette offre n'est pas valable pour les personnes déjà abonnées.

Nos prix peuvent être modifiés sans préavis   Offre valable jusqu'au 31 mai 1984.

Nom	(en MAJUSCULES, s.v.p.)	
Adresse		App.
Ville	Prov	Code postal

366-BPF-3ACH

COLL-SUB-3Y

POUR VOUS, GRATUITEMENT

Le plus passionnant des romans d'amour. "Aux Jardins de l'Alkabir", le livre à succès de la toute nouvelle collection

NOUVEAU NOUVEAU NOUVEAU

HARLEQUIN SEDUCTION

Des heures de lecture captivante. Plus de 300 pages d'intrigues palpitantes, de folle passion, de sensualité, de situations romanesques.

Vivez intensément vous aussi. Découvrez le secret des femmes qui savent comment garder un grand amour. Vivez avec nos héroïnes les plus belles émotions de votre vie.

"Aux Jardins de l'Alkabir"...

Sous le soleil brûlant de l'Espagne, partagez les joies et les plaisirs voluptueux de Liona, une jeune Américaine qui connaît une passion irrésistible pour deux frères matadors fougueux et résolus. Laissez-vous prendre vous aussi au piège de ce sentiment plus fort que tout: le désir!

Abonnez-vous dès aujourd'hui à cette extraordinaire collection **HARLEQUIN SEDUCTION** Vous recevrez ces romans, à raison de deux (2) volumes par mois, au prix exceptionnel de 3,25$ chacun.

Du plaisir garanti: Pleins de tendresse et de sensualité, ces romans vous transporteront dans un monde de rêve.

Le privilège de l'exclusivité: Vous recevrez les romans **HARLEQUIN SEDUCTION** deux mois avant leur parution.

Liberté totale: Vous pouvez annuler votre abonnement à tout moment et le reprendre quand il vous plaît.

Règlement mensuel: Vous ne payez rien à l'avance. Seulement après réceptio

Découpez et retournez à: Service des livres Harlequin
649 rue Ontario , Stratford, Ontario N5A 6W2

Certificat de cadeau gratuit

OUI, envoyez-moi le ROMAN GRATUIT "AUX JARDINS DE L'ALKABIR" de la Collection **HARLEQUIN SEDUCTION** sans obligation de ma part. Si après l'avoir lu, je ne désire pas en recevoir d'autres, il me suffira de vous en faire part. Néanmoins je garderai ce livre gratuit. Si ce livre me plaît, je n'aurai rien à faire et je recevrai chaque mois, deux nouveaux romans **HARLEQUIN SEDUCTION** au prix total de 6,50$ sans frais de port ni de manutention. Il est entendu que je peux annuler à n'importe quel moment en vous prévenant par lettre et que ce premier roman est à moi GRATUITEMENT et sans aucune obligation.

NOM _____
_____(EN MAJUSCULES. S.V.P.)_____

ADRESSE_____ APP_____

VILLE _____ PROV _____ CODE POSTAL ☐☐☐ ☐☐☐

SIGNATURE_____
(Si vous n'avez pas 18 ans, la signature d'un parent ou gardien est nécessaire.)

Cette offre n'est pas valable pour les personnes déjà abonnées. Prix sujet à changement sans préavis. Nous nous reservons le droit de limiter les envois gratuits à 1 par foyer
Offre valable jusqu'au 31 mai 1984.   **394-BPD-6ABK**

Éternelle jeunesse du roman d'amour!

On a l'âge de son esprit, dit-on. Avez-vous jamais songé à vérifier ce dicton?

Des romancières célèbres telles que Violet Winspear, Anne Weale, Essie Summers, Elizabeth Hunter... s'inspirant du vrai roman d'amour traditionnel, mettent en scène pour votre plus grand plaisir héros et héroïnes attachants, dans des cadres romantiques qui vous transporteront dans un monde nouveau, hors de la grisaille du quotidien. En partageant leurs aventures passionnantes, vous oublierez soucis et chagrins, vous revivrez les émotions, les joies...la splendeur...de l'amour vrai.

Six romans par mois... chez vous... sans frais supplémentaires... et les quatre premiers sont gratuits!

Vous pouvez maintenant recevoir, sans sortir de chez vous, les six nouveaux titres HARLEQUIN ROMANTIQUE que nous publions chaque mois.

Et n'oubliez pas que les 6 vous sont proposés au bas prix de $1.75 chacun, sans aucun frais de port ou de manutention.

Et cela ne vous engage à rien: vous pouvez annuler votre abonnement n'importe quand, pour quelque raison que ce soit.

Pour vous assurer de ne pas manquer un seul de vos romans préférés, remplissez et postez dès aujourd'hui le coupon-réponse sur la page suivante.

Rien n'est plus pratique qu'un abonnement *Harlequin Romantique*

1. Vous recevrez les 4 premiers livres en CADEAU puis 6 nouveaux titres chaque mois, dès leur parution. Vous ne risquez donc pas de manquer un seul volume Harlequin Romantique.

2. Vous ne payez que $1.75 par volume, sans les moindres frais de port ou de manutention.

3. Chaque volume est livré par la poste, sans que vous ayez à vous déranger.

4. Vous pouvez annuler votre abonnement à tout moment, pour quelque raison que ce soit…nous ne vous poserons pas de questions, et nous respecterons votre décision.

5. Chaque livre Harlequin Romantique est écrit par une romancière célèbre: vous ne risquez donc pas d'être déçue.

6. Il vous suffit de remplir le coupon-réponse ci-dessous. Vous recevrez une facture par la suite.

--✂----------------

Bon d'abonnement

Envoyez à:

HARLEQUIN ROMANTIQUE, Stratford (Ontario) N5A 6W2

OUI, veuillez m'abonner dès maintenant à HARLEQUIN ROMANTIQUE et faites-moi parvenir les 4 premiers livres gratuits. Par la suite, chaque volume me sera proposé au bas prix de $1.75, (soit un total de $10.50 par mois), sans frais de port ou de manutention.

Il est entendu que je pourrai annuler mon abonnement à tout moment, pour quelque raison que ce soit et garder les 4 livres-cadeaux sans aucune obligation. Nos prix peuvent être modifiés sans préavis.

NOM   (EN MAJUSCULES S.V.P.)

ADRESSE   APP.

VILLE   PROVINCE   CODE POSTAL

Offre valable jusqu'au 31 mai 1984.

376-BPQ-4ABD